藏在古诗词里的博物课

鸟兽虫鱼

安迪斯晨风 著

人民邮电出版社

北京

图书在版编目（CIP）数据

藏在古诗词里的博物课. 鸟兽虫鱼 / 安迪斯晨风著
. -- 北京：人民邮电出版社，2022.2（2022.3重印）
ISBN 978-7-115-57714-6

Ⅰ. ①藏… Ⅱ. ①安… Ⅲ. ①古典诗歌－诗歌欣赏－
中国－儿童读物②动物－儿童读物 Ⅳ. ①I207.2-49
②Q95-49

中国版本图书馆CIP数据核字(2021)第217266号

内 容 提 要

我国拥有着悠久、厚重的博物学传统，从春秋战国时期的《山海经》《诗经》到西晋的《博物志》，大量的中国古代博物学家对山川、草木、鸟兽、虫鱼、风土、人情等都做了深入的解读。

古诗词则是我们给孩子打开这个神秘东方博物世界的一把钥匙，因为它们不仅用灵动鲜活的笔墨给我们现代人展示了艺术的魅力，更盈溢着古代文人对大自然细致入微的观察力。在他们的笔下，山川有了色彩，动植物有了神韵，亭台楼榭也都有了独属于自己的味道。

本书精选了120首传诵度广、知名度高的古诗词，以其中涉及的自然和人文现象为切入点，融合科普与人文知识，以幽默生动的语言，为孩子们打开一扇深入了解古人生活，观察大自然万事万物的大门。

◆ 著　　　　　安迪斯晨风
　　责任编辑　　朱伊哲
　　责任印制　　陈　犇

◆ 人民邮电出版社出版发行　　北京市丰台区成寿寺路 11 号
　　邮编　100164　　电子邮件　315@ptpress.com.cn
　　网址　https://www.ptpress.com.cn
　　雅迪云印（天津）科技有限公司印刷

◆ 开本：700×1000　1/16
　　印张：34　　　　　　　　　　2022 年 2 月第 1 版
　　字数：489 千字　　　　　　　2022 年 3 月天津第 2 次印刷

定价：179.80 元（全 4 册）

读者服务热线：(010)81055296　印装质量热线：(010)81055316
反盗版热线：(010)81055315
广告经营许可证：京东市监广登字 20170147 号

目录

钱塘湖春行

小燕子为什么要在屋檐下搭窝？

钱塘湖春行

【唐】白居易

孤山寺北贾亭西，水面初平云脚① 低。

几处早莺争暖树，谁家新燕啄春泥。

乱花渐欲迷人眼，浅草才能② 没马蹄。

最爱湖东行不足，绿杨阴③ 里白沙堤④ 。

注释

① 云脚：接近地面的云，多见于将雨或雨初停时。"脚"的本义为人和动物行走的器官，这里指低垂的云。

② 才能：刚刚能够。

③ 阴：同"荫"，指树荫。

④ 白沙堤：即今白堤，又称沙堤、断桥堤，在西湖东畔，唐朝以前已有。白居易在任杭州刺史时所筑白堤在钱塘门外，是另一条。

译文

从孤山寺的北面到贾亭的西面，湖面春水刚与湖岸齐平，白云低垂，同湖面连成一片。几只早出的黄莺争相飞往向阳的树木，谁家新飞来的燕子忙着衔泥筑巢。纷繁的花朵渐渐开放，使人眼花缭乱，浅浅的青草刚刚能够隐没马蹄。最爱的湖东美景令人百游不厌，杨柳的绿荫中穿过一条白沙堤。

你知道吗？

少年白居易因为姓"白"名"居易"而被嘲笑过。他拜见诗人顾况，希望得到他的赏识。顾况得知他叫"白居易"，取笑他说："长安米贵，白居不易啊！"意思是长安（今西安）就和现在的北京、上海一样，想在这里白白地住下去，那可不太容易！可后来白居易凭着过人的才华，官职比顾况还要高，也在长安买了大房子。白居易虽然在朝为官，始终都牵挂着百姓的疾苦。他同情卖炭的老人，写下了《卖炭翁》；同情流落江边的歌女，写下了《琵琶行》。所以，白居易一直深受贫苦人民敬爱。

"小燕子，穿花衣，年年春天来这里。"春回大地的时候，可爱的小燕子就会从南方飞回来。如果你细心观察就会发现，小燕子的嘴里经常衔着泥巴。小燕子衔泥并不是为了玩耍，而是为了筑巢。

你知道吗？小燕子筑巢的本领可比很多鸟儿都强多了，它们可以说是自然界最厉害的建筑师之一。小燕子很会给自己的小家选地方。有些鸟儿喜欢生活在人迹罕至的荒郊野外，小燕子却不一样，它们喜欢住在热热闹闹的人家里。它们世世代代和人类生活在一起，就好像我们的家人一样，所以被我们亲切地称为家燕。

就像我们人类盖房子一样，在开始筑巢之前，小燕子会找到一个合适的地方。它们喜欢温暖、干燥、安静、采光好的环境，所以一般选择住在人类的屋檐或屋梁下，因为屋檐和屋梁可以为它们遮风挡雨。

其次，小燕子还非常懂得团结配合，一起筑巢的往往是一对燕子夫妻。它们会飞到附近的池塘边或是有积水的土坑边，用尖尖的嘴巴啄起一点土，加一点口水和成泥，把泥"雕琢"成泥块，再一粒一粒地衔回来。它们还会衔回一些柔软的草叶，再褪下一些羽毛，和泥一起作为筑巢的材料，把自己的小家布置得暖和而温馨。接下来，燕子太太就可以安心产卵、孵卵，过不了多久，可爱的小燕子宝宝就会在它们亲手筑成的小家里破壳而出了。

要用小小的嘴巴把泥从很远的地方衔回来再筑成巢，当然不是一件容易的事，而且必须在一两个月内筑成，不然就会耽误燕子妈妈生宝宝，所以燕子夫妻需要起早贪黑，加班加点，十分辛苦。燕子夫妻有时候还会遇到意外情况，比如要是当地泥土的黏性不太好，巢筑到一半就会发生可怕的塌方，整个巢就好像遇到了地震，变得四分五裂。遇到这种情况，它们就得擦干眼泪，从头再来。如果你见到小伙伴试图捅掉小燕子的巢，一定要记得阻止他们哟！

小燕子为什么要在屋檐下搭窝？

木兰诗

小白兔的眼睛为什么是红色的？

木兰诗（节选）

【南北朝】佚名

雄兔脚扑朔①，雌兔眼迷离②；
双兔傍地走，安能辨我是雄雌？

注释

① 扑朔：动弹。

② 迷离：眯着眼。

译文

提着兔子的耳朵使其悬在半空时，雄兔的两只前脚时常动弹，雌兔的两只眼睛时常眯着，所以容易辨认。雄雌两只兔子贴近地面跑，怎能辨别哪只是雄兔，哪只是雌兔呢？

你知道吗？

花木兰是个女孩，怎么可能装作男孩和很多男性士兵在一起生活、战斗了10年，却没有被发觉呢？其实，历史上很可能并没有花木兰这个人物，花木兰只是民间传说中虚构的形象。选入课本的这首乐府民歌，可能就是其中比较早的版本。后来，还有很多人对花木兰的故事进行了演绎和改写。比较有名的版本是明代文学家徐渭（我们也经常把他称为"徐文长"）在杂剧《四声猿》中创作的一个故事，叫《雌木兰替父从军》。一般认为，就是从这个故事开始，以往没有姓、只有名的女子木兰，才开始被称为"花木兰"。

诗词大侦探

小白兔的眼睛为什么是红色的？

小白兔是一种温驯、可爱的小动物，自古以来就深受人们喜爱。古人把小白兔和月亮联系起来，他们认为在月宫中住着一只神奇的小白兔，会用杵捣药，仙女嫦娥十分喜欢它，常常让它在身边陪伴。

小白兔有一点和其他动物都不同：它拥有一双像红宝石一样漂亮、精致的大眼睛。这双眼睛要是长在老虎头上，那可真吓人，可是小白兔的眼睛非但不吓人，还让人觉得楚楚可怜、分外可爱。有的大人说："小白兔长了一双红眼睛，是因为它总是爱哭，把眼睛哭红了，最后颜色就变不回来了。"这种说法虽然是爸爸妈妈为了吓唬爱哭的小孩编出来的，不过倒也不是完全没有科学依据。

我们哭一会儿之后去照照镜子，可能就会发现白眼珠变红了。这是因为哭的时候，眼球中的毛细血管会大量充血，所以白眼珠就显得很红。等我们不再哭泣的时候，只需要待上一会儿，毛细血管里面的血液就会从眼球中退出来，流到身体的其他地方去，白眼珠上的红色就自行消失了。

小白兔的眼睛呈红色其实也是一样的原理。我们看到的红色，是它们眼睛中毛细血管的颜色。只不过，小白兔眼睛中的这种充血现象是天生的，它们的毛细血管里面的血液不会像我们的一样自行消退，所以它们的眼睛才会一直红着。

除此之外，小白兔的眼睛呈红色还和它眼球表面的一层膜有关。这层膜叫巩膜，我们人类的巩膜一般是白色的，这层白色把眼球里面细微的毛细血管遮住了，所以我们人类的眼球颜色分明，看起来很清澈。但小白兔的巩膜却是透明的，这样就遮不住眼球里面的毛细血管了，我们看到的红色其实就是小白兔血液的颜色。

龟虽寿

乌龟真的能活
一万年吗？

龟虽寿

【东汉】曹操

神龟虽寿，犹有竟^①时；
腾蛇乘雾，终为土灰。
老骥伏枥^②，志在千里；
烈士^③暮年，壮心不已。

盈缩之期，不但在天；
养怡之福，可得永年。
幸甚至哉^④，歌以咏志。

注释

① 竟：终结，这里指死亡。

② 枥：马槽。

③ **烈士：** 有远大抱负的人。

④ **幸甚至哉：** 庆幸得很，好极了。幸，庆幸。至，极点。

神龟虽然长寿，但也有死亡的时候。

腾蛇尽管能腾云驾雾，终究也会化为土灰。

年老的千里马躺在马槽里，它的雄心壮志仍然是能够驰骋千里。

有远大抱负的人即使到了晚年，奋发进取的雄心也不会止息。

人的寿命长短，不只是由上天决定的。

只要自己调养好身心，也可以延年益寿。

啊，庆幸得很！就用诗歌来表达我内心的志向吧！

你知道吗？

　　曹操在年少的时候就认识了袁绍。那时袁绍家世显赫，而曹操只是宦官养子的后人，两人的身份相差甚远。后来，曹操挟天子以令诸侯，势力越来越大，他和袁绍的争斗渐渐不可避免。袁绍虽然也有自己的军队，但毕竟抵挡不住曹操的大军，失去了很多土地。铜雀台为什么叫这个名字？正史中没有记载。《三国演义》中说，曹操在占领了袁绍的大本营邺城（主体在今河北省临漳县境内）之后，从地下挖出一只金黄的铜雀。他手下的谋士荀攸说，古代明君舜的母亲曾经梦见一只玉雀钻到怀里，便生下了舜，如今挖到铜雀也是吉祥之兆。于是曹操在邺城建了一座高台，用来招纳贤士，帮自己成就大业，这座高台就是铜雀台。当然，这只是小说家言，当不得真。

乌龟是一类特殊的动物，大部分乌龟的寿命很长，是人们心中长寿的化身。《庄子》里面就记载楚国有一种大乌龟，寿命特别长，"以五百岁为春，以五百岁为秋"。

为什么乌龟能活这么久呢？首先是因为它们"胆小怕事"。和好勇斗狠的北极熊不同，它们总是离危险远远的。其次，它们有坚硬的壳，遇到危险的时候，会立刻把头、四肢和尾巴都缩到壳里去，以免受到外界的伤害。

除此之外，乌龟还特别喜欢睡觉。有一些乌龟一天要睡15小时以上，一年要睡上10个月，既要冬眠又要夏眠，长期处于"假死"状态。这样，它们的新陈代谢就变得非常缓慢，能量消耗极少，寿命自然就很长了。

另外，科学家们经过研究，发现生物的细胞中有一种叫"端粒"的东西，它的长度决定着生物寿命的长短。端粒越长，生物的寿命越长；端粒越短，则生物的寿命越短。因此，端粒也被科学家们称为"生命时钟"。相较于大部分动物，乌龟的端粒特别长，所以乌龟具备得天独厚的"长寿基因"。

不过，乌龟的寿命也不是无限长的，就像曹操这首诗中所说的"神龟虽寿，犹有竟时"。民间有说法"千年王八万年龟"，意思是乌龟往往能活一千年、一万年，这也是夸张的说法，实际上大多数种类的乌龟寿命还不如我们人类的寿命长。

一般来说，大型龟的寿命比小型龟长，会冬眠的龟比不冬眠的龟寿命长。很多小朋友都养过巴西红耳龟，这是一种小型乌龟，寿命只有35年左右；有些品种的乌龟确实比人类活得长，但也长不了太多，比如真鳄龟和一些海龟可以活120年左右，和一些长寿的人类的寿命相当，这已经算是龟中的"老寿星"了。

　　目前我们知道的最长寿的龟是生活在太平洋和印度洋热带岛屿上的象龟，它也是世界上体形最大的陆生龟，体重可以达到 320 千克，相当于 3~4 个成年人的体重。它以青草、野果和仙人掌为食，可以活到 250 岁，

横跨 3 个世纪。如果现在还有 250 岁的人活着，那么他得在乾隆皇帝在世的时候就出生，才能有这么大的岁数。

龟的寿命虽然长，可它们大部分时候都在睡觉。而且龟是冷血动物，如果气温不够高，它们的行动会变得非常迟缓。比起无聊地趴在那里无所事事，还是人类的生活更值得一过呀！

黄鹤楼

世界上真的有黄鹤吗？

黄鹤楼

【唐】崔颢（hào）

昔人已乘黄鹤去，此地空余黄鹤楼。

黄鹤一去不复返，白云千载空悠悠。

晴川① 历历② 汉阳树，芳草萋萋③ 鹦鹉洲④ 。

日暮乡关何处是？烟波江上使人愁。

注释

① 晴川：晴日里的原野。

② 历历：分明的样子。

③ 萋（qī）萋：形容草木长得茂盛。

④ 鹦鹉洲：在湖北省武汉市武昌区西南，根据《后汉书》记载，黄祖担任

江夏（今湖北省武汉市江夏区）太守时，在此大宴宾客，有人献上鹦鹉，故称鹦鹉洲。唐朝时此洲在汉阳西南长江中，后逐渐被水冲没。

过去的仙人已经驾着黄鹤飞走了，只留下空荡荡的黄鹤楼。
黄鹤一去再也没有回来，千百年来只看见悠悠的白云。
阳光照耀下的汉阳树木清晰可见，鹦鹉洲上芳草繁茂。
暮色渐渐深了，哪里是我的家乡？江面上烟波渺渺让人更生烦愁。

你知道吗？

　　崔颢很有才，19岁就中了进士，跻身精英行列。但一心想以诗人身份打动世人的他，一直琢磨着如何能写出好诗，打响自己的招牌。在江南任职期间的某天，他忙里偷闲，专程来到心仪已久的武昌黄鹤楼放松心情。借着醉意，他提笔写下恣意洒脱、气势苍莽的《黄鹤楼》。后来，李白来到黄鹤楼，也想题诗留念，忽然看到崔颢的这首诗，叹服说："眼前虽然有美好的景色，我却无从写起，毕竟崔颢已经写过了呀！"

很多人会问，为什么黄鹤楼叫黄鹤楼呢？传说这和一位神仙有关。南朝梁的文学家任昉（fǎng）在《述异记》中记载，有一个人曾经在高台上见到过一位仙人驾乘仙鹤飘然而至，参加了一场快乐的聚会之后，又跨上仙鹤潇洒地飞走了，从此以后这座楼就被称为"黄鹤楼"。

其实，这个故事有个漏洞——世界上并不存在黄鹤，鹤类也不能载人飞行，所以这个故事很有可能是古人编造出来的。我国共有9种鹤，包括白鹤、灰鹤、丹顶鹤等，其中没有一种鹤的羽毛是黄色的。所以仙人驾"黄鹤"的说法，很可能是古人弄错了。

不过古人也并不是那么执着地认为仙鹤必须是黄色的。翻开典籍，我们经常可以发现白鹤或者丹顶鹤的身影。丹顶鹤也被古人称为"仙鹤"——它们不仅性情高雅，而且姿态优美。两条细长的腿，一身洁白的羽毛，修长的脖颈，挺拔的身材，绰约的风姿，头顶的一抹嫣红，这些都让丹顶鹤显得特别高贵。不管是在古代流传下来的文学作品中，还是在传统国画中，它们都带着一股仙气，让人觉得不是凡品。

春秋时期的卫懿（yì）公就因为过于迷恋鹤而最终亡国。传说他不仅在皇宫旁边给鹤建了专门的住所，还给它们加官晋爵。这样一来，真正对国家有用的贤才反倒被他丢在一旁，不予理睬。后来，当有人来攻打卫国的时候，人们不禁嘲讽说："既然你平时那么喜欢鹤，就让鹤替你去抵抗外敌吧！"当然，鹤只是看起来漂亮，并没有能力打仗，最后卫国只能走向灭亡。

鹤在古代还是一种长寿的象征，实际上，它们的寿命确实挺长，可以达到80岁，差不多跟人类等同，比一般的鸟类的寿命都要长很多。但由于生态环境的破坏和人类的干扰，几乎所有的鹤的数量都非常少，因此鹤属于濒危野生动物。为了让我们的子孙后代也能见到这种美丽高贵的生灵，让我们一起来保护它们吧！

诗词大侦探

世界上真的有黄鹤吗？

绝句

有人能听懂
鸟儿说话吗？

绝句

【唐】杜甫

两个黄鹂鸣翠柳，一行白鹭上青天。

窗含西岭千秋雪^①，门泊东吴万里船^②。

注释	① 千秋雪：指西岭雪山上终年不化的积雪。
	② 万里船：不远万里开来的船只。

译文	两只黄鹂在翠绿的柳树间鸣叫，一行白鹭直冲蔚蓝的天空。坐在窗前可以看见西岭雪山上终年不化的积雪，门前停泊着自万里外的东吴远行而来的船只。

你知道吗？

　　杜甫出生于特别有名望的世家大族，他的祖父是唐朝的官员杜审言。虽然家里有钱有势，但长辈们对孩子的管教很严格，这也使得杜甫从小就养成了学习的好习惯，也立下了为国效力的志愿。然而，天不遂人愿，安禄山、史思明谋反，引发了著名的"安史之乱"。叛军攻城略地，杜甫的生活颠沛流离，为了逃离叛军的"魔掌"，杜甫逃到梓州，也就是现在的四川省三台县。过了一年之后，他才回到自己在成都的家中。杜甫重新修整草堂之后，望向窗外的美景，心情也变得美好起来，于是挥毫写下了这首诗。

诗词大侦探

有人能听懂鸟儿说话吗？

　　当我看到两只黄鹂在柳树的枝头上唱歌的时候，总会有一种强烈的愿望：如果我能听懂鸟儿的话就好了，那样我就能成为它们的朋友，了解它们的生活了！实际上，关于"鸟语"的传说还真不少，不管是西方还是我国的传说故事，都提到过一些能听懂"鸟语"的幸运人士。

　　有一些群居的鸟儿，比如灰雁或寒鸦，都会用叫声来交流。它们看到同类做出某种动作，或是听到某种声音的时候，会用自己的叫声给同类"递暗号"，有时候还会像人类做手势一样拍打翅膀来配合叫声。有个别种类的鸟儿有一整套复杂的叫声，能帮助同类一起逃避天敌的追捕。这种叫声表达的意思，"自己鸟"都能听懂，而其他种类的鸟儿听到后，就像我们人类听到黄鹂的叫声一样不知所云，这样就不至于"泄密"了。

　　更有趣的是，鸟儿和人类一样也是有"方言"的。美国弗吉尼亚理工大学的研究者们发现，生活在不同街区的鸟儿的"口音"不一样。虽然生活的街区只相差了几千米，它们却能通过"口音"判断彼此不属于同一个街区。鸟儿还会根据"口音"和"老乡"保持更紧密的关系。由此可见，这种所谓的"口音"是鸟儿区别彼此的标志。

很多科学家都研究过鸟儿的语言，得出的结论是，它们的语言与人类的语言有很大区别。如果我们人类只能在看到美食的时候说"哇"，在遇到老虎的时候说"啊"，在遇到倒霉事的时候说"唉"，你恐怕不会认为我们有真正的语言。鸟儿所谓的"语言"却正像这样，一般都与发出叫声时现场的情况有关系，只能表达特定的含义，没办法像我们人类的语言这样拆分重组来表达不同的意思。大多数时候，鸟儿的叫声是出于本能发出的，无法表达复杂、具体的含义。实际上，不管是鸟类还是哺乳动物，都没有真正的"语言"，语言是我们人类独有的。

有一些鸟儿（比如鹦鹉或者鹩哥）还会模仿人类说话，不过它们其实并不知道自己在说什么，只会像复读机一样重复人类的语言，就像我们学小猫"喵喵"叫一样，这种重复与它们自己的"语言"没有任何关系，纯粹就是寻开心。

绝句

绝句

【唐】杜甫

迟日^① 江山丽，春风花草香。

泥融^② 飞燕子，沙暖睡鸳鸯^③。

注释

① 迟日：春日。

② 泥融：这里指泥土湿软。

③ 鸳鸯：一种水鸟，雄鸟与雌鸟常双双出没。

译文

沐浴在春光下的江山显得格外秀丽，春风送来花草的芳香。
泥土随着春天的来临而变得湿软，飞来飞去的燕子正衔泥筑巢，
暖和的沙子上睡着成双成对的鸳鸯。

你知道吗？

　　杜甫的很多诗都反映了当时社会的阴暗面，显示出杜甫忧国忧民的情怀，但这首小诗却写得极为清丽。其实，杜甫绝非一个只关心国家大事的人，他还是一个好爸爸、好丈夫。在安史之乱中，他因被叛军所俘而与妻儿离散。想着身在鄜（fū）州（在今陕西）的妻儿，身在长安的杜甫牵挂不已，他想妻儿也一定在思念着自己，还写下了《月夜》的诗。我们能够看出，杜甫和他妻子的关系一定是非常和谐的，就好像上面这首诗里所说的鸳鸯一样！

诗词大侦探

鸳鸯为什么总是成对出现？

　　鸳鸯是一种主要生活在我国的鸟类。如果你细心观察就会发现，鸳鸯先生总和鸳鸯太太生活在一起，形影不离。有古人说，鸳鸯先生叫"鸳"，鸳鸯太太叫"鸯"，它们合称"鸳鸯"。古人认为它们是象征爱情的鸟儿，赋予了它们吉祥美好的含义。

　　那么鸳鸯之间的关系真的像古人认为的那么好吗？实际上，古人看到的只是在鸳鸯的求偶期出现的美好景象。鸳鸯平时在水中生活，到了求偶期，就会找一棵有洞的大树，把自己的巢安在树洞里面。鸳鸯太太会在树洞里铺上一些枯树枝、树叶、绒草和羽毛，然后产卵孵化出自己的宝宝。不过让人郁闷的是，不管是孵卵还是照顾宝宝，一般都是鸳鸯太太亲力亲为，鸳鸯先生几乎什么也不干。我们看到的"神仙眷侣"的景象，其实只是鸳鸯先生看中了鸳鸯太太，然后准备跟着鸳鸯太太"蹭饭"了。

有趣的是，鸳鸯先生的羽毛在求偶期会变得五彩斑斓，它们的翅膀上还有一对像帆的羽毛立于后背，头上也长着艳红的冠羽，看起来特别醒目，所以我们一眼就能认出鸳鸯先生。相比之下，鸳鸯太太就很不起眼了，它们看起来灰扑扑的，只有眼周有一圈白色。

　　每年春天来临的时候，打扮得花枝招展的鸳鸯小伙就开始向鸳鸯姑娘发起"进攻"，它们频繁地向鸳鸯姑娘曲颈点头，竖起头部艳丽的冠羽，让自己显得强壮又好看。它们一旦幸运地被鸳鸯姑娘选中，就会和鸳鸯姑娘并肩在水面上徐徐游泳，然后共同生活在一起。可以这样说，鸳鸯太太负责带娃养家，而鸳鸯先生只需要貌美如花。

　　鸳鸯的"神仙爱情"只出现在特定的时期——求偶期，到了秋天，天气渐渐变凉，鸳鸯们开始到南方过冬，鸳鸯先生和鸳鸯太太就自然而然地分手了。等到第二年春天，鸳鸯们跋山涉水重新飞回北方，此时已经"物是鸟非"，鸳鸯先生要再一次把自己打扮得花枝招展，和一群鸳鸯小伙通过竞争求偶。这样一来，曾经看起来无比恩爱的鸳鸯夫妻还能不能在一起就不好说啦。

別董大二首

大雁冬天为什么要飞到南方去？

别董大^① 二首

【唐】高适

其一

千里黄云白日曛，北风吹雁雪纷纷。

莫愁前路无知己，天下谁人不识君。

其二

六翮飘飖^② 私自怜，一离京洛^③ 十余年。

丈夫贫贱应未足，今日相逢无酒钱。

注释

① 董大：或指董庭兰，当时有名的琴师，因其在兄弟中排行第一，故称"董大"。

② 六翮（hé）飘飖（yáo）：比喻四处奔波而无结果。翮，鸟的羽翼。飘飖，飘动。

③ 京洛：洛阳。

28

千里黄云遮天蔽日，太阳黯淡无光，北风吹着归雁，大雪纷飞。

不要担心往后遇不到知己，天下还有谁不认识你呢？

四处奔波而无结果，我只能自伤自怜，离开洛阳已经10多年了。

大丈夫贫贱，谁又心甘情愿，今天相逢可掏不出酒钱。

你知道吗？

　　这首诗里写的董大，相传是当时一位有名的琴师。他的琴声有多好听呢？《听董大弹胡笳声兼寄语弄房给事》一诗对此有过生动的描绘："董夫子晚上在松林里弹琴能引来妖精偷听。在他的琴声中除了能听到高超的技艺，还能听到他表达的情感，一会儿是空山鸟语，一会儿是云山雾海……"这样一位琴师如果是你的朋友，当他要离开你的时候，你是否也会十分不舍？高适是董大的好兄弟，他与董大久别重逢又再次离别，尽管有千般不舍，高适仍鼓励董大不要担心前途，激励董大积极面对未来，拼搏、奋斗。

大雁是一种候鸟，每逢秋天来临，它们就要飞到温暖的南方去过冬。前往南方的路途很遥远，大雁在途中总会遭遇不少艰辛，甚至有可能因为体力不支遭遇不测。那么，为什么大雁冬天不能一直待在北方呢？我们曾经以为，大雁飞往南方主要是为了躲避冬天的寒冷。但后来科学家发现，事实并不是那样，因为鸟类到了冬天一般都会长出厚实的绒羽，密密匝匝的，就和我们穿的羽绒服、盖的羽绒被一样，完全可以抵抗寒风的侵袭。

大雁飞到南方过冬，主要是因为冬天北方缺少食物。冬天到来的时候，北方的很多植物都枯黄死去，或是掉光叶子进入了休眠期，以水生植物为主食的大雁会因此找不到食物。更重要的是，严寒的冬天到来的时候，无论是河流、湖泊还是沼泽，都结了厚厚的一层冰，大雁不像我们人类那样会破冰捕鱼，它们吃不到水里的小虾和螺类，所以不得不跋山涉水到南方去寻找食物。

即使对于"飞行高手"大雁来说，这种迁徙也是艰苦而又危险的。它们从我国北方飞到南方的广东、福建等地，直线距离有几千千米，要飞足足一个月的时间。虽然大雁是飞行高手，但是这么远的距离对每只大雁都是一场考验，有很多老弱的大雁会在飞行途中累死。

既然旅途这么危险，大雁就一直待在温暖的南方不好吗？为什么还要在春天飞回北方呢？原因很简单，南方的自然环境更加优越，所以生活着许多鸟类和野兽，其中有一些会与大雁争夺食物，还有一些甚至是它们的天敌。为了减轻竞争压力，过上更轻松、快乐的生活，大雁只好辛苦地飞回北方产卵并孵化，到来年秋天再带着孩子飞到南方去。

为了节省体力，在长途跋涉中存活下来，雁群像人类的军队一样，有着明确的分工合作体系。古人非常欣赏大雁，用"雁行"来形容队伍整齐而有次序。《孙膑兵法》里面的雁形阵，就是对大雁飞行的队形的模仿。

诗词大侦探

大雁冬天为什么要飞到南方去？

类人猿还可以
进化成人吗？

早发① 白帝城

【唐】李白

朝② 辞白帝彩云间③ ，千里江陵一日还。
两岸猿声啼不住，轻舟已过万重山。

注释

① 发：启程。

② 朝：早晨。

③ 彩云间：白帝城在白帝山上，地势高耸，从山下江中仰望，白帝城仿佛高耸入云。

译文

早晨我告别高耸入云的白帝城，江陵远在千里之外，乘船只需一日就可以到达。

两岸的猿还在不停地啼叫，不知不觉轻舟已穿过万重山峰。

你知道吗？

传说很久很久以前，一座城中有一口井经常冒白气，这些白气像一条白龙。一位将军在这里称帝，认为白气是祥瑞之兆，便以"白"为号，人称白帝，这座城也因此得名白帝城。唐代大诗人李白曾3次来到这里，在写这首诗之前，李白被流放到夜郎（古国名），那里远离国都长安。与妻儿分别，与朋友分离，李白特别难过，经常写诗抱怨。终于有一天，好消息传来：皇帝大赦天下，李白也被赦免了！得知这一消息的李白随即乘船返回江陵的家，与阔别多年的妻儿、朋友团聚。

诗词大侦探

类人猿还可以进化成人吗？

第一次听说达尔文的进化论时，很多小朋友都会大吃一惊："原来我们人类的祖先竟然是猿猴！"其实这样说是不准确的，因为猿和猴是两种动物，猿一般是指类人猿，和我们人类有共同的祖先，是人类的近亲，包括猩猩（也叫红毛猩猩）、大猩猩、黑猩猩等。猴子虽然也是人类的亲戚，但与人类的亲缘关系比类人猿远一些。我们该怎么区分类人猿和猴子呢？方法很简单，猴子有尾巴和颊囊（嘴里用来存放食物的小仓库），类人猿却没有。

猴子和我们只是远亲，类人猿却是我们的近亲，它们和我们有共同的祖先——南方古猿。大概在500万年前，这种古老的生物生活在非洲温暖湿润的热带雨林中。南方古猿喜欢成群结队地在一起生活，和现在的猿类一样，常在树林里跳跃着寻找树叶和果实来吃，偶尔也下地生活。

后来气候变得越来越冷，热带雨林里很多树木都枯死了，一些南方古猿只好下地谋生。经过长达数百万年的进化，它们才慢慢学会了用两只后肢支撑身体站起来走路，最后进化成了人。

另外一些南方古猿的运气比较好，没有下地生活就在热带雨林中坚持了下来，进化成了今天的类人猿。

这部分南方古猿依靠温暖的环境、充足的食物过上了"养尊处优"的生活，自然也就用不着从树上下来谋生。当时看似优越的自然环境，反而成了它们从树上走到地面的绊脚石。

那么今天的类人猿还有机会进化成人吗？基本没有可能了。无论是猩猩还是大猩猩，它们的生理结构都和曾经的南方古猿相去甚远。在漫长的进化过程中，它们已经走上了另外一条道路，成了不折不扣的树栖动物，想再像当初的南方古猿那样解放双手、进化大脑、创造语言文字，几乎不可能啦！

现在，我国一些地区还流传着"毛人"的传说，有些人认为一些长毛的野人也是人类的亲戚。但迄今为止没有谁能证明野人真的存在，所以这个说法也就不攻自破了。

临江王节士歌

鲸为什么会喷水？

临江王节士歌

【唐】李白

洞庭白波木叶稀，燕鸿始入吴云飞。
吴云寒，燕鸿苦。
风号沙宿潇湘浦，节士悲秋泪如雨。
白日当天心，照之可以事明主。
壮士愤，雄风[1]生。
安得倚天剑[2]，跨海斩长鲸。

注释

① **雄风：**强劲之风。

② **倚天剑：**极言剑之长。宋玉《大言赋》载，“方地为车，圆天为盖，长剑耿介，倚天之外。”

洞庭湖的秋天，白浪连天，树叶因飘落显得稀疏，北方的鸿燕开始飞入吴地。

吴云寒冻，鸿燕号苦。

北风呼啸，鸿燕夜宿潇湘沙浦，王节士悲秋泪如雨飞。

白日正在天心，照耀宇宙，照亮了你对明主的忠诚之心。

壮士愤慨不已，雄风顿时横生。

怎样才能手挥倚天剑，跨海斩长鲸？

你知道吗？

　　这首诗隐藏着李白悲愤的情绪。李白离开家乡来到长安之后，一直希望能够出仕做官，为国家效力。然而引荐他的达官贵人仅仅把他当作一个诗人，让他在娱乐的时候写诗助兴。在这样的情况下，李白当然认为自己没有遇到"明主"。传说，对于当时的统治集团，李白持一种非常鄙视的态度，他喝醉后，唐玄宗要求他写诗，就命人用冷水浇沃，使他苏醒。醉意未消的李白让唐玄宗用勺子喂他吃了几口美食，又让唐太宗最宠信的宦官高力士为他把鞋子脱掉，这才开始挥毫作诗。李白的这种"狂傲"，也构成了这首诗的底色。

　　李白的这首诗中有十分浪漫的想象，特别是"安得倚天剑，跨海斩长鲸"这一句，把"节士"的威猛和豪迈刻画得淋漓尽致。因为鲸是世界上最大的动物，其中体形最大的蓝鲸成年后可以长到 30 多米，相当于 10 层楼那么高。李白想象中的"节士"竟然能够"跨海斩长鲸"，可见其武功超群了。

　　我们看到的鲸喷水，其实是它在呼吸。看上去喷出水来的那个孔，其实就是鲸长在头顶上的鼻孔。在水中生活的鲸用肺呼吸，体内能一次存储很多氧气，不用经常换气。但当它把存储的氧气用完以后，就需要到水面上换气，也就是把吸入的水排出来，再吸入新鲜的空气。这一排一吸，就形成了我们看到的鲸喷水的现象。

　　需要注意的是，鲸并不是从身体里喷出水，它们是鼻孔外残留的一些水被因快速呼吸产生的气流冲到空中形成的水汽。

　　那么，鲸怎么会有鼻孔呢？难道它们不是鱼吗？原来，鲸的祖先是一种陆地哺乳动物，大约在 5000 万年前，它们进入了浩瀚的海洋生活，经过不断的适应性进化，它们中的一部分体形变得越来越大，成了蓝鲸、座头鲸、灰鲸等海中巨兽；也有一部分体形变化不大，成了海豚、白鳍豚、江豚等小型鲸类。在漫长的演化过程中，它们的食道和气管已经完全分离了，这样就可以防止在吃东西的时候水流进气管里造成窒息。但与此同时，如果它们的鼻孔被塞住了，它们会因为不能像我们人类这样用嘴来代替呼吸而窒息而死。另外，鲸的鼻孔也完全失去了嗅觉，只能用来呼吸。

　　在大海中看到鲸是十分令人震撼的，西晋人崔豹在《古今注》中说到，鲸这种"海鱼"可以"鼓浪成雷，喷沫成雨"，意思是说，鲸激起巨浪的声音像雷声一样响亮，喷出的水花就像下雨一样。但我们要知道，在海上近距离观看鲸喷水也是非常危险的行为。我们在任何时候近距离接触野生动物，都要听从工作人员和爸爸妈妈的指挥，要注意安全。

锦瑟

蝴蝶的翅膀上
为什么有这么多花纹？

锦瑟

【唐】李商隐

锦瑟无端①五十弦，一弦一柱思华年。

庄生晓梦迷蝴蝶，望帝春心托杜鹃。

沧海月明珠有泪②，蓝田日暖玉生烟。

此情可待成追忆，只是当时已惘然。

注释

① 无端：无缘由。怨怪之词。

② 珠有泪：《博物志》提到，"南海外有鲛人，水居如鱼，不废绩织，其眼泣则能出珠。"

40

精美的瑟为什么竟有 50 根弦，一弦一柱都叫我追忆青春年华。

庄周在睡梦中翩翩起舞化为蝴蝶，望帝把自己的幽恨寄托在杜鹃上。

沧海之上明月高照，鲛人泣泪皆成珠；蓝田红日和暖时，良玉才可生烟。

如此情怀哪里是现在回忆起来才感到无限怅恨呢？当年早就已经令人不胜怅惘了。

你知道吗？

瑟，是中国古代最早的拨弦乐器之一，现在已经失传。最早的瑟有 50 根弦，故又称"五十弦"，而在李商隐生活的那个时代，瑟有 25 根弦。也许诗人想问，为什么现在的瑟已经只有 25 根弦了，而自己心里的瑟却还有 50 根弦呢？瑟寄寓了诗人的感受，仿佛在替诗人诉说着自己已经远远落后于时代的悲苦。诗人回忆起往事，想用往昔的美好来安慰自己。然而，当他思索一件件往事时才发现，当时的所谓的美好都已经令人不胜怅惘了。

战国时期有一个叫庄周的人，他有一天晚上做了个梦，梦见自己变成了美丽的蝴蝶，在花丛中飞舞，等他醒过来的时候，好久都没能从这个梦里回过神来，感觉自己还是轻盈飞舞的蝴蝶。他悄悄问自己："到底是我庄周梦见自己变成了蝴蝶，还是蝴蝶梦见自己成了我庄周呢？"庄周这一问，拨动了几千年来爱思索的人们的心弦。庄周就是战国时期的大哲人庄子，"庄生晓梦迷蝴蝶"说的就是庄子梦见自己变成蝴蝶这件事。你有没有想过，蝴蝶为什么会这么迷人？它们的翅膀上为什么有这么多花纹呢？

我们仔细观察蝴蝶的翅膀，会发现上面有一层细粉。这是因为每一只蝴蝶的翅膀上都覆盖着无数细小的鳞片，因为鳞片太小了，像粉末一样，所以也叫鳞粉。如果我们将鳞片拿到显微镜下观察，就会发现它们是千姿百态的：有扇形的，有箭形的，有透明的，有半透明的。它们像鸟儿的羽毛或屋顶上的瓦片一样盖在翅膀上，椭圆形的鳞片还长着一个小柄，插在翅膀上的膜内。有一些鳞片自身带着各种色素，也有一些可以通过反射阳光呈现出缤纷的色彩，这就是我们能在蝴蝶的翅膀上看到花纹的原因。

不过，蝴蝶翅膀上的花纹并不是为了好看，而是为了保护自己。蝴蝶有很多种天敌，包括鸟雀、蜘蛛、螳螂、青蛙等，它们大多动作敏捷，还有的会设置陷阱，非常危险。幸好蝴蝶在进化过程中也找到了应对之道。蝴蝶身上的艳丽花纹，实际上起到了警告天敌"别吃我，我有毒"的作用。有一些本身无毒的蝴蝶，还会模仿有毒蝴蝶的外貌，比如雌性金斑蛱蝶的外形像有毒的虎斑蝶，雌性玉带凤蝶的外形像有毒的红珠凤蝶，它们把自己伪装成"更厉害"的同类，都是为了保护自己。

还有一种枯叶蛱蝶，翅膀上的花纹像一片枯叶，因此它很容易被误认为是没有生命的枯叶。还有一些灰蝶的翅膀上长着眼斑、尾突，会让天敌以为它们的翅膀是头部，它们还会摆动后翅来模仿头部的动作，天敌往往被骗去攻击后翅，它们能借此逃过一劫。更好玩的是，有一些蝴蝶的翅膀上还长着特别巨大、不成比例的眼斑，这会让鸟雀或是青蛙等天敌以为是蛇或者其他巨兽的眼睛，从而被它们吓退。

无题

犀牛为什么会
濒临灭绝？

无题

【唐】李商隐

昨夜星辰昨夜风，画楼西畔桂堂东。

身无彩凤双飞翼，心有灵犀^①一点通。

隔座送钩春酒暖，分曹射覆蜡灯红。

嗟余听鼓应官^②去，走马兰台^③类转蓬。

注释

① 灵犀：传说犀牛角有白纹，感应灵敏，所以称犀牛角为"灵犀"。

② 应官：犹上班。

③ 兰台：秘书省，掌管图书秘籍。写此诗时，李商隐正任秘书省正字。

昨夜星光灿烂，夜半却有习习凉风；我们的酒筵设在画楼西畔、桂堂之东。

身上没有彩凤的双翼，不能比翼齐飞；内心却像灵犀一样，一点就相通。

互相猜钩嬉戏，隔座对饮春酒暖心；分组来行酒令决一胜负，烛光泛红。

可叹啊，听到五更鼓就应该去兰台点卯；策马赶到兰台，我像随风飘转的蓬蒿。

你知道吗？

　　这首《无题》是诗人《无题》组诗中较著名的一首，不仅仅是因为传诵千古的"心有灵犀一点通"，还因为这里面有一段故事。唐代的长安，也就是现在的西安，每天早晨都有专职人员在鼓楼击鼓，各个街道的人伴随着鼓声开启新一天的工作，李商隐就是那个时候长安城里的一名"公务员"。伴随着鼓声，他告别了昨晚的宴会，告别了见了一面就很难忘掉的姑娘。他因为一直苦苦追求做长安的公务员，历经百般挫折，本以为会梦想成真，却没想到英雄无用武之地，只能陪长官出去喝酒，只好用诗来纾解心中的不快。

在古人眼中，犀牛是一种神奇的动物。相传，犀牛原本是天宫里的一位大将，因为办事不力得罪了天帝，才被贬到人间。这犀牛运气很好，它没有像猪八戒那样错投猪胎，反而长成了一匹老牛，一副人畜无害的样子，可他仍旧改不了当初好吃懒做的品性，今天偷吃点儿东家的粮食，明天偷吃点儿西家的牧草，害得当地农民天天丢东西，还相互怀疑起来。后来有个眼尖的男孩，在它偷啃玉米的时候，把它抓了个现行，打了它一扁担，才把它吓跑了。可没想到，扁担因为黏上了犀牛毛，从此有了神力，谁拿起它，都会变得力大无穷。

古人认为，犀牛的神奇之处，还不止犀牛毛。在他们看来，犀牛角是有灵性的东西，所以才会有"心有灵犀一点通"的说法。《神农本草经》还认为犀牛角能够解百毒。

正是因为这些传说，人们对犀牛角的需求越来越大，一场场杀犀取角的猎杀悲剧不断上演，犀牛的数量也渐渐减少，一些犀牛甚至因此灭绝。

犀牛是陆地上第二大的动物，吨位仅次于大象，在整个生态圈中基本没有天敌，不管是狮子还是老虎都拿皮糙肉厚的成年犀牛没什么办法。不过，虽然犀牛是一种比较原始、古老的动物，但性情暴躁。它们每3年才能生一次宝宝，这也是犀牛家族一直壮大不起来的原因。

尽管大多数物种濒临灭绝是人类社会发展，不断侵占和破坏其栖息地造成的，然而拥有辽阔栖息地的非洲犀牛，面临的最重大的威胁却是针对犀牛角的盗猎。虽说犀牛角一般可以再生，但体形庞大、脾气暴躁的犀牛当然不会乖乖等着盗猎者锯它们的角，盗猎者也根本不会在意犀牛的种群数量，为了得到犀牛角，他们会毫不犹豫地残忍地将犀牛杀死。

最为可悲的是，现代药理学证实，犀牛角的成分主要是角蛋白，和黄牛角、水牛角甚至人的指甲的成分一样，基本没有任何药用功能。可怜的犀牛们，死得实在是太冤枉了！

诗词大侦探

犀牛为什么会濒临灭绝？

46

蚕妇

蚕妇

【宋】张俞

昨日入城市①，归来泪满巾②。

遍身罗绮③者，不是养蚕人。

注释

① 市：做买卖或买卖货物的地方。这里指卖出蚕丝。

② 巾：手巾或者其他用来擦抹的小块布。

③ 罗绮：丝织品的统称。罗，颜色素淡或者质地较稀疏的丝织品。绮，有花纹或图案的丝织品，这里指用丝绸做的衣服。

译文

昨天我进城去卖丝，回来时泪水湿透了手巾。

为什么这么伤心？我看到了浑身绫罗绸缎的富人，他们竟没有一个是养蚕的人。

48

你知道吗？

张俞并不出名，他留下来的诗歌作品也不多，甚至他的生卒年也已经不可考，但是这一首《蚕妇》却非常有名。这首诗反映了当时的劳动人民真正的生活状况：他们日日夜夜辛苦劳作，但是却无法保留自己的劳动果实。这是由于不管是粮食还是蚕丝，大部分都被地主掠夺走了。再加上当时宋朝对外非常软弱，统治者们面对侵略者只能一再忍让，希望用赔款的方式来获得短暂的和平，到头来遭殃的就是百姓了。

诗词大侦探

为什么蚕会吐丝？

很多小朋友都养过蚕，知道它们吃桑叶、会吐丝、会结茧。如果我们把蚕茧放在热水里面煮一下，还能抽出一根根蚕丝，这也是制作丝织品的必要步骤之一。不过，蚕为什么会吐丝？难道就是为了让我们拿去做成丝织品吗？

其实，会吐丝的昆虫有很多种，它们大多是蝴蝶或者蛾的幼虫。这些昆虫的生命分为 4 个阶段：卵、幼虫、蛹和成虫。以蚕为例，在蛹这一阶段，它的生命最脆弱，它们会停止进食，丧失行动能力。在这种情况下，蚕如果遇到天敌或环境变化就会很危险，所以它们进化出了一种特殊能力：吐出丝织成茧，把自己包裹起来。这个茧子就像温暖的被褥一样，可以保护蚕脆弱的身体，让它们安心化蛹。因为化蛹是个漫长的过程，所以蚕宝宝要在蚕茧里待上好久，一直等到完全变成蚕蛾才会咬破蚕茧飞出来。

以前，常见的家蚕叫"三眠蚕"，顾名思义，三眠蚕在长大成蛹的过程中要蜕3次皮，也就是要休眠3次。蚕刚刚从卵中孵化出来的时候，长得黑黑瘦瘦的，有点像蚂蚁，所以叫作"蚕蚁"。它们昼夜不停地吃桑叶，因而长得很快，等它们吃上几天桑叶，长得大一点了，就会进入休眠状态，然后蜕去一层皮，变得白且胖。它们在休眠过3次，长得又肥又大的时候，就会爬到人们专门做好的"蚕山"上面吐丝结茧。经过人工选择与淘汰，现在的蚕通常都是吐丝更多、更好的四眠蚕了。

等到蚕茧形成之后，人们就可以把它们收集起来，放入沸水中煮，一边煮一边抽丝。一个蚕茧可以抽出700～1500米的蚕丝，足够绕学校操场两三圈了。这些蚕丝可以用来做成柔软又漂亮的衣料——丝绸。早在2000多年前的汉代，丝绸就已经远销国外，那条运送丝绸的、贯通中外的路就是举世闻名的"丝绸之路"。

江雪

冬天的山里，真的一只鸟儿都没有吗？

江雪

【唐】柳宗元

千山鸟飞绝①，万径②人踪灭。
孤舟蓑笠翁，独钓寒江雪。

注释

① 绝：无，没有。

② 万径：虚指，指千万条路。

译文

所有的山上，飞鸟都已绝迹，所有道路都不见人的踪迹。江面的孤舟上，一位披戴着蓑笠的老翁，独自在大雪纷飞的寒冷江面上垂钓。

你知道吗?

传说柳宗元因为耿直善良,和当时唐朝的官场格格不入,所以被人排挤,被一贬再贬。在一次聚会上,他不愿意和同僚应酬,便自斟自饮,自己拿着毛笔在白纸上写下了"千万孤独"4个字,过了不久就醉倒了。他的书童看到这4个字,知道主人又在发牢骚了,这如果被上级知道可不得了。于是,他提起笔,在"千""万""孤""独"后面分别补了一句诗,于是才有了这样一首千古绝唱。这个故事不一定是真的,但柳宗元一再被贬、心情抑郁却是千真万确的事实。

诗词大侦探

冬天的山里,真的一只鸟儿都没有吗?

冬天来了,寒冷的北风吹来了纷纷扬扬的雪花,公园里、小湖边变得非常安静,平时叽叽喳喳的鸟鸣声也听不到了。那么,柳宗元在诗里说的"千山鸟飞绝",是不是意味着寒冷的山里一只鸟儿都没有呢?

冬天的山里变得很安静,的确是因为鸟儿减少了。鸟儿减少倒不是因为它们冻死了,而是因为很多鸟儿都选择到南方过冬,比如家燕、大雁和丹顶鹤,都会随着天气变化迁徙,到第二年春天才回到北方,所以我们管它们叫"候鸟"。不过,也有很多鸟儿选择留在北方过冬,我们管它们叫"留鸟"。常见的留鸟有麻雀、乌鸦和啄木鸟等。每年冬天到来之前,很多留鸟都会换一次毛,用厚实的冬羽换下轻薄的夏羽,防止身体热量白白散失。

这些留在北方的鸟儿,因为披上了一件新衣服,身体的颜色和原来也完全不同了，这是它们在用保护色保护自己不被天敌发现。例如，一些留鸟在夏天利用一身灰褐色的装扮藏在草丛里，到了冬天就换一身白色衣服，方便在雪地里藏身。当然，冬天到来的时候鸟儿会和我们一样，尽量躲在温暖的巢里面。这样一来，鸟儿们既有保护色的保护，又减少了出巢的次数，柳宗元认为"千山鸟飞绝"也就不奇怪了。

尽管冬天的山里听起来很安静，可是实际上鸟儿还是要活动的。和小朋友的爸爸妈妈们一样，鸟儿在冬天也要出来忙活，这是因为它们要填饱肚子。跟保暖问题比起来，"吃什么"才是鸟儿在冬天面临的更重大的问题。

比如麻雀这种跟人类亲近的鸟会离开山林，整天待在农家院子里等待机会，一旦发现有剩饭或粮食，就会赶紧飞上前去饱餐一顿。乌鸦等鸟儿甚至还会直接从人的手里抢夺食物，十分霸道。

除此之外，橡树啄木鸟会狂热地在树上凿洞，然后在小洞里塞满橡子。等到饿了的时候，橡树啄木鸟就会去吃这些储备粮，用这种方法度过难熬的冬天。

总之，在冬天的山里，鸟儿的确会减少外出活动的次数，可为了填饱肚子，它们也得外出觅食。所以，冬天的山里也有鸟儿，它们并不会"飞绝"。当然，碰到像这首诗里所说的大雪天，可能就是例外啦！

十一月四日
风雨大作

为什么十二生肖里
没有猫?

十一月四日风雨大作二首

【宋】陆游

其一

风卷江湖雨暗村,四山声作海涛翻。

溪柴火软蛮毡暖,我与狸奴①不出门。

其二

僵卧孤村不自哀,尚思为国戍轮台②。

夜阑③卧听风吹雨,铁马冰河入梦来。

注释

① 狸奴:生活中被人们驯化的猫的昵称。

② 戍（shù）轮台:在新疆一带防守,这里指戍守边疆。戍,守卫。轮台,
古代边防重地,这里代指边关。

③ 夜阑（lán）:夜深;夜将尽时。

大风好似卷起江湖，下雨使村庄显得黯淡，四面山上风吹雨打的声音，像海上的浪涛翻卷。

若耶溪所出的柴烧的火和裹在身上的毛毡都很暖和，我和猫儿都不愿出门。

其二

我穷居孤村，躺卧不起，却不为自己的处境而感到哀伤，心中还想着替国家戍守边疆。

夜深了，我躺在床上听到那风雨声，梦见自己骑着披着盔甲的战马跨过冰封的河流出征边关。

你知道吗？

陆游的母亲唐氏是一位大家闺秀，不仅认得字，还看了不少诗书。她特别喜欢大词人秦观。陆游出生之后，唐氏喃喃地说，"秦观，字少游，这个孩子就叫陆游吧。"后来，陆游果然像秦观一样做了官，也做了诗人，但他的命运却与秦观不同。在家庭生活方面，母亲不仅决定了他的名字，也主宰着他的婚姻，强迫他休掉了他深爱的第一任妻子。在社会生活方面，他的性格比较倔强，不能为当时黑暗的政治所容。因为这些原因，他的一生都笼罩在阴云之中。

诗人陆游非常爱猫，刮大风下大雨的时候，他就抱着自己可爱的小猫，裹着被子取暖，还写了一首诗把这种行为记录下来。这种爱猫的心情，和现代人没什么两样。既然从古到今人们都这么爱猫，为什么我们从没遇到过一个属相是猫的人呢？

关于这个问题的答案，有这样一个故事。玉皇大帝想要选拔12种动物当生肖，他传下圣旨通知所有动物参加，来得早的动物就能入围。当时猫和老鼠是好朋友，吃住都在一起，形影不离。可是猫有个坏习惯，就是贪睡。在前往天庭的前一天，它怕自己因贪睡误了正事，便让老鼠明天记得叫醒它。老鼠满口答应，第二天却自己偷偷去了，还获得了第一名，压根就没叫醒还在熟睡的猫。等到猫醒来时，十二生肖的位置早就被定好了。从此以后，猫非常恨老鼠，一见到老鼠就会抓它们。

当然，这只是传说而已，不是真事。猫没成为生肖的原因也很简单，有论者认为，猫这种生物进入中国的时间比较晚，而十二生肖产生的时间却比较早，所以十二生肖里面才没有猫。

但人们对猫的喜爱，不见得必须以生肖的方式表现出来。猫的祖先有两种，一种是生活在亚洲的沙漠猫，另一种是生活在非洲的山猫。生活在三大洲交汇地带的苏美尔人点燃了人类文明的第一缕火光，也成为世界上第一批养猫的人。而生活年代稍晚一些的古埃及人，则在5000多年以前就成了猫的主人。在古埃及人的观念里，猫是女神巴斯特的化身，十分受人尊崇。猫不但生前住在宏伟高大的宫殿里，享受着珍馐盛宴，死后也会像埃及人尊奉的法老那样被制作成木乃伊。埃及人甚至会将一些猫喜欢的小老鼠或线球作为殉葬品。

随着中国人对猫这种外来生物渐渐熟悉，人们也对这种性格独立却又喜欢撒娇的可爱生物宠爱有加。中国古代的人家如果想要从别人家要一只猫来养，就必须像娶妻那样下聘礼，又称"聘猫"。聘礼通常有两种，

一种是用柳条穿起来的小鱼，另一种就是盐粒。可见，十二生肖里虽然
没有猫，可猫的家庭地位一直都不低呢！

蜂

【唐】罗隐

不论平地与山尖①，无限风光② 尽被占。
采得百花成蜜后，为谁辛苦为谁甜？

注释

① 山尖：山峰。

② 无限风光：极其美好的风景。

译文

无论是在平地，还是在山峰，极其美好的风景都被蜜蜂占有。
蜜蜂啊，你采尽百花酿成了花蜜，到底为谁付出辛苦，又想让
谁品尝香甜？

你知道吗？

罗隐原名罗横，传说他因为在参加科举之前编了一本《谗书》，得罪了当时的权贵，结果考了十几年也没能及第。于是他索性把名字改成"罗隐"，决心归隐山林，不再走科举出仕的道路。由于自己仕途不顺，罗隐体会到了很多普通百姓生活的艰辛，于是他把这些感受写进诗里，希望当时的统治者能够看到。和很多封建文人一样，罗隐对于劳苦大众的同情是有保留的，他对封建统治仍旧很有信心。在农民领袖黄巢起义的时候，同情百姓的罗隐没有选择加入他们，而是迅速躲到九华山隐居了起来。

诗词大侦探

为什么蜜蜂不会迷路？

我们在路过花丛的时候，偶尔会看到采蜜的蜜蜂。可举目四望，周围好像看不到蜂箱，没发现养蜂人忙碌的身影，也看不到蜂巢在哪里。那么，这些蜜蜂是从哪里来的呢？难道它们是从很远的地方飞来采蜜的吗？

可能还真是。要知道，一只蜜蜂最远可以飞到距离蜂巢 14 千米的地方采蜜，这段路程很长了，即使是骑自行车，也要骑一个小时左右。人的体形比蜜蜂大得多，体力也强得多，距离蜂巢 14 千米远的地方对蜜蜂这种小昆虫来说可以算得上"远在天边"了。我们来到一个离家很远的地方就很容易迷路，那么蜜蜂为什么可以轻松找到回家的路呢？

蜂巢中的蜜蜂可以分为 3 种：蜂后、雄蜂和工蜂。其中蜂后和雄蜂一般都不会外出忙碌，只负责繁衍后代，所以我们在花丛里见到的勤劳工作的蜜蜂都是工蜂。每年到了花开时节，蜂群会派出一群工蜂外出侦察，去寻找蜜源。侦察蜂也不是一开始就飞得特别远，而是先在蜂巢附近绕个圈子，熟悉一下地形，然后再慢慢扩大自己的侦察圈，直到找到最合适的蜜源。

侦察蜂回到蜂巢以后，会用"跳舞"的方式告诉自己的同伴蜜源在哪里，并以不同的"舞姿"表示蜂巢与蜜源之间的距离，通知大家一块儿去采蜜。侦察蜂跳圆舞就表示蜜源在 100 米以内，如果蜜源在 100 米以外，侦察蜂便改变舞姿，画起"∞"字，所以这种舞也叫"8 字舞"或"摆尾舞"。蜜蜂跳 8 字舞时画的"8"字圈越大，表示蜜源越远。

当蜜源确定以后，蜜蜂应向哪个方向飞行呢？昆虫学家发现蜜蜂的方向定位能力也非常强，它们的复眼由数千只小眼构成，小眼有灵敏的感光细胞，可以感受到太阳的偏振光，所以蜜蜂可以依据日光的位置来确定方向。到了距离蜂巢较近的地方，蜜蜂还会观察路途中的标志物，来给自己定位。除此之外，它们还会有意留下气味，方便自己和同伴找到回家的路。

有时候周围环境变化，又没有颜色鲜明的标志，蜜蜂也可能找不到回家的路。所以有经验的养蜂人为了预防蜜蜂迷路，会将蜂箱涂成不同的颜色。

鹦鹉

鹦鹉真的能听懂人说话吗？

鹦鹉

【唐】罗隐

莫恨雕笼翠羽残①，江南地暖陇西寒。
劝君②不用分明语③，语得分明出转④难。

注释

① 翠羽残：笼中的鹦鹉被剪去了翅膀。

② 君：笼中鹦鹉。

③ 分明语：学人说话说得很清楚。

④ 出转：从笼子里出来获得自由。

译文

不要怨恨被关在华丽的笼子里，也不要痛恨被人剪去翅膀。
江南气候温暖，而你的老家陇西（陇山以西）十分寒冷。

66

劝你不要把话说得过于清楚，话说得太清楚，人就愈加喜爱你，你要想飞出鸟笼就更难了。

你知道吗？

传说鹦鹉是来自西域的灵鸟，它的羽毛体现着它绝妙的气质，它的喙闪耀着明亮的光辉。鹦鹉十分聪慧，它的聪明才智是一般鸟儿没有的，它会模仿人类说话，有时候还会调皮捣蛋，所以深得人类宠爱。但诗人选择这种鸟写诗，与这通人性的鸟儿"对话"，是为了抒发自己寄人篱下的感受。

诗词大侦探

鹦鹉真的能听懂人说话吗？

鹦鹉是鸟类中的"口技大师"，喜欢模仿听到的各种声音，无论是人声还是犬吠，它都能模仿得惟妙惟肖。有的鹦鹉不但能学人说话，还偶尔展露一下歌喉，像模像样地哼两句小曲。据说曾有探险家在树林里行走，听见前面好像有人在讲话，走上前去才发现并没有人，而是一只鹦鹉在"自言自语"。

有的小朋友可能要问，世界上有那么多种小鸟，但只有极少数能学人说话，这是为什么呢？这当然要归功于它们聪明的大脑。就拿鹦鹉来说，鹦鹉的模仿能力与它的脑容量有关。如果给鸟类的智商排排序，那鹦鹉可以说是拥有数一数二的聪明脑瓜。如果你家里同时养了鹦鹉和狗，憨厚可爱的狗往往会沦为鹦鹉捉弄的对象。没办法，谁叫鹦鹉的智商这么高呢？

有一位叫裴伯的科学家养了一只非洲灰鹦鹉，名叫艾力克斯。艾力克斯会从 0 数到 6，还能分辨物体的颜色和形状。和艾力克斯同样聪明的还有很多动物，比如会用按钮向主人表达"出去玩"的意愿的牧羊犬史黛拉，会用手语和人类交流的大猩猩烟花等。但能够模仿人类语音、语调的动物，却只有以鹦鹉为代表的少数鸟类，这是什么原因呢？

还是以鹦鹉为例，鹦鹉有独特的发声器官和灵巧的舌头，它们通过一段时日的练习就能模仿人类的声音甚至哼唱乐曲。此外，鹦鹉有一种叫作"效鸣"的习性。很多小型鸟类都会效鸣，这是它们的生存本领。这些小鸟常常模仿大型猛禽的声音，有的时候为的是吓跑它的对手，有的时候是在向自己家里的其他成员发出猛禽来袭的警报。一些经过专业训练的鹦鹉能通过效鸣带来特别精彩的口技表演，模仿人声则抑扬顿挫，模仿乐音则婉转悠扬，听过的人无不赞叹大自然的神奇。

在野外环境中，鹦鹉会通过模仿猛禽的声音来求生，但它们能够模仿人类的声音，更多的是饲养员们辛苦训练的结果。就像我们模仿小猫的声音一样，我们只是在单纯地模仿，无法理解小猫发出的喵喵声究竟有什么含义。所以对于鹦鹉来说，人类的语言同样无法被理解。

为什么说大鹅
是看家能手？

咏鹅

【唐】骆宾王

鹅，鹅，鹅，曲项① 向天歌② 。

白毛浮绿水，红掌拨③ 清波。

注释

① 曲项：弯着脖子。

② 歌：长鸣。

③ 拨：划动。

译文

"鹅，鹅，鹅！"一群鹅正面向蓝天，弯着脖子歌唱。

洁白的羽毛漂浮在碧绿的水面上，红红的脚掌拨动着清清水波。

你知道吗？

　　7岁的时候，骆宾王正在池塘边玩耍，忽然来了几位客人问他会不会写诗，骆宾王沉思了一会儿，很快就吟出了这首流传千古的诗。诗中虽然没有包含什么深刻的道理，但对于鹅的观察却非常细致入微，把鹅静态的美和动态的美都写了出来。能在很短的时间内，在一群大人的注视下写出这首诗，实在很不容易，所以当时骆宾王被认为是神童。他长大之后也很有才气，武则天夺取政权成了女皇后，在读到他写的讨伐自己的檄文时竟然也连连赞叹。

诗词大侦探

为什么说大鹅是看家能手？

　　鹅在古人心目中是一种优雅美丽的鸟儿，东晋大书法家王羲之特别爱鹅，有一次他看到山阴道士养的鹅又肥又白，非常可爱，便提出要购买。道士说："只要你肯为我抄写一卷《道德经》，这一群鹅全都可以赠送给你。"王羲之欣然接受。抄毕，他带着一群鹅高高兴兴地回家去了。所以后来人们就用"鹅群帖"来比喻精妙的书法作品。

　　不过，鹅的优雅可能只是一种假象。养过鹅的人都知道，它们其实又凶又狠，战斗力极强。俗话说得好："宁让狗咬，不让鹅拧。"鹅的嘴巴与其他家禽的嘴巴迥然不同，长满了细细密密的小齿，所以也叫"齿状喙"，可以折断青草和树枝。这样的嘴巴拧一下人，那个滋味可太难受了，比被狗咬一下疼得多。

鹅和狗一样非常认生，一旦有它不认识的人或动物侵入了它的势力范围，它就会非常不舒服。这个时候它就会把脖子伸得长长的，一边大声鸣叫着，一边寻找机会向侵入者发动攻击。而且一旦认准了攻击对象，鹅就会紧追不舍，所以到农村见到了大鹅，小朋友们可千万不要去招惹它们。

　　有的鹅因为警惕性特别强，有时候会成为光荣的"工作鹅"。战国时期的思想家庄子有一次出门带着弟子住在了朋友家，朋友非常高兴，让童子杀雁来款待他们。童子问道："有一只能叫，一只不能叫，请问杀哪一只雁？"主人说："杀那只不能叫的，留下另一只看大门。"这里说的"雁"其实就是鹅。鹅的听觉、嗅觉很灵敏，可以代替狗来看门，所以庄子的朋友才留下了那只会叫的鹅。

　　鹅的鸣叫声十分响亮，还曾在战争中发挥过大作用。唐朝的时候，节度使吴元济谋反，唐朝将领李愬（sù）率领将士们在一个下着大雪的夜里到蔡州平叛，夜半抵达时，雪愈下愈大，大地白茫茫一片，采取军事行动极易被发现。这时候李愬看到城边有很多养鹅的鹅池，于是便让士兵们打鹅，鹅的鸣叫声掩盖了行军声，迷惑了叛军，李愬成功平叛。后来的人们便以"雪夜鸣鹅"代指以智取胜。

硕鼠

【先秦】佚名

硕鼠硕鼠，无食我黍！三岁贯① 女，莫我肯顾。
逝② 将去女③ ，适彼乐土。乐土乐土， 爰④ 得我所。

硕鼠硕鼠，无食我麦！三岁贯女，莫我肯德。
逝将去女，适彼乐国。乐国乐国，爰④ 得我直⑤ 。

硕鼠硕鼠，无食我苗！三岁贯女，莫我肯劳。
逝将去女，适彼乐郊。乐郊乐郊，谁之永号？

注释

① 贯：借作"宦"，侍奉。

② 逝：通"誓"。去，离开。

③ 女：同"汝"。你。

④ 爰（yuán）：于是，在此。

⑤ 直：同"职"，一说同"值"。

74

大田鼠呀大田鼠，不许吃我种的黍！多年辛勤伺候你，你却对我不照顾。发誓定要摆脱你，去那乐土有幸福。乐土啊乐土，才是我的好去处！

大田鼠呀大田鼠，不许吃我种的麦！多年辛勤伺候你，你却对我不优待。发誓定要摆脱你，去那乐国有仁爱。乐国啊乐国，才是我的好所在！

大田鼠呀大田鼠，不许吃我种的苗！多年辛勤伺候你，你却对我不慰劳！发誓定要摆脱你，去那乐郊有欢笑。乐郊啊乐郊，谁还悲叹长呼号！

你知道吗？

　　《硕鼠》是《诗经·魏风》中的一篇，是当时魏国的民歌。魏国是西周初分封的姬姓小国，在现在的山西芮城。在处在奴隶社会的先秦时代，逃亡是奴隶反抗的主要形式，唱歌也成为奴隶们之间沟通的方式。这首歌谣朗朗上口，配上一些简单的音乐就能传递心情。

"小老鼠，上灯台。偷油吃，下不来。叽里咕噜滚下来。"能从灯台上滚下来的老鼠，恐怕也胖得像球一样。那么你有没有想过，最大的老鼠有多大呢？

在回答这个问题之前，我们先要给"老鼠"下个定义，如果仅仅是指那些在我们家里到处搞破坏的褐家鼠，那它长不了多大。但如果我们把啮齿目的动物都叫作"老鼠"，那大老鼠可就多啦！

根据生物学家的调查，非洲巨鼠的体形十分庞大，它的身长可以达到 91 厘米，比一般的小狗还要大呢！因为体形庞大，所以非洲巨鼠看上去有一些可怕。

不过，如果你和一只非洲巨鼠狭路相逢也不用害怕，因为它既不是吃人的怪物，也不是我们印象里那个偷粮食、传染疾病的"坏蛋"，而是一个"探雷小勇士"！它较轻的体重加上灵敏的嗅觉，使它成为非洲、东南亚地区被用来探测地雷的"英雄鼠"。据报道，一只名为马家瓦的非洲巨鼠因为在 7 年里发现了 35 个地雷和 28 枚未爆炸的弹药，被授予了奖章，是名副其实的"英雄鼠"呢！不仅如此，非洲的医院还"聘用"它们来检测、辨别结核病患者，尽管它们是"高度近视"，但它们可以凭借自己灵敏的嗅觉帮助人们探测土壤中的污染物、查出违禁品……非洲巨鼠因此受到了当地人的喜爱，逐渐成为一种家养宠物。

除了非洲巨鼠之外，豚鼠（也叫荷兰猪）也是一种体形比较庞大的老鼠，体重能达到 5 ~ 10 千克，像三四岁的孩子一般。豚鼠性格十分温和，和很多动物都相处融洽。

还有的老鼠体形大，纯粹是因为长得胖。就像我们摄入过多的食物就会超重一样，老鼠偷吃了许多粮食也会变得很胖，比如法国巨鼠与英国巨鼠都是在农田里被发现的。

诗词大侦探

最大的老鼠有多大？

惠崇春江晚景

河豚为什么会变成『气球』？

惠崇春江晚景

【宋】苏轼

竹外桃花三两枝，春江水暖鸭先知。

蒌蒿^① 满地芦芽^② 短，正是河豚欲上时。

注释

① 蒌蒿（lóu hāo）：草名，有青蒿、白蒿等种类。

② 芦芽：芦苇的幼芽，可食用。

译文

竹林外两三枝桃花初放，水中嬉戏的鸭子最先察觉到初春江水回暖。河滩上长满了蒌蒿，芦苇也长出短短的新芽，而河豚此时正要逆流而上，从大海洄游到江河里来。

你知道吗？

传说苏轼与惠崇是非常好的朋友，他们常常坐在一起聊天。有一次，苏轼跟惠崇开玩笑，就对惠崇说："我看你像牛粪。"惠崇说："我看你像如来。"苏轼特别开心，以为自己占到了便宜，因为惠崇被自己欺负了都不知道回嘴。于是他回去跟苏小妹炫耀，苏小妹笑道："哥，惠崇是和尚，参禅是见心见性，你心中有什么眼中就有什么。惠崇说看你像如来，那说明他心中有如来；你说惠崇像牛粪，想想你心里有什么吧！"惠崇的《春江晚景图》如今已经失传，但他与苏轼之间的故事却流传了下来。

诗词大侦探

河豚为什么会变成"气球"？

说到好看、危险又好吃的动物，可能当之无愧的就只有河豚了。如果你抓住一只河豚，它会从正常体形，膨胀成一只气球的样子，嘴巴还鼓鼓的，就和小朋友生气的时候差不多。河豚往往颜色鲜艳，所以变成"气球"时看起来可爱极了。

不过，河豚自己可不会觉得可爱，变成"气球"是它们遇到危险时保护自己的方式。平时在河里游泳的时候，河豚主要靠两片胸鳍推进，这样虽然可以灵活旋转，速度却不快，很容易被天敌捕食。所以河豚进化出了一种特殊的能力，它们遇到天敌或察觉到危险的时候，就会大口大口地拼命喝水或吸入空气，把自己的身体鼓成一个球形，在短时间里让自己变大好几倍，带刺的河豚还会竖起身上的小刺，并且发出"咕咕"的声音，试图把敌人吓退——万一吓不退敌人，至少也要让它们觉得咽不下去。

万一真的被咽下去了怎么办呢？基本就只能认命了。不过，河豚可是会"报仇"的。河豚的卵、肝和皮都有毒素，人类摄入 0.5～1 毫克这种毒素就可以致命。如果河豚真的被天敌吞下了肚，那么至少也能毒死对方，一命抵一命了。比起那些只用鲜艳的颜色吓唬天敌的生物，河豚可以说是上了"双重保险"。

河豚的这种"自我保护"，在人类眼里可算不上什么。因为它味道鲜美，实在让人垂涎欲滴。古人以为只要把河豚煮熟就可以去除毒素，反之，"煮之不熟，食之必死"。有多少古人吃过河豚我们不得而知，但至少宋朝大诗人、大美食家苏轼应该就吃过河豚。这首诗里的"蒌蒿满地芦芽短，正是河豚欲上时"，说的就是吃河豚的时节。河豚平时生活在海里，等到每年晚春时节就会洄游到江河里产卵，这时候人们便捕捉河豚和鲜嫩的蒌蒿、芦芽一起煮食。

那么河豚变成"气球"之后还能不能复原呢？答案是能。它们只需把"生气"之前喝到肚子里的水吐出来，就能恢复到之前的样子啦！

江城子·密州出猎

【宋】苏轼

老夫聊发少年狂，左牵黄，右擎苍，
锦帽貂裘，千骑卷平冈。
为报倾城随太守，亲射虎，看孙郎① 。
酒酣胸胆尚开张。鬓微霜，又何妨！
持节② 云中③ ，何日遣冯唐？
会挽雕弓如满月，西北望，射天狼④ 。

注释

① 孙郎：孙权，这里是诗人自喻。

② 持节：奉有朝廷重大使命。

82

③ **云中:** 汉时郡名,相传在今内蒙古自治区托克托县一带,包括山西省西北一部分地区。

④ **天狼:** 星名,又称犬星,这里隐喻侵犯北宋西北边境的西夏军队。

我姑且抒发一下少年般的豪情壮志,左手牵着黄犬,右臂托起苍鹰,头戴华美鲜艳的帽子,身穿貂鼠皮衣,带着浩浩荡荡的大部队像疾风一样席卷平坦的山冈。为了报答全城的人跟随我出猎的盛意,我要像孙权一样,亲自射杀猛虎。

我痛饮美酒,心胸开阔,胆气豪壮,两鬓微微发白,这又有何妨?什么时候皇帝会派人下来,就像汉文帝派遣冯唐去云中赦免魏尚一样赦免我呢?那时我将使尽力气将雕弓拉得像满月一样,瞄准西北,射向西夏军队。

你知道吗?

由于职务调动,苏轼一家告别了杭州,向密州(今山东诸城)而去。密州当时是个十分偏僻的地方,但这一点都不影响苏轼的心情。在一次集体打猎活动中,苏轼带领着同僚们向山中进发。虽然此时他已经年龄不小了,可是却意气风发,仿佛回到了少年时光。他觉得自己没有老去,还可以为国效力,完成建功立业的心愿。

三国时期的吴国国君孙权喜欢骑马打猎，有一次他打猎的时候遇到了老虎，当时情势危急，老虎已经冲到了他的身边，还咬伤了他的马。不过，孙权可不是手无缚鸡之力的那种君主，他赶紧下马弃弓，用双戟与老虎搏斗，最后侍卫张世也赶来帮助，两人齐心协力杀死了这只老虎。这就是苏轼在这首词里说的"亲射虎"的故事。

能够杀掉老虎，在古代是一种美谈。虽然现在老虎已经成了保护动物，但在古人心目中，它可是凶残可怕的食人猛兽。它们拥有着猫科动物中最大的体形、最强大的力量、最长的犬齿、最锋利的爪子和最大的咬合力，在大自然中几乎没有天敌。它们不但凶猛，还有一副威严的面容，特别是额上那个大大的"王"字花纹，给它平添了几分王者风度。

为什么老虎头上有一个"王"字呢？其实纯属巧合。大多数老虎身上都长着黑黄相间的条纹，这是它们进化出来的保护色。不过，其他动物的保护色是为了让自己不被天敌发现，老虎的保护色恰好相反，是为了让自己不被猎物发现。老虎一般用伏击的方式捕猎，它们大多常年生活在森林里，森林的树木在太阳光的映照下会产生一条条黑色的阴影，老虎身上的黑色斑纹和这些阴影类似，可以帮助它们隐藏行踪，神不知鬼不觉地出现在猎物面前，发动突然袭击。很多老虎头上都有纵横交错的斑纹，自然而然就形成了"王"字——不过其实说成"丰"字也完全没有问题。

为什么老虎头上有『王』字？

浣溪沙·
游蕲水清泉寺

杜鹃鸟和杜鹃花
是亲戚吗？

浣溪沙·游蕲（qí）水清泉寺

【宋】苏轼

游蕲水清泉寺，寺临兰溪，溪水西流。

山下兰芽短浸溪，松间沙路净无泥。萧萧① 暮雨子规啼。

谁道人生无再少② ？门前流水尚能西！休将白发唱黄鸡③ 。

注释

① 萧萧：形容雨声。

② 无再少：不能再回到少年时代。

③ 唱黄鸡：感慨时光的流逝。因黄鸡可以报晓，人们用它表示时光的流逝。

译文

在蕲水的清泉寺游玩，寺庙在兰溪的旁边，溪水向西流淌。

山脚下兰草新长出的幼芽浸润在溪水中，松林间的沙路被雨水冲洗得一尘不染。傍晚时分，细雨萧萧，杜鹃鸟声声啼叫。谁说人生就不能再回到少年时代？门前的溪水都还能向西流淌！不要在老年时感叹时光飞逝啊！

你知道吗？

　　提起黄冈，大家可能最先想到的是黄冈的试题。不过，这里最初可不是因为试题出名，而是因为风景优美。这首词写的就是约1000年前的黄冈。当时那里有一座寺庙，名为清泉寺。清泉寺所在的山的山下有小溪，溪边生长着兰草；松林间的石子路，经过雨水的冲刷后一尘不染，异常洁净。傍晚有时候下点小雨，不知何处有鸟儿的鸣叫声。可以说，这里有词人最向往的生活，安逸、闲适，还充满了人生的智慧。

诗词大侦探

杜鹃鸟和杜鹃花是亲戚吗？

　　这首词里的"子规"是杜鹃鸟的别称。而"杜鹃"是一个有双重意义的词，因为它既是鸟名，也是一种花的名字。那么，为什么杜鹃鸟和杜鹃花会叫同一个名字呢？到底谁才是"杜鹃"这个名字的真正主人？答案是，它们俩都不是。杜鹃鸟和杜鹃花的名字其实来源于同一个故事。

　　据东晋史学家常璩（qú）编著的《华阳国志》，远古时代的四川地区有一位蜀国国王，名叫杜宇。他教当地人民种植庄稼，很受大家的爱戴，他因此获尊号"望帝"。在他的晚年，蜀国突然发生了洪灾，一位名叫鳖灵的贤人站了出来，帮助大家治水。因为他的功绩，在水患治理成功以后，杜宇就把王位让给了鳖灵，自己退隐而去。禅让是大公无私的表现，可当地的人民却不理解这种做法，甚至在背地里说了杜宇很多坏话。

闲居的杜宇听到之后，积郁成疾，在悲愤中抱憾而死。他死后，灵魂变成了一只鸟儿，每天悲伤地痛哭，哭得流出了鲜血，最后把山坡上的花儿都染红了。怀念杜宇的老百姓们就把那只鸟叫作杜鹃鸟，把这种漂亮的花叫作杜鹃花。

这个故事里的杜鹃鸟得名于一位品行高尚的国王，但杜鹃鸟实际非常凶残。大约有三分之一的杜鹃鸟是不会自己筑巢的。每年的繁殖季节，杜鹃鸟妈妈就偷偷摸摸地飞来飞去，在大树的枝叶间寻找已经筑巢并产卵的其他鸟类，画眉、苇莺（niǎo）、黄鹂等体形比较小的鸟儿，都是它"下手"的目标。找到目标以后，杜鹃鸟妈妈就飞过去露出酷似猛禽鹞鹰的翅膀花纹，把正在孵卵的鸟妈妈吓跑，然后在它的巢内产下自己的卵。

因为杜鹃鸟的卵和鸟妈妈的卵样子很相似，鸟妈妈回到家以后发现不了，就会把杜鹃鸟的卵和自己的卵一起孵化出来。小杜鹃鸟如果先破壳出来，就会趁着鸟妈妈不在家，偷偷把它的卵推出巢外摔碎；甚至如果有先孵化出来的幼鸟，也会被它推出去。它的养父母丝毫没有察觉这个孩子和自己长得并不像，也没有察觉自己的孩子已经死去，仍然兢兢业业地每天觅食带回来给小杜鹃鸟吃。有时候，小杜鹃鸟长得比养父母还要大很多，却仍然心安理得地享受着它们的喂养，直到它学会飞行以后才离开养父母，再也不回来。所以科学家把杜鹃鸟比作寄生虫，管它们叫"巢寄生"鸟类。

而每年春天开花，用美好的姿态装扮这个世界的杜鹃花，自然不会有这样自私、无情的亲戚，可能还会羞于与之为伍呢。

登飞来峰

为什么公鸡能叫我们起床？

登飞来峰

【宋】王安石

飞来峰① 上千寻塔②，闻说鸡鸣见日升。
不畏浮云遮望眼③，自缘身在最高层。

注释

① 飞来峰：一说在浙江绍兴城外的林山，唐宋时其中有座应天塔，传说此峰是从琅琊郡（今山东省青岛市琅琊镇）东武县飞来的，故名飞来峰。一说在今浙江杭州西湖灵隐寺对面。

② 千寻塔：很高很高的塔。寻，古时长度单位，8尺（一说为7尺）为一寻。

③ 望眼：视线。

登上飞来峰顶的高塔，听说每天鸡鸣时分在这里可以看到旭日升起。不怕层层浮云遮挡我远望的视线，因为我自己就站在飞来峰的最高层。

你知道吗？

　　相传飞来峰位于杭州的灵隐寺对面，关于这座山的来历，有一个神奇的故事。相传有一天，灵隐寺的济公冲进一户娶新娘的人家，背起正在拜堂的新娘子就跑，村民见济公抢新娘，就都呼喊着追了出来。村民觉得济公疯疯癫癫，爱捉弄人，以为这次又是寻开心，可正当人们追着济公离开村子时，突然听到"轰隆隆"一声，一座山峰压住了整个村庄。这时，村民才明白济公抢新娘是为了拯救大家。后来，人们把这座山峰称为"飞来峰"。诗人正是豪情万丈的年纪，他登临这座山峰，写下了壮美的诗句。

诗词大侦探

为什么公鸡能叫我们起床？

　　公鸡有一个神奇的功能，每天蒙蒙亮的时候，就会"喔喔喔"地大声鸣叫，古人都拿它们当天然的闹钟。那么，你知道为什么大公鸡能在每天早晨叫我们起床吗？

　　一开始，科学家认为公鸡对光线比较敏感，感受到了明暗交替才早早打鸣，不过后来有一些科学家专门进行了对比试验，发现事实并不是这样。他们准备了两组公鸡，一组放在室外，一组放在室内光线很暗的房间中，结果第二天两组公鸡都打鸣了。所以公鸡打鸣可能和光线没有

关系，而是受生物钟控制的。

后来科学家经过进一步研究，发现公鸡的大脑当中有一个叫松果体的区域，该区域会分泌出大量具有安神作用的褪黑素，所以公鸡平时大多时候是比较安静的。但是到了早上，在光线的刺激下，公鸡分泌的褪黑素会变少，所以它们就会打鸣。

其实公鸡并不是只在早晨打鸣，白天甚至半夜，只要它醒着就有可能会打鸣。它的鸣叫有很多种含义，有时候是宣布这块领地属于它，警告其他公鸡不要侵入；有时候则是单纯表达自己的兴奋。一般来说，公鸡早晨的鸣叫让人印象最深刻，因为这个时候大多数人类和动物都还没睡醒，万籁俱寂之中鸡鸣声显得特别响亮，等到了白天，环境中有各种各样嘈杂的声音，公鸡的鸣叫也就不那么明显了。

科学家还有一个有趣的发现：鸡群里面，地位最高的公鸡有破晓的优先权，它会叫得比其他公鸡更早一些，它叫完之后，其他公鸡才按顺序挨个打鸣，地位最低的只能在其他公鸡叫完后再发声。可见，公鸡打鸣并不是简单地叫我们起床，还有宣告自己的地位的作用呢。

有志气的古人常用这种天然闹钟激励自己。"闻鸡起舞"这个成语说的就是祖逖听到公鸡的打鸣声，早早起来舞剑。后来，祖逖果然成了东晋时期著名的将领,正是他的威名压制住了权臣王敦,让王敦不敢谋反。看来，"闻鸡起舞"果然是个好习惯啊！

92

观猎

老鹰和猎犬，
谁才是打猎好帮手？

观猎

【唐】王维

风劲角弓鸣，将军猎渭城。

草枯鹰眼疾①，雪尽马蹄轻。

忽过新丰市，还归细柳营。

回看射雕处②，千里暮云平。

注释

① 眼疾：目光敏锐。

② 射雕处：借射雕处表达对将军的赞美。雕，猛禽，飞得快，难以射中。
射雕，北齐斛律光精通武艺，曾射中一雕，人称"射雕都督"，
此处引用其事以赞美将军。

劲风吹过，绷紧的弓弦发出尖锐的颤声，只见将军正在渭城郊外狩猎。

秋草枯黄，鹰眼更加锐利；积雪融化，飞驰的马蹄显得十分轻盈。

转眼已经路过新丰市，不久之后又骑着马回到那细柳营。

回首观望方才纵横驰骋之处，傍晚的云层已与大地连成一片。

你知道吗？

诗中的渭城为秦时咸阳，在如今西安市西北，是当时的人们送别友人的地方。青年时期的王维不仅能写诗，还画得一手好画，很快就受到了宰相的赏识，在京城的达官贵人的圈子里也很受欢迎。政治理想和抱负得以实现，所以他写出了不少格调高昂的诗。和后世的很多文人不同，王维不仅关心政治，还真正去边塞考察过，并写出了"大漠孤烟直，长河落日圆"这样的名句。后来王维参禅学佛，诗中渐渐充满了闲散的情致。

人们总喜欢为一些看似无意义的事情"争辩"，还乐此不疲，因为他们从中可以得到知识和乐趣。一位朋友问我，老鹰和猎犬，谁才是打猎好帮手？下面我们一起来探讨一下这个问题。

"老鹰"其实并不是一种鸟，而是一大类隼形目猛禽的统称，包括苍鹰、雀鹰、游隼等，这几种猛禽经常被用作猎鹰。它们一般都生活在山林里，飞得又高又快，喜欢捕捉野兔、野鸡等小动物为食。打猎的时候，猎人与猎犬会先惊动猎物，猎鹰则趁猎物惊慌失措时出击，往往就能"手到擒来"，这时猎人要及时赶到夺下猎物，然后给猎鹰喂食一块肉作为奖励，如果来晚一会儿，猎物就可能被猎鹰吃完了。

最早驯养老鹰捕猎的可能是北方的匈奴人，后来匈奴和中原王朝的联系越来越紧密，放老鹰狩猎这种玩法也传入了中原地区。到了汉代，猎鹰和猎犬都成了达官贵人们喜爱的玩物。比如，三国时期曹操的对手袁术家世显赫，他自己也过着贵族公子的生活，喜欢跟一群不务正业的公子哥一起带着猎鹰和猎犬狩猎玩耍。可见，至少在东汉时期，被驯养的猎鹰和猎犬就已成为贵族公子们的标配。

隋炀帝也是猎鹰的狂热爱好者。《隋书·炀帝纪》记载，他曾经征发全国养猎鹰的猎户一起到京城，竟然有万余人。这么多人都靠驯养猎鹰为生，已形成了一个庞大的产业。盛唐时期，唐玄宗又设立了专门驯养猎鹰的官署，名为鹰坊，还给各种鹰科动物分类，蔚为壮观。《新唐书·百官志二》中记载："闲厩使押五坊，以供时狩：一曰雕坊，二曰鹘坊，三曰鹞坊，四曰鹰坊，五曰狗坊。"

对猎人来说，猎鹰和猎犬哪个更重要呢？答案是同等重要，缺一不可。一般来说，古人打猎的对象多为野兔或野鸡，猎人们用目光敏锐的猎鹰侦察猎物躲藏的地方，再用嗅觉灵敏的猎犬对猎物进行驱赶、围追、堵截。天空和陆地的全方位包围，使猎物无处可逃，这样才能完成一次精彩的围猎。与同伴在各自的位置上发挥自己的价值，团结协作，这样就可能取得成功，也许这就是猎鹰和猎犬这一对合作者告诉我们的道理吧！

破阵子·
为陈同甫
赋壮词以寄之

古人为什么
要骑马打仗?

破阵子·为陈同甫赋壮词以寄之

【宋】辛弃疾

醉里① 挑灯看剑② ，梦回吹角连营。

八百里③ 分麾（huī）下炙，五十弦翻塞外声，沙场秋点兵。

马作的卢飞快，弓如霹雳弦惊。

了却君王天下事④ ，赢得生前身后名。可怜白发生！

注释

① 醉里：醉酒之中。

② 看剑：观看宝剑。这里用以说明词人即使在醉酒之际也不忘抗敌。

③ 八百里：牛，这里泛指酒食。《世说新语·汰侈》有"王君夫（恺）有牛，
名八百里驳，常莹其蹄角。王武子（济）语君夫：'我射不如卿，
今指赌卿牛，以千万对之。'君夫既恃手快，且谓骏物无有杀理，

100

便相然可，令武子先射。武子一起便破的，却据胡床，叱左右：'速探牛心来！'须臾炙至，一脔便去。"

注释

④ **天下事：** 这里指恢复中原之事。

译文

醉梦里挑亮油灯观看宝剑，恍惚间又回到了当年，那时各个军营里接连不断地响起号角声。把酒食分给部下享用，奏起雄壮的军乐鼓舞士气。这是秋天在战场上阅兵。

战马像的卢马一样跑得飞快，弓箭像惊雷一样震耳离弦。我一心想替君主完成收复失地的大业，取得世代相传的美名。一觉醒来，可惜已是白发人！

你知道吗？

南宋著名爱国词人辛弃疾的少年时代是在战乱中度过的。他在少年时代就目睹了硝烟漫天、山河破碎的景象，于是，国仇家恨的种子深深地埋藏在他心间。这首词是辛弃疾在闲居江西的时候写的，当时辛弃疾的好朋友陈亮从家乡来看望他，病中的辛弃疾见到陈亮，十分高兴。当时辛弃疾住在自己盖的房子里，房子附近有一条名为"瓢泉"的小溪。两个人时而在瓢泉共饮，时而到鹅湖寺游览。他们一边喝酒，一边畅谈国家大事，时而欢笑，时而伤感，在陈亮临走时，辛弃疾写下了这首脍炙人口的《破阵子·为陈同甫赋壮词以寄之》。

三国时期的刘备有一匹好马，名叫"的卢"，它奔跑的速度飞快，而且擅长跳跃。有一次，有人想害刘备，派遣追兵把他逼到了一条好几丈宽的溪流前。正在走投无路的时候，的卢马飞身而起，一下子跃过了溪流，刘备这才摆脱了追兵。《破阵子·为陈同甫赋壮词以寄之》中的"马作的卢飞快"一句，就是用"的卢"代指古代的那些宝马。

马在古人心目中特别重要，它们不但可以传送信件，更是行军离不开的好伙伴。古代战场上的骑兵是最让敌军头疼的，因为他们跑得很快，打得过就打，打不过就跑，还可以抢先占领有利的战略位置。更可怕的是，浑身披上铁甲的重骑兵发起冲锋的时候，就像现代的坦克军团一样势不可当。有的人或许会问，那么给牛、驴、大象甚至绵羊披上铁甲，效果不也一样吗？为什么古代骑兵要骑马打仗，而不是骑着其他动物呢？

其实古人尝试过用很多动物当坐骑，但是后来比较起来发现，这些动物发挥的作用都不如马。首先，马的分布范围特别广，从亚洲到欧洲，不管北方还是南方都有，它们不管是在平原、沙漠还是山区都能生活，不像骆驼只适合生活在沙漠里，也不像大象那样只能生活在热带地区；其次，与鹿类和斑马相比，马的脾气更温和柔顺，容易驯服，并且马很聪明，记忆力很好，就像成语"老马识途"说的那样，可以识记道路；再次，马的体型正好适合人骑坐，同样聪明的大象有一人多高，人不容易骑坐；最后，马的耐力和速度较平衡，不像牛或者驴那样耐力虽好但跑得慢，也不像老虎等猫科动物那样耐力较差、不善于长时间奔跑。

所以综合考虑起来，马就是古代骑兵的最佳选择。

早在距今 5000 ~ 5500 年前的新石器时代，我们人类的祖先就开始尝试驯化野马了，一开始主要是用来打猎或当作食物，后来发现马可以用来拉车和载物，人们还可以骑着它打仗。在我国，生活在北方草原上的游牧民族最早发展出了呼啸如风的骑兵战术。从战国时期的赵武灵王开始，中原地区也接受了骑兵战术。后来，随着技术的进步，人们又发明了马鞍、马镫、辔头等重要的用具，让马变得更容易控制，骑兵也随之变得越来越强大。直到热兵器发展起来以后，容易因火药爆炸声而受惊的马才逐渐退出了战场。

菩萨蛮·
书江西造口壁

鹧鸪为什么
叫得那么大声？

菩萨蛮·书江西造口壁

【宋】辛弃疾

郁孤台^① 下清江水，中间多少行人泪。

西北望长安，可怜无数山。

青山遮不住，毕竟东流去。

江晚正愁余^②，山深闻鹧鸪。

译文

郁孤台下这赣江的流水，水中有多少苦难之人的眼泪。我举目眺望西北的长安，可惜只看到无数青山。

青山怎能把江水挡住，浩浩江水终于还是向东流去。江边日晚，我正满怀愁绪，听到深山里传来声声鹧鸪悲鸣。

你知道吗？

公元 1175 年，辛弃疾在江西任职，经常在江西、湖南等地巡视。有一天，他来到造口（今江西万安县），看着绵延不绝的滔滔江水，他的思绪也像这江水波澜起伏。他想到了处于水深火热之中的百姓，想到了未完成的抗金事业，想到了曾经的都城，也想到了自己没能一展胸中抱负，在万般无奈之中，写下了这首凄凉的词。

诗词大侦探

鹧鸪为什么叫得那么大声？

住在城市里的我们已经很少听到鸟儿鸣叫了，但是对千百年前的古人来说，鸟鸣声是最常见的自然乐曲。那些叫声好听的鸟儿，比如黄鹂、杜鹃鸟和鹧鸪，就频繁地在古诗词中现身。特别是鹧鸪的叫声，更是唐诗宋词中常见的"背景音乐"，比如辛弃疾的这首词里就有"江晚正愁余，山深闻鹧鸪"。

鹧鸪是南方一种很常见的鸟类，它们和鸡是亲戚，体形也有点像鸡，但是比鸡小一点，一般生活在丘陵、山地的草丛或灌木丛中。鹧鸪的羽毛很好看，大多是黑白相杂，背上和胸、腹等部位的眼状白斑特别显眼。

虽然鹧鸪看起来平平无奇，但是它们的叫声非常大。特别是在春夏季节，处于求偶期的雄鸟每天早晨、正午或者傍晚都会叫个不停，叫声是很嘹亮的升调哨音，间隔数秒以后还会重复几次。发出这种叫声大概有两大目的，一是为了向雄性的同伴示威，争夺地盘；一是向雌性表达爱意，以引起"她"对自己的注意和喜爱。鹧鸪在晨昏时分鸣叫得尤为起劲，那是它们在向其他鸟类宣示自己的领地范围，警告其他鸟类不要随意靠近，否则就会对它们不客气。

不过，古人把鹧鸪的叫声听成了"行不得也哥哥"，意思是"不要出远门啊！"这种解读赋予了鹧鸪的叫声另外一种象征意义。要知道，古代的交通很不发达，出远门的人想回到家乡很不容易，所以他们一听见鹧鸪的叫声，就感觉鹧鸪好像是在提醒远行的人们山高路远，不要冒险离家，甚至更进一步，让人思念起家乡的安逸和快活，思念起久别的亲人，唤起离家远行的忧伤与哀愁。而到了南宋时期，人们又觉得鹧鸪的叫声像是"但南不北"，这句话传入想要抗击北方侵略者却壮志难酬的辛弃疾的耳朵里，就更平添了一些让人难过的味道。

鹧鸪喜欢温暖的生活环境，害怕寒冷，畏惧霜露，晚上很少出窝行动，是一种很脆弱的鸟，所以古诗词中出现的"鹧鸪"也经常透露出悲凉的意思。比如李白的《越中览古》中写"宫女如花满春殿，只今惟有鹧鸪飞"，因为鹧鸪喜欢生活在野外，但现在竟然连宫殿里也能见到了，说明这座宫殿已经破败朽烂到让人伤心落泪的地步了。

小池

蜻蜓为什么喜欢在水边飞？

小池

【宋】杨万里

泉眼^① 无声惜细流，树阴照水^② 爱晴柔。
小荷才露尖尖角^③ ，早有蜻蜓立上头^④ 。

注释

① 泉眼：泉水的出口。

② 照水：映在水里。

③ 尖尖角：初出水端还没有舒展的荷叶尖端。

④ 上头：上面，顶端。为了押韵，"头"不读轻声。

译文

泉眼悄然无声是因为舍不得细细的水流，映在水里的树荫喜欢这晴天里柔和的风光。

小荷叶刚在水面上露出尖尖的角，就早有一只蜻蜓立在它的上头。

你知道吗？

有一年，杨万里到常州任职，这里淳朴的民风、农家的炊烟、小河的流水、美丽的田野都使他感到新鲜，他一有空便攀登古城、漫步郊野、泛舟河中，领略大自然的美景。一天，他来到池塘边，只见一汪清泉分出细细的水流汇入池塘，杨柳拂水、影映碧波，小荷叶刚刚钻出水面，蜻蜓或立于荷叶上或飞于空中，这里虽没有粉红色荷花的点缀，倒也清新可爱。杨万里诗兴高涨，即成小诗一首。

小朋友，你知道蜻蜓为什么喜欢在水边飞吗？如果你仔细观察就会发现，不单单是在小溪和池塘边，甚至是雨后马路上淤积的小水坑里，我们都经常可以看到一群蜻蜓。它们还会把长长的"尾巴"放到水面点上一下，然后迅速飞走，循环往复，乐此不疲。

很多古人搞不懂"蜻蜓点水"的含义，比如《小池》的作者杨万里就写过一首《嘲蜻蜓》："饵花春蝶即花仙，饮露秋蝉怕露寒。只道蜻蜓解餐水，元来照水不曾餐。"意思是说，你看人家春天的蝴蝶绕着鲜花飞，可以吃到花粉；秋天的蝉在枝头也可以喝到露水，唯独蜻蜓整天在水边飞，却一口水都没喝过。其实，诗人在这里是自嘲，觉得自己像蜻蜓一样奔忙了大半生却一无所获。

其实，蜻蜓"点水"并不是一无所获，而是在进行一种对它们来说十分重要的活动：繁衍下一代。蜻蜓妈妈会把卵产到水里，然后它们的宝宝就在溪流或者池塘里面孵化出来，在水里长大。

蜻蜓的宝宝叫水虿（chài），它们在水中会经历约 11 次的蜕皮，才会长出翅膀变成会飞的蜻蜓。在体形逐渐变大的同时，水虿的食谱也变得越来越丰富。开始的时候，它只能捕食水虱之类的小型水生甲壳动物和原生动物，随着体形变大，它慢慢长成了池塘里的顶级掠食者，除了蚊子的宝宝、水生甲虫等常规食物外，一些小鱼苗也是它的盘中餐。

有趣的是，水虿是生活在水里的蚊子幼虫——孑孓（jié jué）的天敌。当孑孓好不容易从水里出来变成蚊子后，它和蜻蜓的战争也不过是从海战变成了空战，从潜水艇打潜水钟[1]变成了超音速飞机打双翼机——它仍然要被蜻蜓捕食。不过这对我们人类来说倒是一个好消息，如果家附近有很多蜻蜓，我们夏天被蚊子叮咬的可能性就会低很多了。除了蚊子以外，蜻蜓的食谱上还有苍蝇、蠓虫等令人讨厌的小昆虫，所以蜻蜓可以说是人类夏天的"救星"。

1 潜水艇出现以前，人们普遍使用的一种潜水设备，后被潜水艇替代。

所见

蝉为什么叫个不停？

所见

【清】袁枚

牧童骑黄牛，歌声振① 林樾② 。

意欲捕③ 鸣蝉，忽然闭口立。

注释

① 振：振荡；回荡。这里用以说明牧童的歌声嘹亮。

② 林樾（yuè）：道旁成荫的树。

③ 捕：捉。

译文

牧童骑在黄牛背上，嘹亮的歌声在树林里回荡。

忽然他想要捕捉树上鸣叫的蝉，于是马上停止唱歌，静悄悄地

站立在树旁。

你知道吗？

袁枚是清朝诗人，他可能也是清朝最懂得生活的人。他辞官后买了一个大宅子，起名"随园"，过起了无忧无虑的退休生活。现在我们看到的古代食谱《随园食单》就是他写的，里面记载了很多精致的美食。袁枚写的很多诗都来源于生活里发生的趣事。诗人在旅途中看见一个牧童骑着牛，唱着歌，忽然听到蝉的叫声，于是停止唱歌并跳下牛背，小心翼翼地准备捉蝉。诗人觉得这个牧童很是有趣，就写下了这一首《所见》。

诗词大侦探

蝉为什么叫个不停？

炎热的夏天，我们想睡一个好觉可不容易。除了像火炉一样的高温炙烤外，最让人难受的就是窗外传来的一声声"知了、知了"的蝉鸣声，吵得人头昏脑涨。那么，蝉（也叫"知了"）为什么要鸣叫，而且要用这么大的声音叫个不停呢？它们难道就不累吗？

其实，蝉并不是生来就那么喜欢鸣叫。正如法国昆虫学家法布尔在《昆虫记》中所说的，"四年黑暗中的苦工，一个月阳光下的享乐"。蝉在破土而出之前，一般要在黑暗、潮湿的泥土中待上 4～7 年，这些年它都是默不作声的。我们听到的那些"知了、知了"声，是它积聚了好几年的功力，用生命发出的呐喊。

况且，并不是所有蝉都那么吵闹，因为只有雄蝉才会叫，雌蝉都不会叫。古人很早就发现了这一点，把雌蝉说成"哑蝉"。我们平常所见到的蝉一般都是又黑又大的黑蚱蝉，但它们只是蝉的一种，叫声又长又响亮。除了它们之外，我们还能看到一些其他种类的蝉。比如长了两只暗红色的复眼，就像得了红眼病的山西姬蝉；比如非常惹人怜爱的草绿色草蝉；还有蝉家族中的小不点儿，叫声比较轻柔的蟪蛄，这些蝉的叫声较小，没有那么烦人。

成年蝉一旦开始唱歌，就基本走到了生命的尽头。它们在开始"知了、知了"之后，一般只能活 3 ~ 4 周，这短短一段时间里，它们唯一的目标就是生下自己的宝宝。就和鹧鸪鸟要放声鸣叫求偶一样，雄蝉大声鸣叫也是为了引起雌蝉的注意。近距离观察过蝉的人也许知道，雄蝉腹部和胸部之间有两个对称的像小鼓一样的器官，里面是专门用来"唱歌"的鸣肌和振膜，这两个器官在振动的时候就会发出声音。它的鸣肌每秒能伸缩约 1 万次，且腹腔中有"共鸣腔"，因此蝉的叫声特别响亮。

雌蝉在听到雄蝉的声音觉得被打动了后，就会和它结合，然后雌蝉则会找一棵树把卵产到树皮底下。卵会在树皮底下安稳地度过冬天，蝉宝宝们会在 10 个月后孵化出来并自己落到地面、钻到地底下，开始在黑暗中的生活。

有些人讨厌蝉那单调刺耳的叫声，但对小孩子来说，捉一只蝉让它在屋子里叫就是最好玩的事情。捉蝉大体上有两种法子，一是拿面筋粘。找一小块面团，拿水洗去淀粉就剩下蛋白质得到面筋，面筋过一会儿便特别有黏性。把面筋固定在长竹竿上，就可以爬上房去捉树上的蝉了，被面筋粘住翅膀的蝉会因为失去飞行能力而"任人宰割"。

捉蝉是很讲究眼疾手快的，因为蝉很机灵，听到一点声音就会飞走。所以我们还有另一种法子，就是捉蝉的幼虫。夏天吃过晚饭，太阳刚落山时，拿上手电筒出门来到小树林中挨个看树干，这时蝉的幼虫刚爬出来，还没爬到很高的树干上，正好可以捉走。将蝉的幼虫拿回家并用草帽罩住，第二天就能得到一只蜕完皮、可以飞的蝉了。

枫桥夜泊

乌鸦喝水的故事是真的吗？

枫桥夜泊

【唐】张继

月落乌啼霜满天^①，江枫^② 渔火对愁眠。
姑苏城外寒山寺^③，夜半钟声到客船。

注释

① 霜满天：霜不可能满天，这个"霜"字应当理解为严寒。霜满天，是天气极冷的形象表述。

② 江枫：一般解释作"江边枫树"，江指吴淞江，源自太湖，流经上海，汇入长江，俗称苏州河。另外有人认为指江村桥和枫桥。枫桥在吴县南门（阊阖门）外西郊，本名"封桥"，因张继此诗而改名为"枫桥"。

③ 寒山寺：在枫桥附近，始建于南朝梁，相传因唐代僧人寒山、拾得曾住此而得名，在今苏州市西枫桥镇。

月亮已落下，乌鸦啼叫、寒气满天，江边枫树与船上渔火，愁苦的我孤枕难眠。

姑苏城外那寒山古寺，半夜里敲响的钟声传到了我寄居的客船。

你知道吗？

　　张继在盛唐的天宝年间考取了功名，可惜好景不长，公元755年爆发了安史之乱。当时江南地区还比较安定，所以不少文人纷纷逃到今天的江苏、浙江一带躲避战乱，其中就包括张继。一个秋天的夜晚，诗人泊舟苏州城外，凉秋夜半，寒气逼人，月亮落下去了，耳边听到几声乌鸦惊叫，眼看江边枫树和船上渔火，张继不禁想起了家乡的生活和国家的命运，久久不能成眠。而寒山寺半夜的钟声，又叩开了旅人的心扉。

大家都从小学课本里学过乌鸦喝水的故事：一只乌鸦口渴了，到处找水喝，突然发现一个瓶子里有水，但是瓶子里水不多，瓶口又小，它喝不到，聪明的乌鸦便把周围的石子丢进瓶子，水位升高了，乌鸦顺利地喝到了水。可是，乌鸦的脑袋看起来那么小，它真的有故事中说的那么聪明吗？

科学家专门为一种秃鼻乌鸦设计过一个实验，他们在一个透明的瓶子里装上部分水，水面放着一只乌鸦爱吃的虫子，但乌鸦够不到。瓶子周围放了很多石头，秃鼻乌鸦很快地衔起石头放进瓶子，使水位上升，顺利吃到了虫子。可见乌鸦真的很聪明，不过跟故事里不一样，乌鸦可不是为了喝水，而是为了吃到虫子。野外的乌鸦在一般情况下不会费这么大劲从瓶子里喝水，它们可以直接从河流或者湖泊中喝水。

乌鸦可能是最像我们人类的鸟了，据科学家研究，乌鸦的智商甚至可以与黑猩猩等灵长类动物相提并论，它们还会数数，能从 1 数到 7。有一种细嘴鸦会观察信号灯的变化，等信号灯变成红色的时候，它们把坚果放在车轮下面，然后等车开过去之后，再去吃被汽车压碎的坚果。最特别的是，乌鸦还会制造带钩子的木棍或者用树叶卷成工具来捕食害虫。

乌鸦可能也是最擅长与人类共生的鸟类之一，它们会寻找各种各样的机会从人类的居住地获得食物。此外，乌鸦还曾是古人占卜的帮手，他们放飞乌鸦，就其飞走的方向来占卜吉凶。占卜是一种迷信，但寄托了古人对美好生活的向往。

在古人心目中，乌鸦还是孝顺的象征。乌鸦妈妈和乌鸦爸爸会把食物亲口喂到小乌鸦的嘴里，小乌鸦长大以后，它的爸爸妈妈年迈体弱，不能自己找食物了，小乌鸦便会反过来喂养爸爸妈妈，还会给它们清理巢穴、梳理羽毛等，这就是"乌鸦反哺"这个成语的来历。

所以，你可千万别小看黑黢黢的乌鸦，它可能是自然界中最聪明的鸟儿之一。

促织

为什么古人爱看蟋蟀打架？

促织①
▲▲

【唐】张乔

念尔无机② 自有情，迎寒辛苦弄梭声。
椒房金屋③ 何曾识，偏向贫家壁下鸣。
▲▲▲▲

注释

① 促织：蟋蟀。

② 机：织机。

③ 椒房金屋：权门豪贵人家妇女的居室。

译文

感念你没有织机而有深情，迎着寒冷辛辛苦苦发出弄梭子的声音。豪门贵族你何曾认识，偏偏在贫穷人家的墙壁下叫个不停。

你知道吗?

张乔曾经中过进士,按理说他可以凭借这个"学历"当官了,可是他中举的时候已经是唐朝晚期,当时政局混乱,出仕已经没有太大意义。而张乔作为一个生活上比较接近老百姓的贫苦文人,只想逃离当时黑暗的社会。黄巢起义后,他就一直隐居在九华山上,再也没有下山。在这首诗中,诗人由蟋蟀的叽叽鸣声,想到了织布的梭声;由蟋蟀总在贫穷人家鸣叫,想到了蟋蟀弃富爱贫。诗句通过对蟋蟀的赞誉,抒发了诗人同情百姓、厌恶豪门的情感。

诗词大侦探

为什么古人爱看蟋蟀打架?

促织是蟋蟀的别称,由这个名字,我们就可以在脑海里勾勒出一幅画面:一只小小的黑虫子趴在家中角落里,就像一个住在家里的小小监工,一声声鸣叫,督促着古代勤劳的妇女们去织布纺纱。不过对于另外一些喜欢玩乐的古人来说,斗蟋蟀却是一种非常精彩的游戏,经常有很多人围观蟋蟀打架。为什么古人这么爱看蟋蟀打架呢?

斗蟋蟀是古代流行的娱乐活动。斗蟋蟀的人可以用狗尾草先拨弄一只蟋蟀的触须,使狗尾草沾上该蟋蟀特有的气味后,再用它拨弄另一只。喜欢打架的蟋蟀都是有两个尾巴的雄性,它们性格非常暴躁,一旦闻到其他雄性蟋蟀的气味,就认为有同类侵入了自己的领地,就会勇猛地向对手发起进攻,用两颗大门牙撕咬对手。而另一只蟋蟀在自己"无缘无故"地遭到对方的攻击后,不用斗蟋蟀的人催促就会激烈地和对手打斗起来。

两只势均力敌的蟋蟀打起架来对抗性特别强，它们就像比赛一样，赢了的，就还想再赢；输了的，则想挽回败局。南宋宰相贾似道在自己写的《促织经》说，蟋蟀虽然只是一种小小的昆虫，但是它们身上有一种让人着迷的灵性，特别是两只蟋蟀互斗时有一股"英猛之气"，它们的互斗就像拳击比赛一样精彩而激烈，让人有十足的代入感。

就像小学生沉迷电子游戏会耽误学习一样，沉迷斗蟋蟀的当权者也会引发灾难性的后果。比如刚刚提到的那位写《促织经》的贾似道就曾上演过"不爱江山爱蟋蟀"的戏码。《宋史》记载，在蒙古大军围困襄阳城的危急时刻，他仍然每天跟自己的娇妻美妾们一起蹲在家里斗蟋蟀，一点儿都不着急。摊上这么一位不靠谱的宰相，也难怪南宋那么容易就灭亡啦！

对于我们现代人来说，世界上有的是比斗蟋蟀好玩的东西，我们自然就觉得古人对这种小虫子如此着迷简直不可理喻。可实际上，无论什么东西，人只要沉溺其中，都容易玩物丧志，无论古今都是如此啊！

渔歌子

臭鳜鱼为什么这么臭还这么好吃？

渔歌子①

【唐】张志和

西塞山②前白鹭飞，桃花流水鳜鱼肥。
青箬笠③，绿蓑衣，斜风细雨不须归。

① 渔歌子：词牌名。此调原为唐教坊名曲，分单调、双调二体。单调27字，平韵，以张志和此调最为著名。双调，50字，仄韵。《渔歌子》又名《渔父》或《渔父乐》，大概是民间的渔歌。据《词林纪事》转引的记载，张志和曾谒见湖州刺史颜真卿，因为船破旧，请颜真卿帮助更换，并作《渔歌子》。词牌名"渔歌子"即因张志和的《渔歌子》而得名。"子"即"曲子"的简称。

② 西塞山：在今浙江湖州。

③ 箬（ruò）笠：竹叶或竹篾做的斗笠。

西塞山前白鹭在自由地翱翔，江岸桃花盛开，江水中肥美的鳜（guì）鱼欢快地游来游去。

渔翁头戴青色斗笠，身披绿色蓑衣，冒着斜风细雨，悠然自得地垂钓，下雨了也不回家。

你知道吗?

张志和可谓少年得志，他在 16 岁的时候就得到了唐肃宗的亲自提拔。但也许是因为时局混乱，张志和早早就看破红尘，带着唐肃宗赐给他的两个童仆，在江南一些地方游山玩水、不问世事。那么，张志和为什么宁愿游山玩水，也不愿为国家效力呢？我们从他的好朋友颜真卿的一生中能发现一些端倪。颜真卿一生为国尽忠，自己的侄子却在安史之乱中被杀，最后他自己也因为不愿意归降叛军被杀。可能在乱世，张志和的做法才能保护自己吧。

诗词大侦探

臭鳜鱼为什么这么臭还这么好吃？

阳春三月，春暖花开，这是鳜鱼最鲜美的时候。鳜鱼的肉质很细嫩，而且没有"乱刺"，不管是清蒸还是红烧都很好吃，尤其适合老年人和孩子。如果你来到安徽省徽州市，还能品尝一道风味独特的菜肴——臭鳜鱼。

第一次吃臭鳜鱼的人一定会非常担心，因为它闻起来有一种似臭非臭的怪味儿，好像腐烂的鱼肉的气味。但是拿起筷子吃上一口，很多人就会被它鲜美的味道折服。臭鳜鱼就像臭豆腐那样，闻起来臭臭的，吃起来却很香。为什么臭鳜鱼这么臭还这么好吃？

我们都知道，天气炎热的时候，食物在外面放得时间长了就会腐烂，散发出臭味。这是因为大自然中有很多肉眼看不见的微生物，比如真菌、霉菌、细菌等。这些小东西会在食物上面生长和繁殖，被污染的食物就会被分解变质，产生许多带有臭味的有毒气体，所以食物就会变臭，不能吃了。微生物虽然可以引起食物的腐败，但是如果利用得当，也可以让食物产生新的风味。古人很早以前就学会了利用微生物来酿酒、酿造酱油、做豆豉，臭鳜鱼也是利用微生物制作的一道美食。

古代没有冰箱和冷库，从遥远的地方往地处山区的徽州运送鳜鱼，需要先把鱼装在木桶里，再用马车装载，因此鳜鱼在当时也被称为"桶鱼"。为了防止鲜鱼在途中变质坏掉，人们想出了一个好办法：先装一层鱼再洒一层淡盐水，然后再装一层鱼，并且经常上下翻动。鳜鱼吸收了盐分以后，就不容易腐烂了。经过一周时间到达目的地的时候，在一些耐盐微生物的作用下，鳜鱼的表皮会散发出一种似臭非臭的特殊气味，但是洗净后经热油稍煎、细火烹调后，鳜鱼非但没有变质的臭味，反而更加鲜香，这就和豆豉比豆子更香是一个道理。这种制作臭鳜鱼的手法一直流传到了现在，并使臭鳜鱼成为闻名全国的一道徽州美食。当然，现在用的原料早就不再是装在桶里的"桶鱼"，而是新鲜的鳜鱼。

臭鳜鱼有很多种做法，常见的有红烧、油煎、干烧等。虽然吃完之后，嘴里难免会有一股怪怪的臭味，但是很多人为了感受那特有的鲜香，也就不怕臭啦！

藏在古诗词里的博物课

花草树木

安迪斯晨风 著

人民邮电出版社

北京

图书在版编目（CIP）数据

藏在古诗词里的博物课. 花草树木 / 安迪斯晨风著
. -- 北京 : 人民邮电出版社，2022.2（2022.3 重印）
ISBN 978-7-115-57714-6

Ⅰ．①藏… Ⅱ．①安… Ⅲ．①古典诗歌－诗歌欣赏－
中国－儿童读物②植物－儿童读物 Ⅳ．①I207.2-49
②Q94-49

中国版本图书馆CIP数据核字(2021)第217260号

内 容 提 要

我国拥有着悠久、厚重的博物学传统，从春秋战国时期的《山海经》《诗经》到西晋的《博物志》，大量的中国古代博物学家对山川、草木、鸟兽、虫鱼、风土、人情等都做了深入的解读。

古诗词则是我们给孩子打开这个神秘东方博物世界的一把钥匙，因为它们不仅用灵动鲜活的笔墨给我们现代人展示了艺术的魅力，更盈溢着古代文人对大自然细致入微的观察力。在他们的笔下，山川有了色彩，动植物有了神韵，亭台楼榭也都有了独属于自己的味道。

本书精选了 120 首传诵度广、知名度高的古诗词，以其中涉及的自然和人文现象为切入点，融合科普与人文知识，以幽默生动的语言，为孩子们打开一扇深入了解古人生活，观察大自然万事万物的大门。

◆　著　　　　　安迪斯晨风

　　责任编辑　　朱伊哲
　　责任印制　　陈　犇
◆　人民邮电出版社出版发行　　北京市丰台区成寿寺路 11 号
　　邮编　100164　　电子邮件　315@ptpress.com.cn
　　网址　https://www.ptpress.com.cn
　　雅迪云印（天津）科技有限公司印刷
◆　开本：700×1000　1/16
　　印张：34　　　　　　　　2022 年 2 月第 1 版
　　字数：489 千字　　　　　2022 年 3 月天津第 2 次印刷

定价：179.80 元（全 4 册）

读者服务热线：(010)81055296　印装质量热线：(010)81055316
反盗版热线：(010)81055315
广告经营许可证：京东市监广登字 20170147 号

目录

忆江南

绿和蓝？

为什么有人分不清

忆江南

【唐】白居易

江南好，风景旧曾谙① 。

日出江花② 红胜火，春来江水绿如蓝。

能不忆江南？

注释

① 谙（ān）：熟悉。诗人年轻时曾 3 次到江南。

② 江花：江边的花朵。一说指江中的浪花。

译文

江南好，我对江南的美丽风景曾经是多么熟悉。春天的时候，晨光映照的江边的花朵，比熊熊的火焰还要红，碧绿的江水绿得胜过蓼（liǎo）蓝。怎能叫人不怀念江南？

你知道吗？

青年时期，白居易曾漫游江南，旅居苏杭。他在杭州待了两年多之后，又调到苏州当了一年多的刺史。他在富庶的江南度过了美好的时光，江南的风土人情在他的心里留下了深刻的印象。后来，他因病卸任苏州刺史，回到洛阳之后的第十二年，写下了这首《忆江南》。其实，江南的人民又何尝不思念这位爱民如子的好官呢？

诗词大侦探

为什么有人分不清绿和蓝？

白居易的《忆江南》说"春来江水绿如蓝"，字面意思是春天的江水绿得像"蓝"一样。"绿"和"蓝"都是颜色的名称，难道一种颜色还会像另一种颜色吗？其实，这里说的"蓝"并不是蓝色，而是一种叫蓼蓝的植物。我们很熟悉的古谚"青取之于蓝而胜于蓝"也提到了这两种颜色，它的意思是青色是从蓼蓝中提取出来的，但又比蓼蓝的颜色更深。人们常用这句话比喻学生通过学习可以超过自己的老师，后人胜于前人。

绿和蓝是两种不同的颜色，不过现实中确实有不少人分不清绿和蓝。这是因为，在古人的认知里面，这两种颜色完全就是同一种，就连表示颜色的"蓝"字也是在"红"和"绿"之后很久才产生的。在我国，最早的颜色是根据五行区分的，即"黑、白、赤、青、黄"，黑、白是跟亮度相关的，真正的颜色只有赤、青、黄3个。只要和"青"沾边的，古人都把它们划归到"青"的范围里面。直到明清时期，"蓝"才成为一种颜色。

比如汉朝的《古诗十九首》里面说"青青河畔草"，可见青色是指绿色，但与此同时，古人还把天空称为"青天"。大名鼎鼎的青花瓷实际也是蓝色的。在古人看来，蓝和绿就是同一种颜色，正如橙和黄是同一种颜色一样。宋朝文学家苏轼的诗中有一句"正是橙黄橘绿时"，这说明橙子在苏轼看来是黄色的。同理，我们以前很少听说"橘猫"这个词，也是因为那种长着橙黄色的毛的猫在老人眼里是"黄猫"。

说到蓼蓝，可能大家都很陌生。其实，对蓼蓝的亲戚，我们每个人几乎从小就很熟悉。大家感冒的时候，是不是都喝过板蓝根冲剂呀？板蓝就是蓼蓝的亲戚，它的叶子也有染色的作用。我们感冒时喝的板蓝根冲剂，原料就是板蓝的根，所以我们把它叫作板蓝根。虽然板蓝根的叶子中也含有大量的靛蓝，但是根里却没有，所以大家不必担心喝了板蓝根冲剂之后牙齿会变蓝。

无论是板蓝还是蓼蓝，都可以统称为"蓝"，它们一直以来都是古人用来给服装染色的重要染料。古人能穿上色彩丰富的衣服，还要多亏它们呢。

赋得古原草送别

【唐】白居易

离离① 原上草，一岁一枯荣。

野火烧不尽，春风吹又生。

远芳侵古道，晴翠② 接荒城。

又送王孙③ 去，萋萋满别情。

注释

① 离离：青草茂盛的样子。

② 晴翠：草原明丽翠绿。

③ 王孙：本指贵族后代，此指远方的友人。

原野上长满茂盛的青草，年年岁岁枯萎了又繁茂。

野火无法烧尽它们，春风吹来时它们又遍地生长。

远处芬芳的青草遮没了古道，阳光照耀下碧绿连接着荒城。

今天我又来送别老朋友，连繁茂的草也满怀离别之情。

你知道吗？

　　相传这首诗是白居易 16 岁时在科举考试中写下的作品。在古代，读书人一旦顺利通过了考试，就意味着要听从朝廷的调遣，被派去任何地方做官，原先结交的好友，也不得不相互分离。想到这里，白居易的心中充满了与友人离别时的依依不舍之情。诗人想到，用萋萋春草比喻这种惜别之情，更能抒发心中的惆怅。于是他提起笔来，一气呵成，作成此诗。

诗词大侦探

为什么野草烧掉以后，第二年还能长出来？

　　每年秋天到来的时候，野草慢慢变得枯黄了，一点小火星就能引起熊熊大火。但是无论烈火怎么无情焚烧，到了第二年春天，只要春风吹过，遍地就又能长出青翠的野草。为什么野草烧掉以后，第二年还能长出来呢？其实，这和野草的特性密不可分。

　　有一类野草是"潜伏派"。它们的根茎深深埋在地下，火焰只能烧掉它们长在地面上的茎叶，对埋在地下的根茎却无可奈何，所以第二年天气变得温暖的时候，野草嫩绿的新芽又会重新从地下钻出来。

有一类野草是"牺牲派"。它们自己真的被烧光了，连根都不剩。可是，当它们被烧成灰以后，身体里原有的营养物质可以随着雨水一起渗到土壤里，就好像给土地施了一次肥。春风把另一批野草种子带到土地中，这些野草种子在肥沃的土壤中生根发芽，长得更加茂密。野火还可以把吃草的害虫和虫卵一起烧掉，这样一来，第二年春天的时候害虫就变少了，所以在烧过的地方，野草通常会长得好一些。

还有一类野草是"保存实力派"。它们不仅生命力强，繁衍的能力也很强。比如苍耳的种子可以粘在人和动物身上，蒲公英的种子可以随风飘荡，还有一些种子在被小鸟吃掉以后可以借助它们的粪便去往很远的地方，即使火烧光了它们的"大本营"，它们的子子孙孙又会在合适的地方生长起来啦！

白居易的这句"春风吹又生"，对野草的特点描述得是非常精确的。不管是干旱少雨的沙漠还是潮湿炎热的雨林，不管是贫瘠的盐碱地还是肥沃的黑土地，到处都有野草的身影。凶猛的洪水能把水稻淹死，但是水稻田里生长的稗籽却能安然无恙。一些野草的种子即使在土中或水里待上好几年，也依然能发芽。据科学家测算，稗籽在水中可存活 5~10 年，狗尾草可在土中休眠 20 年，而马齿苋的种子更夸张，寿命长达 100 年，比大部分人类还长寿。

长在农田里的野草是庄稼的大敌，因为它们会抢夺农田里的水分和肥料，让庄稼的产量变低。所以农民伯伯想出了很多办法来除草，比如把草连根拔掉，或是喷洒除草剂。但是直到现在，我们还没有找到能够完全清除农田野草的办法。

池上

为什么浮萍生长
不需要泥土？

池上

【唐】白居易

小娃① 撑小艇②，偷采白莲回。
不解藏踪迹③，浮萍一道开。

注释

① 小娃：小孩儿。

② 艇：船。

③ 踪迹：被小艇划开的浮萍。

译文

小孩撑着小船，偷偷地从池塘里采了白莲回来。他不懂得掩藏自己的行踪，浮萍被船儿荡开，水面上留下了一条长长的水线。

你知道吗？

　　白居易在洛阳当官的时候，喜欢外出漫步，一来是放松心情，二来可以更加了解民间疾苦。一次，他漫步到池边，看见了一个小孩撑船偷白莲，他觉得这个小孩很有趣，与小时候的自己很像，于是诗兴大发，创作了此诗。白居易的诗写得很朴实，短短几句就勾画出了一幅小孩采莲图，把这个小孩天真幼稚、活泼淘气的可爱形象描写了出来。

诗词大侦探

为什么浮萍生长不需要泥土？

　　每年夏天，小溪边、池塘里都会长出一层绿油油的浮萍。它们漂浮在水面上，水流动到哪里，它们就跟着漂到哪里。古人以为浮萍没有根，所以就用浮萍来比喻那些无依无靠、四处漂泊的人。那么，为什么浮萍可以在水里生长，不需要扎根到泥土中呢？

　　要弄明白这个问题，我们要先来看看一般植物是怎么生存的。大多数植物都像浮萍一样，长着绿色的叶片，依靠阳光、水和空气中的二氧化碳进行光合作用获得生长所需的养分。另外，它们在生长过程中还需要大量的微量元素，比如氮、磷、钾等。而松软肥沃的泥土就有适当的二氧化碳、水和多种微量元素。植物通过扎到泥土中的根，就可以把自身需要的养分吸收到身体里面，以促进生长。

但植物并不是离开泥土就不能生长了，只要它们能够吸收到足够多的二氧化碳、水和微量元素就行。对于浮萍来说，它可以轻而易举地获得光合作用需要的水和二氧化碳，小溪和池塘里面也有足够多的微量元素，就像是专门给它准备的"营养液"。养分够多，浮萍当然就不需要泥土了。如果我们认真观察就会发现，在那些比较脏的池塘里面，浮萍反而长得更多、更好，而干净清澈的池塘中，因为缺少氮、磷、钾等微量元素，反而很少长出浮萍。

　　我们人类在生活中会产生很多带有大量氮、磷、钾的污水，在现代农业生产中还会大量使用化肥、农药，人类在利用它们取得农业丰收的同时，也严重污染了环境。随着雨水的冲刷，这些含有过量养分的污水进入了地下水层，流入了湖泊或池塘里，就会导致浮萍和其他浮游植物的快速增加。这些浮游植物往往有很强的繁殖能力，在很短的时间内就能把水面覆盖得严严实实，使水里的其他动植物们缺氧而死。

　　不知道是不是受到了浮萍的启发，科学家们研究出了无土栽培技术。农作物不再需要栽培在土壤中，而可以种植在精心调配的营养液里。只要科学家能够让营养液里的养分满足农作物的生长需求，无土栽培的农作物就能正常生长，甚至长得更好、更高产呢！

为什么牡丹
这么受欢迎？

买花

买花

【唐】白居易

帝城春欲暮，喧喧车马度。

共道牡丹时，相随买花去。

贵贱无常价，酬直看花数。

灼灼百朵红，戋戋①五束素。

上张幄幕②庇，旁织巴篱护。

水洒复泥封，移来色如故。

家家习为俗，人人迷不悟。

有一田舍翁，偶来买花处。

低头独长叹，此叹无人喻③。

一丛深色花，十户中人赋。

① 戋（jiān）戋：细小，微少的样子；一说"委积貌"。

② 幄（wò）幕：帐幕。

③ 喻：知道，了解。

这一年暮春，长安城中车水马龙，热闹非凡。原来是到了牡丹盛开的时节，长安城里的名门大户纷纷前去买花。牡丹贵贱不一，价钱多少以花的品种来定。这里的牡丹有的枝繁叶茂，鲜红欲滴，小小一束花，要付5束白绢的价钱。它们被精心呵护着，主人还给挂上了帷幕，筑起了樊篱，辛勤浇灌之余还培上了最肥沃的土，因此花的颜色还和以前一样鲜艳。家家习以为常，没有人认为是错的。有一个老农无意中也来到了买花的地方，目睹此情景，不由得低头长叹，这长叹中蕴含的深意却无人了解。这一丛深色的牡丹的价钱，相当于10户中等人家一年的赋税了。

你知道吗？

有一年春天，正值牡丹盛开的时节，白居易在大街上闲逛，他目睹了那些狂热的有钱人争相买花的场景，也遇到了偶然来到这里的老农，看见他在叹气。白居易因而有所感怀：那些有钱人挥霍的全都是从这些底层劳动人民手里榨取的赋税啊！于是他写下此诗，描写了买花的情景，同时也表达了自己对底层劳动人民的同情。

白居易这首诗描写了古代的有钱人买花的场面，一丛颜色艳丽的牡丹，价钱竟然可以抵得上 10 户中等人家一年的赋税。有人专门做过计算，这一价格高达 2 万钱，差不多是现在的 12 万元。那么，唐朝的达官贵人们为什么会这么喜欢牡丹花，愿意花这么大的价钱来买它呢？

牡丹名声大振，还要归因于隋炀帝杨广。他曾经命人在京城圈出 200 亩地，建造了一座漂亮的大花园，然后命令天下进献各种奇花异草。在所有的花卉中，隋炀帝一眼就看中了牡丹，觉得牡丹开出来的花朵又大又漂亮，而且开放的时候香味扑鼻，所以就让人在花园里种满了牡丹。一传十，十传百，牡丹很快就在达官贵人的圈子里风靡一时，牡丹因此成为当时人们最喜欢的花卉。唐代诗人王建在《闲说》一诗中提到"王侯家为牡丹贫"，意思是说，有钱的王侯人家为了买牡丹炫耀富贵，甚至不惜倾家荡产。

在白居易生活的唐朝中后期，牡丹不仅成为名贵的观赏花卉，更是国运昌隆、吉祥如意的象征，栽种、观赏牡丹成为当时的社会风尚。宋朝的文学家周敦颐在《爱莲说》中提到："牡丹，花之富贵者也。"意思是牡丹是有钱、有地位的象征。从此，牡丹就跟"富贵"两个字结下了不解之缘，从古到今无数人都为它痴狂。

中国这么大，到哪里才能看到更漂亮的牡丹呢？河南省洛阳市是个不错的选择。洛阳牡丹还有一个美好的传说。有一年冬天，女皇武则天突发奇想要看五颜六色的花朵，就给花仙子们下了一道诏书，让她们必须在一夜之间令百花齐放。等到了第二天，所有的花都开了，只有身为百花之首的牡丹不肯屈服，没有在不合理的季节开放。武则天勃然大怒，就把牡丹从长安城赶到了洛阳。从那以后，牡丹就在洛阳生根开花，名甲天下。可见，中国人爱的不仅是牡丹的美貌和香气，更是它的气节啊！

茅屋为秋风所破歌

【唐】杜甫

八月秋高风怒号，卷我屋上三重茅。

茅飞渡江洒江郊，高者挂罥① 长林梢，下者飘转沉塘坳。

南村群童欺我老无力，忍能对面为盗贼。

公然抱茅入竹去，唇焦口燥呼不得，归来倚杖自叹息。

俄顷风定云墨色，秋天漠漠向昏黑。

布衾多年冷似铁，娇儿恶卧② 踏里裂。

床头屋漏无干处，雨脚如麻未断绝。

自经丧乱少睡眠，长夜沾湿何由彻！

安得广厦千万间，大庇③ 天下寒士俱欢颜！

风雨不动安如山。呜呼！

何时眼前突兀见此屋，吾庐独破受冻死亦足！

① 挂罥（juàn）：挂着，挂住。罥，挂结。

② 恶卧：睡相不好。

③ 大庇（bì）：全部遮盖、掩护起来。庇，遮盖，掩护。

译文

八月秋深，狂风怒号，卷走了我屋顶上好几层茅草。茅草乱飞过浣花溪散落在对岸江边，飞得高的茅草挂在高高的树梢上，飞得低的飘飘洒洒沉到池塘水中。

南村的一群儿童欺负我年老没力气，竟狠心这样当面做"贼"抢东西，明目张胆地抱着茅草跑进竹林里去了。我费尽口舌也喝止不住，回到家后拄着拐杖独自叹息。

不久后风停了，天空中的云像墨一样黑，秋季的天空阴沉迷蒙，渐渐黑了下来。布质的被子盖了多年，又冷又硬，像铁板似的，孩子睡相不好把被子蹬破了。如遇下雨天，整个屋子没有一点儿干燥的地方，雨点像下垂的麻线一样不停地往下漏。自从安史之乱后，我的睡眠就很少了，长夜漫漫屋子潮湿不干，如何才能挨到天亮？

如何能得到千万间宽敞的房屋，庇护天底下贫寒的读书人，让他们喜笑颜开，房屋遇到风雨也不为所动，安稳得像山一样？

唉！什么时候眼前出现这样高耸的房屋，那时即使我的茅屋被秋风吹破，自己受冻而死也心甘情愿！

你知道吗？

　　杜甫是我们熟知的唐朝诗人，但他中年的时候遭遇的很多不幸是我们所不熟悉的。他在遇到战争后又遇到了灾荒，一家人没有饭吃，只能随难民到处找栖身之地。他和家人历尽险阻，备尝艰辛，辗转西行，亲眼看到人民的疾苦，最后终于走到了成都，可成都也没有他们容身的地方，他只能求助亲友帮他盖了一间茅屋。由于茅屋简陋，秋天刮大风还刮跑了屋顶上的几层茅草，下大雨时，杜甫一家只能受风吹雨淋之苦。想到国家和百姓，他百感交集，写下了这首诗。

为什么古人要用茅草盖房子？

　　杜甫的这首诗讲了一个让人十分同情的故事：呼啸的秋风卷走了诗人家房顶上的几层茅草，下雨的时候屋顶没有了茅草遮盖就开始漏雨，把床褥都打湿了。那么，杜甫家为什么要用茅草盖房子呢？

　　我们今天所居住的房子大多是用钢筋混凝土浇筑的楼房，即使是农村，有的屋顶上也铺设了漂亮的防雨琉璃瓦。古代虽然既没有钢筋混凝土，也没有结实的砖瓦，但聪明的古人也有建造房子的好办法。他们用砍下来的树干搭出房子的骨架，再顺着应该有墙的地方，用两块木头做成夹板，在夹板中间装上黏土，用木棒夯实成土坯块，然后再一层层往上筑，等到筑高以后，再铺上一层层厚厚的茅草覆盖屋顶，讲究一点的还要用麻绳将茅草捆住，再抹上一层泥。这样，一间茅屋就算搭起来了。

诗词大侦探

古人用来搭房子的茅草，是一种名叫"白茅"的植物，它是一种很常见的杂草，生命力很强，轻而易举就能长到七八十厘米高。所以，茅屋最大的优点是原料容易找到，既省钱又耐用，穷人家也能勉强盖一间，毕竟茅草这种材料，实在是取之不尽，用之不竭。如果实在找不到现成的茅草，还可以用麦秸或者稻草代替。甚至如果连搭茅屋的树干和黏土都找不到，也还可以采集一些干透了的茅草做成一个草窝睡进去，冬天勉强也能挡住一点寒风，让人不至于冻死。

　　下雨的时候，茅草屋顶怎么防止漏雨呢？聪明的古人使用了一种特

殊的设计方式——屋顶的坡度很大，雨水会沿着茅草的纹路从侧面流下来。当然，如果雨下得特别大，或是茅草被风吹跑，屋子还是会漏雨。但在一般的天气里，用茅屋遮挡阳光和雨雪也足够了。

学会盖房子对我们的祖先来说有特殊的意义。正是因为学会了盖房子，人类才真正摆脱了对大自然的依赖，从洞穴中走出来，有了真正的家。虽然这个家有可能是茅草盖的，不是尽善尽美，也会"为秋风所破"，但毕竟在很长一段时间里，它给广大的贫苦人民提供了基本的安身之所，功不可没。

江畔独步寻花

江畔独步寻花

【唐】杜甫

黄四娘家花满蹊①，千朵万朵压枝低。
留连②戏蝶时时舞，自在娇莺恰恰③啼。

注释

① 蹊（xī）：小路。

② 留连：留恋，舍不得离去。

③ 恰恰：象声词，形容鸟叫声和谐动听。一说为唐时方言，恰好之意。

译文

黄四娘家周围的小路开满鲜花，万千花朵压弯了枝条。
嬉闹的彩蝶在花间盘旋飞舞，不舍离去，自由自在的小黄莺叫声悦耳动人。

你知道吗？

安史之乱之后，杜甫过了很长一段时间的颠沛流离的生活，"烽火连三月，家书抵万金"是他对这一时期的生活的凝练概括。后来他辗转到了四川，在浣花溪畔建成了草堂，暂时有了安身之所。第二年春暖花开之时，杜甫在锦江江畔散步赏花，写下了这首诗。这首诗把杜甫在春天感受到的快乐展露无遗，也体现了杜甫这一时期的生活的安逸舒适和幸福满足。

最重的花朵有多重？

"黄四娘家花满蹊，千朵万朵压枝低"是唐代诗人杜甫在春天看到的场景：繁盛茂密的花朵把枝条都压得弯下了腰。不知道有没有小朋友和我一样担心过这个问题：最重的花朵会不会把枝条压断呢？

世界上最重的花朵，可能就是大王花了。这是一种生活在马来西亚、印度尼西亚的热带雨林中的特殊花朵。在当地人的语言中，它被称作"荷叶般硕大的花"。它的直径可达1米以上，样子长得像海星，有5个大花瓣，颜色鲜红，花心似一张血盆大口，好像随时在等待美味的食物跳进去。

大王花的骇人模样为它赢得了"食人花""腐尸花"的恶名，传说它以动物为食，十分可怕。不过你不用害怕，因为这不是真的，大王花吃素食，它靠吸取别的植物的营养来生存，而且它对小昆虫非常友好。

有个成语叫"臭味相投",意思是思想作风、兴趣等相同,很合得来(专指坏的)。大王花和它的小伙伴就是这样。科学家第一次发现它们时,都被熏晕了,他们记录道:"它们看上去和闻上去都像一堆腐烂的肉,令人作呕。我们对它们敬而远之,唯恐避之不及,但对于在其上授粉的飞虫而言,这些花可都是它们垂涎三尺的美味。"实际上这也正是大王花的繁殖方式,其散发的浓烈的腐臭味会吸引那些热爱腐肉的昆虫来授粉。或许对人类而言,苍蝇只是一群嗡嗡叫的讨厌的家伙,但对大王花而言,这些黑黑的小家伙就像小精灵一样可爱。

大王花被称为"世界花王"。一朵花仅花瓣就有 6~7 千克重,花心能装 3 千克水,加起来有 10 千克左右重,跟一只成年猕猴差不多。如果它长在树枝上,会不会把树枝压断呢?实际上并不会。我们经常看到猕猴在大树上跳来跳去,就连 50 千克重的大熊猫也常常爬上树梢看风景,大王花跟它们比,那点重量就显得微不足道了。

但如果千朵万朵大王花一起长时间压在树枝上,树枝能承受吗?大自然的奇妙之处就在这里。首先,大王花没有茎,也没有叶子,它只能长在地里,就像一个突然出现在地面上的大盆;其次,大王花好不容易开出来的巨大花朵只能开放几天,就算长在树上,也不会对树枝造成长时间的伤害。

这就是奇妙的大自然,每种生物都以它最合理的方式生存其中。

过华清宫

为什么荔枝难保鲜？

过华清宫

【唐】杜牧

长安回望绣成堆①，山顶千门②次第开。
一骑红尘妃子笑，无人知是荔枝来。

注释

① **绣成堆：** 骊山右侧有东绣岭，左侧有西绣岭。唐玄宗在岭上广种林木花卉，郁郁葱葱。

② **千门：** 形容山顶宫殿壮丽，门户众多。

译文

在长安回头远望骊山宛如一堆堆锦绣，山顶上的华清宫千重门户依次打开。

一骑驰来烟尘滚滚，妃子欢心一笑，无人知道是南方送了新鲜荔枝来。

30

你知道吗？

杜牧，字牧之，唐代杰出诗人、散文家，与李商隐并称"小李杜"，他的作品以咏史抒情为主，在晚唐时期成就颇高。这首诗是杜牧经过华清宫时有感而作。华清宫是唐玄宗时期修建的宫殿，唐玄宗和杨贵妃曾在那里寻欢作乐。唐玄宗对杨贵妃的宠爱无以复加，对她有求必应，杨贵妃一直爱吃荔枝，唐玄宗便命人把荔枝从千里之外的南方运过来，只为使杨玉环开心一笑。杜牧用朴素、自然的语言把皇帝为讨宠妃欢心而无所不为的荒唐行为展露无遗。

诗词大侦探

为什么荔枝难保鲜？

"一骑红尘妃子笑，无人知是荔枝来"说的是唐朝的千里飞骑为杨贵妃送来新鲜荔枝的故事。唐玄宗的宠妃杨贵妃爱吃荔枝，唐玄宗就命专人从南方给她运送这种水果。荔枝虽然味道鲜美，但它"一日而色变，二日而香变，三日而味变，四五日外，色香味尽去矣"。荔枝这么娇气，是什么原因呢？

荔枝的果皮上布满了鳞斑状突起，有点像战士铠甲中间的护心镜，别看它们长得好像很坚固，其实只有薄薄的一层，而且它们的纤维组织很松弛，有很多空隙。果皮里宝贵的水分很容易借着这些空隙逃跑，留下干巴巴的壳。

我们吃苹果、吃梨都要削皮，因为它们的果皮和果肉紧紧连在一起。

但荔枝的壳很容易剥掉，这是因为荔枝的果皮和果肉不"团结"，果皮和果肉之间缺乏有效的水分疏导组织。就在果皮迅速失水的同时，鲜美多汁的果肉缩成一团，拒绝给果皮供水。

果皮搭上这样的"队友"已经够倒霉了，但它的麻烦还没完。果皮内部有两种叫多酚氧化酶和过氧化物酶的物质，它们负责把无色的多酚类物质加工成黑色素，而且加工速度很快，所以我们看到荔枝的皮很容易在短时间内发黑。

选择了自保的果肉短期内还能保持相对良好的状态，但是用不了多久，它也会步果皮的后尘，这次问题出在它自己身上。植物的果实同我们人类一样，需要呼吸，在这个过程中，果肉内的糖类物质会被逐渐消耗。荔枝的呼吸强度是梨的 5 倍，不仅如此，从枝头被摘落的那一刻起，荔枝就像喉咙被卡住了似的，张大嘴巴使劲咳、咳、咳，呼吸强度越来越大。果肉中的糖类物质被迅速消耗，维生素 C 也会因为牵连其中而迅速变少，同时果肉还会产生一些气味不佳的醇醛类物质。荔枝在采摘两三日之后就会香味尽失，这在很大程度上是他们"大喘气"的结果。

除了本身具有的"体质"大缺陷，荔枝还有个坏毛病——释放具有催熟功能的乙烯。乙烯具有两面性，既可以把青果催熟，也可以把熟果催败。荔枝释放的乙烯越来越多，直到把自己催得腐烂变味。

这些原因导致荔枝在脱离大树之后很难保鲜，我们能在千里之外吃到香甜新鲜的荔枝，还得感谢那些辛苦的运输人员。

山行

枫叶在秋天
为什么会变红?

山行

【唐】杜牧

远上寒山① 石径斜，白云生② 处有人家。
停车坐③ 爱枫林晚，霜叶红于二月花。

注释

① 寒山: 深秋时节的山。

② 生: 产生, 生出。

③ 坐: 因为。

译文

沿着弯弯曲曲的小路登上深秋时节的山，在那生出白云的地方居然还有几户人家。

停下马车是因为喜爱深秋枫林的晚景，枫叶被秋霜染过，比二月的春花还要红艳。

你知道吗?

　　古代诗人往往都喜欢登山游玩。这首诗记述了一次登山旅行,诗人在深秋时节登山赏景,沉醉于这如诗如画的美景之中,于是创作此诗以记之。诗里写到的山路、白云、人家、红叶,构成了一幅和谐统一的画面,以至于诗人到了傍晚,还舍不得登车离去,足见他对此情此景喜爱之极。

诗词大侦探

枫叶在秋天为什么会变红?

　　进入秋天,万物开始凋零,大自然呈现一片枯黄、衰败之色。山上的枫叶却在此时变为红色,万山红遍,层林尽染,蔚为壮观。如今,在深秋时节登山赏枫已经成为一种风俗,深受人们欢迎。那么,在大部分树叶都变黄的深秋,枫叶为什么会变红呢?

　　枫叶变红的原因有很多,主要是因为枫叶里面最鲜明的绿色抵挡不住寒风,只能"撤退",这才给红色的显现创造了机会。在春夏时期,白昼长,夜晚短,叶片接收了充足的光照,叶绿素增加,所以大部分叶片呈绿色或深绿色;而在秋天,白昼逐渐变短,光照逐渐减少,气温逐渐下降,叶绿素逐渐减少。在叶绿素褪去后,叶片中许多其他更稳定的颜色就在低温中保存了下来。就好像"山中无老虎,猴子称大王",绿色褪去了,其他颜色才能显现出来。

　　对于枫树来说,这种幸运地得到显现机会的色素是花青素。春夏两季，枫叶不含花青素，到了秋天，外部气候改变，大量的营养成分从叶片转移到别处，叶片中剩下的适量葡萄糖在适宜的环境中转化为花青素。花青素遇酸变红，所以当枫叶中的花青素遇到呈酸性的叶肉细胞时，就变成了红色，往日绿色的枫叶因此变成了鲜艳的红枫。许多红色或紫色的花，比如风信子、牵牛花等的花瓣里都含有花青素；黄栌、乌桕等的树叶中也含有花青素，它们也会在一定的条件下变为红色。

枫叶变红除了自身的原因之外，和外部条件也有很大的关系。较低的温度、较大的昼夜温差、明亮的阳光以及较为干燥的土壤，都有利于花青素的形成，也都有利于枫叶变色。

古人不理解枫叶为什么会变红，在他们看来，枫树是一种神奇的树。有人说，在远古时期黄帝打败了蚩尤后，兵器沾上了血，于是便化为枫树。古人还觉得，既然枫树有这么神奇的来历，那么它一定有预知未来的本领。于是，他们砍伐枫树，用枫木制成了占卜所用的工具——式盘。

随着科学的进步，人们知道枫叶变红不是因为神秘的超自然力量，但这并不影响人们对枫叶的喜爱。"月落乌啼霜满天,江枫渔火对愁眠""停车坐爱枫林晚,霜叶红于二月花"，这些美丽的诗句中都有枫树的影子。现在，每年秋天，北京的香山都会聚集大批的游客，他们都只为一睹那漫山红叶。

贈別二首（其一）

丝绸之路上
卖什么最赚钱？

赠别二首（其一）

【唐】杜牧

娉娉袅袅① 十三余②，豆蔻梢头二月初。
春风十里扬州路，卷上珠帘总不如。

① 娉（pīng）娉袅袅：形容女子体态轻盈美好。

② 十三余：言其年龄。

译文

十三四岁的少女姿态袅娜，举止轻盈美好，就像二月里含苞待
放、初现梢头的豆蔻花。
春风吹遍了繁华的扬州城十里长街，珠帘翠幕中有多少佳人，
但都不如这位少女美丽动人。

你知道吗？

这首诗是杜牧在公元 835 年所作。当时杜牧因工作调动，要离开扬州奔赴长安，他与在扬州结识的歌女分别时写了这首诗。当时，杜牧与这位歌女的感情相当真挚，所以在他眼里，扬州城中十里长街的其他女子虽美，却都比不上她。杜牧通过对女子的赞美，表达了他们之间的依依不舍之情。

诗词大侦探

丝绸之路上卖什么最赚钱？

小朋友们都玩过大富翁游戏吧？在大富翁这个游戏中，通过恰当的投资，买到合适的房产，你就可以赚好多钱，成为游戏里的大富翁。你们知道吗？我国历史上也有一条让无数人成为现实中的大富翁的道路，这就是丝绸之路。

在唐朝之前，丝绸之路是以贩卖丝绸为主的。当时，很多国家都没有掌握养蚕、抽丝的技术，只能从我国进口丝绸。它们不仅从我国进口漂亮的丝绸衣服，还把大量的生丝经中亚地区运往欧洲。当时的丝绸贵到什么地步呢？相对比较湿润的生丝，经过一路暴晒，如果在干燥之后减轻了重量，都会给商人造成惨重的经济损失，所以凡是丝绸商人，都会想尽办法给生丝"保鲜"。这些丝绸运到欧洲之后极受欢迎，罗马等国的贵族都觉得，如果谁家里没有丝绸衣服，那简直不算贵族。

根据《大唐西域记》的说法，于阗（tián）（古国名）有个国王非常想得到我国的丝绸，于是他娶了我国的公主，劝说公主把蚕和桑树的种子带到了于阗。从此以后，于阗地区也能出产丝绸了。有了竞争对手，丝绸的价格也就没那么高了。

此外，还有一条丝绸之路，叫"海上丝绸之路"。唐朝时期，随着航海技术的发展，古人开辟了海上的贸易道路，茶叶与瓷器的交易量因此逐渐上升，茶叶还经由海上丝绸之路传到了欧洲。中国茶喝起来爽口清新，这种特殊的味道让外国人欲罢不能。英国人至今都喜欢在下午喝喝红茶聊聊天，这就是中国茶的魅力。

除此之外，陶瓷也是丝绸之路上的重要商品。在 20 世纪 90 年代，有一群德国人在海底发现了一艘中国沉船，这是一艘曾在海上丝绸之路上航行的商船，上面载有 6 万多件陶瓷。我们仅仅通过这一艘商船，就能看出陶瓷的交易量之大。中国的瓷器闻名海外，制作精巧，用途广泛。在唐宋时期，西亚、欧洲人的家中都有中国瓷器，无论是陆上丝绸之路还是海上丝绸之路，陶瓷都是最重要的商品之一。通过向外国人卖陶瓷，我们中国人的钱包就变得鼓鼓囊囊了。

另外，丝绸之路不仅是一条让我国的古人赚来"外汇"的财富之路，也是许多外国的古人发财致富的道路。香料也是丝绸之路上重要的商品。只不过，其他许多货物是顺着丝绸之路流出中国，而香料则是沿着丝绸之路流入中国，来自中亚的商人通过贩卖香料也赚了不少钱。

丝绸之路促进了沿线国家经济的发展，通过买卖货物，中国的商人与中亚等地的商人都获取了许多财富。丝绸之路真是一条共赢的商路啊！

四时田园杂兴

中国古人穿的布衣
是用什么做的？

四时田园杂兴

【宋】范成大

昼出耘田^① 夜绩麻^②，村庄儿女各当家。
童孙未解供耕织，也傍桑阴学种瓜。

注释

① 耘田：除草。

② 绩麻：把麻搓成线。

译文

白天去田里锄草，夜晚在家中搓麻线，村中男男女女各有各的
家务劳动。

小孩子虽然不会耕田织布，也在那桑树树荫下学着种瓜。

42

你知道吗？

范成大父母早亡，家境贫寒，在他的成长经历里，农村生活给他留下了不可磨灭的印象。所以在他的诗作中，描写农村社会生活内容的作品成就最高，这首诗就是其中之一。诗中描写的是农村夏日生活中的一个场景，男人下地锄草，妇女搓麻线织布，他们各司其职，就连小孩也学着种瓜。这是农村中常见的现象，却颇具特色，读起来趣味横生。

诗词大侦探

中国古人穿的布衣是用什么做的？

在棉花普及和棉布出现之前，我们的祖先最早用于纺织的材料主要是葛根、苎（zhù）麻和丝绸。

葛是一种植物，它的根有几十米长，非常坚韧。古人把葛根用沸水煮沸后，从中提取一种纤维。这种纤维最初用于搓绳和织网，随着纺织技术的发展，逐渐被织成布制成衣服。在早期，这种布是最基本的民用服装材料。可以想象，用这种布料制的衣服是多么粗糙啊。

葛的纤维又粗又硬，穿起来不舒服，幸好到了秦汉时期，苎麻取代葛根，成为服装材料的主要来源。苎麻比葛根更容易加工。湖南长沙战国楚墓出土的细麻布，质地细腻坚韧，说明那时的人们已经掌握了熟练的麻纺工艺。三国时诸葛亮在《出师表》里说"臣本布衣，躬耕于南阳"，这个"布衣"指的就是麻布衣服，而不是棉布衣服。

至于丝绸，它的价格则比葛根和苎麻都高得多。传说是黄帝的妻子嫘（léi）祖发明了养蚕取丝的技术。用蚕丝纺织的布匹制成衣服后穿在身上非常舒服，而且看上去华丽高贵。这种昂贵的衣服沿着丝绸之路传播到罗马帝国等地，成为这些地方贵族们争相购买的奢侈品。

　　用葛根、苎麻、丝绸制成的衣服都有一个缺点：不保暖。冬天为了御寒，人们只能在这些衣服的夹层里面塞些软绵，也就是一些劣等的丝织品，但是这仍然不够暖和。

　　真正能够保暖的，还是现在用来做棉被、棉衣的棉花。早在唐朝，海南等地有进贡棉织物，西域也有从印度传过来的棉织物，但那时棉织物是皇室贵胄才有资格穿用的稀罕玩意儿。到了元朝，一个叫黄道婆的女子从海南带回黎族人的棉花纺织技术，棉花的纺织技术才普及开来。

　　棉布柔软细腻，方便清洗，能保暖，实用功能太强大了。明朝官府出于战略物资需要，规定农民必须在田里种植一定比例的棉花，这样就能保证棉花的充足供应了。种植棉花的利润比传统养蚕、种麻要高上百倍，更加调动了农民种植棉花的积极性。

　　曾经，衣服是阶级等级的表现，如"布衣"指没有官职的平民百姓，成语"布衣蔬食"形容生活非常俭朴。明朝时起，棉花大量普及，穿棉衣就再也不是什么奢侈的事儿啦。

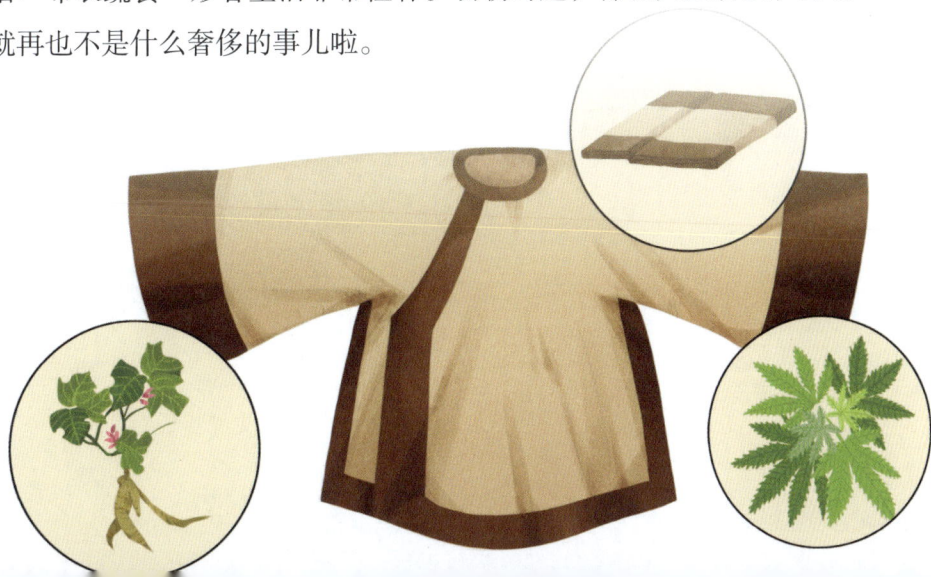

咏柳

为什么到了春天
更容易打喷嚏？

咏柳

【唐】贺知章

碧玉妆成一树高，万条垂下绿丝绦①。

不知细叶谁裁出，二月春风似剪刀。

注释

① 绦（tāo）：用丝编成的绳带。这里指像丝带一样的柳条。

译文

高高的柳树长满了翠绿的新叶，轻垂的柳条像千万条轻轻飘动的绿色丝带。

不知道这细细的柳叶是谁裁剪出来的，原来是二月的春风，它如同一把神奇的剪刀。

你知道吗？

贺知章是唐朝的诗人、书法家，也是个好官，和皇帝的关系非常好。他的这首诗历来为人称道，原因是从头到尾没有提到是在写柳树，却把柳树的情态描写得淋漓尽致，有道是"不著一柳字，尽显柳之妙"。

诗词大侦探

为什么到了春天更容易打喷嚏？

"不知细叶谁裁出，二月春风似剪刀。"春天的景色真是美不胜收，可是有这么一些小朋友，他们讨厌春天，因为一到这个季节，他们就会打喷嚏、流鼻涕、喉咙痛，难受极了。"医生，孩子这是感冒了吗？"爸爸妈妈很着急。"可能是感冒，也可能是过敏，到底是什么，要好好查一查。"医生回答。

医生告诉我们：感冒引发的打喷嚏，其实是一种反射性动作。譬如你本来好好地在写作业，突然有个蚊子叮了你一口，你会下意识地用手去抓痒痒，这就是一种反射性动作，是自己无法控制的。

春天正是感冒病毒的活跃期，感冒后，我们鼻腔内的鼻涕增多，呼吸不通畅，这种不愉快的感觉传达到人体"司令部"——大脑，司令部就会下达命令：把鼻涕赶出去！于是鼻腔中产生了一股惊天动地的气流，啊嚏——鼻涕被清除了出去。打完喷嚏后，我们会感觉好多了，这就是人体的自我保护机制在起作用。

过敏引发的打喷嚏跟感冒之后的打喷嚏是一个原理，也是人体的一种自我保护。春天里百花怒放，释放出大量的花粉飘浮在空气中，当我们吸入这些花粉，人体的免疫系统就会警觉起来，进行跟踪侦察。

如果把人体比作一个国家，那么免疫系统就是入境管理处的警察，时时刻刻审查着有没有坏人溜进来。正常情况下，花粉、虫螨等物质是能够被免疫系统识别的，免疫系统不会主动攻击它们。但过敏性鼻炎患者的免疫系统会把花粉、虫螨当作"坏蛋"去打击，在这个过程中人体会产生抗体和炎性物质，导致鼻塞、流鼻涕，然后我们会像感冒后打喷嚏一样，把鼻涕清理出去。

除了以上两种情况，春天空气中飘浮着的杨柳的飞絮、突如其来的冷空气等意外的刺激都会让鼻腔黏膜感觉"不爽"，也会让我们打喷嚏。

古代的小朋友春天自然也会打喷嚏，不过古人没有掌握这样的科学知识，他们如何解释打喷嚏这件事呢？《诗经》中有一个有趣的说法："寤言不寐，愿言则嚏。"意思是说我打了个喷嚏，是因为有人在想我。这种说法虽然没用科学依据，却也因为有趣流传到了现在。

扬州慢·淮左名都

荞麦和小麦，
哪个在古代更受欢迎？

扬州慢·淮左名都

【宋】姜夔（kuí）

淳熙丙申至日，予过维扬。夜雪初霁，荞麦弥望。入其城，则四顾萧条，寒水自碧，暮色渐起，戍角① 悲吟。予怀怆然，感慨今昔，因自度此曲。千岩老人② 以为有《黍离》③ 之悲也。

淮左名都，竹西佳处，解鞍少驻初程。过春风十里，尽荞麦青青。自胡马窥江去后，废池乔木④，犹厌言兵。渐黄昏，清角吹寒，都在空城。

杜郎⑤俊赏，算而今重到须惊。纵豆蔻词工，青楼梦好，难赋深情。二十四桥仍在，波心荡，冷月无声。念桥边红药，年年知为谁生？

① 戍（shù）角：军营中发出的号角声。

② 千岩老人：南宋诗人萧德藻，字东夫，自号千岩老人。姜夔曾跟他学诗，又是他的侄女婿。

③ 黍离：《诗经·王风》篇名。据说周平王东迁后，周大夫经过西周故都，看见宗庙毁坏，尽为禾黍，彷徨不忍离去，就作了此诗。后以"黍离"表示故国之思。

④ 废池乔木：废毁的池台、残存的古树。二者都是乱后余物，表明城中荒芜，人烟稀少。

⑤ 杜郎：杜牧。唐文宗大和七年至九年（公元833—835年），杜牧在扬州任淮南节度使掌书记。

淳熙年丙申月冬至这天，我经过扬州。夜雪初晴，放眼望去，全是荠草和麦子。进入扬州城，一片萧条，河水碧绿凄冷，天色渐晚，城中响起凄凉的号角声。我内心悲凉，感慨于扬州城的变化，于是自创了这支曲子。千岩老人认为这首词有《黍离》

的悲凉意蕴。

　　扬州自古是著名的都会，这里有著名游览胜地竹西亭，初到扬州我解鞍下马稍作停留。昔日繁华热闹的扬州，如今长满了青青荠麦，一片荒凉。金兵侵入长江流域，洗劫扬州后，只留下废毁的池台和残存的古树，人们都不愿再谈论那残酷的战争。临近黄昏，凄清的号角声响起，回荡在这座凄凉、残破的空城中。

　　杜牧俊逸有才，料想他现在再来的话也会感到震惊。即使"豆蔻"词语精工，青楼美梦的诗意很好，也难抒写此刻深沉、悲怆的感情。二十四桥还在，桥下江水荡漾，月色凄冷，四周寂静无声。想那桥边红色的芍药花年年花叶繁荣，可它们是为谁生长又为谁开放呢？

译文

你知道吗？

　　这首词作于宋孝宗年间，当时作者正是意气风发的青年。在宋高宗当皇帝的时候，金兵南侵，江淮军败，朝野震惊。根据小序所说，作者路过扬州，目睹了历经战争洗劫后扬州的萧条景象，抚今追昔，悲叹今日的荒凉，追忆昔日的繁华，写下此词，以寄托对扬州昔日繁华的怀念和对今日山河破碎的哀思。

荞麦和小麦都能做成可口的面条来吃，也都是我国古代重要的粮食作物。那么，让中国人填饱肚子，它们俩谁的贡献更大呢？

现在我们熟知的小麦很早就是中国人餐桌上的主食了。《诗经》里说"贻我来牟，帝命率育"，意思是上天赐给了我们麦子，命令先人培育了它。那时候，粮食产量不高，填饱肚子是件非常重要的大事。先秦时期，天子会为小麦丰收向上苍祈祷，此等重视程度是其他作物所没有的。汉时大臣董仲舒向汉武帝建议，在关中地区推广宿麦（冬小麦）种植。于是朝廷向贫民发放种子，并免租免税，鼓励种植。

荞麦比小麦出生的晚，在2000多年以前的汉朝才开始种植，也很受重视，因为它生长期短，适应性强，一年四季都可播种，还可以同苜蓿、油菜种在一起。这对合理利用土地和防灾济荒，都具有很大作用。

荞麦和小麦在生长上的优势不相上下，人们对它俩都报以极大的期望。唐朝时，这两种作物开始普及，宋朝时已遍及大江南北，到了明清，自东北至西南，全国无处不有。宋朝时，这两种作物可谓是势均力敌。不过，元代以后，两者的地位开始有升有降，这主要归因于"吃货"们的选择。

你们见过荞麦粒吗？它的形状是三角形的，棱角尖锐且突出，黑棕色的坚硬外壳包裹着里面的麦粒。小麦可能更常见一些，外皮是金黄的，能吃的白色部分在外皮里面。

在唐朝以前，人们对谷物只有两种烹调方法，要么煮成粥，要么做成米饭吃。小麦的种子皮薄微软，带上壳还能勉强吃；荞麦的种子又粗又硬，做出来的饭非常难吃，和饲料差不多，普通人根本难以入口。

后来，胡饼从西域传进来了，汉朝的皇帝一下子就喜欢上了它，"灵帝好胡饼，京师皆食胡饼"。魏晋以后，磨面技术逐渐成熟，小麦的种子被磨成面粉，用面粉做成的面条、馒头、馅饼开始出现在中国人的餐桌上。小麦的蛋白质含量高，油性较高，不容易干燥，口感细腻。相比小麦，荞麦的蛋白质少了不少，而且荞麦粉很难捏成一团，要掺和小麦粉才能做成馒头。

　　小麦还有一个显著的优势：产量高。汉朝中国小麦的亩产量已经突破了 60 千克，超过了当时产量最高的小米。

　　又好吃又高产的小麦几乎受到了所有人的欢迎，一下子就成了大半个中国的首选主食。而荞麦的身价抬高，是近些年来的事。常常吃大米、白面的人们想要用粗粮来补充营养，所以从单价上来说，荞麦就压了小麦一头。

闻王昌龄左迁龙标遥有此寄

柳树春天为什么会『下雪』？

闻王昌龄左迁龙标遥有此寄

【唐】李白

杨花落尽子规① 啼，闻道龙标② 过五溪。
我寄愁心与明月，随君直到夜郎西。

注释

① 子规：杜鹃鸟，相传其啼声哀婉凄切。

② 龙标：诗中指王昌龄，古人常用官职或任官之地的州县名来称呼一个人。

在杨花落完、子规啼鸣之时，我听说您被贬为龙标尉，要经过五溪。

我把我忧愁的心思寄托给明月，希望它能一直陪着你到夜郎以西。

你知道吗？

相传王昌龄因为生活不拘小节而被贬了官，但王昌龄问心无愧，他用"玉壶冰心"来表明自己的纯洁、无辜，而朋友们对他的人品也信得过。李白在听说他不幸的遭遇以后，写了这一首充满同情和关切的诗寄给了他。李白托月寄情，希望天上的明月能代表自己，伴随着不幸的友人一直到那夜郎以西边远荒凉的所在。

诗词大侦探

柳树春天为什么会"下雪"？

我是一棵树，一棵长在大明湖畔的垂柳，我喜欢把身子探到湖面上，欣赏自己婀娜的身姿，听过往的人们赞叹我的美丽。没错，"四面荷花三面柳，一城山色半城湖"形容的就是在我的祖先装点之下的"泉城"济南。不过人们并不总是喜欢我，尤其是春天我"下雪"的时候。所谓"下雪"其实是人们的比喻，指的是我那带有种子的飞絮，也就是我的孩子们寻找新家的过程。

每到春天，我通过雌、雄花授粉有了孩子，我疼爱自己的孩子，希望它们能飞到一个好地方生活，见见世界之大，选择喜欢的地方安家，这有利于它们汲取营养、茁壮成长。毕竟作为一棵有梦想的柳树，我也希望可以开枝散叶，子孙满天下。为了达到这个目的，我的孩子个头都很小，还长着白色的棉絮状翅膀，风婆婆可以带它们走很远的路。遗憾的是，你们人类并不喜欢这个过程，说这会让你们打喷嚏。和我一起的还有杨树，按照家族分类，我们都属于杨柳科，它们和我一样会产生很多飞絮，自然也免不了被嫌弃的命运。

多说几句，春天飘絮的是雌性杨树与柳树，并且随着年龄的增加，我们的孩子会越来越多，就是说我们产生的飞絮会越来越多。不过我们飘絮也会考虑温度以及时间等外界因素，春季日平均气温达到15℃，我们才会飘絮；我们不会在晚上飘絮，因为晚上飞絮被露水打湿无法飘起，而中午空气干燥、水分少，阳光充足，成熟的飞絮可以随风飘起。也就是说，如果温度太低或者空气中的水分太多我们都无法飘絮。糟糕，我好像把处置我们的办法也告诉你们了，希望你们对待我的孩子温柔一点，毕竟你们的祖先那么喜欢我们，借我们的身姿表达了很多美好的情感。

代赠

中国古代有口香糖吗？

代赠

【唐】李商隐

楼上黄昏欲望休，玉梯横绝① 月中钩。
芭蕉不展丁香结② ，同向春风各自愁。

注释

① 玉梯横绝：华美的楼梯横断。

② 丁香结：丁香花花骨朵含苞欲放的状态，这里也暗喻愁思。

译文

黄昏独上高楼欲望还休，楼梯横断，一弯新月如钩。
芭蕉还没有展开叶片，丁香也是含苞未放，它们向着春风各自忧愁。

你知道吗?

李商隐,现在的河南郑州人。他擅长诗歌写作,是晚唐最出色的诗人之一。他的诗构思新奇,风格华丽,优美动人,广为传诵。这首诗以一女子的口吻,写自己不能与情人相会的愁绪。诗中所写的时间是春日的黄昏,女子抬头看到新月如钩,缺而不圆,就想到了自己思念的人。

诗词大侦探

中国古代有口香糖吗?

很多小朋友和爸爸妈妈走在街上,都会看到一个现象:很多人一直嚼着东西,他们既不咽下去,还时不时地吹出泡泡,好玩极了。这种东西就是口香糖。口香糖可以清新口气,但它是现代化工业产品,古时候可没有。那么,古人要想让自己口气清新,有什么好办法呢?

口臭是怎么来的呢?首先,古人长期不刷牙,导致食物残渣留在嘴里发酵腐败,大家或多或少都有口臭;其次,刚吃完大蒜、洋葱等刺激性食物也会引发口臭;最后,如果患有胃热病,也会有口臭。

不同原因会引发不同程度的口臭,有些程度较深的甚至到了令人无法忍受的地步。东汉时期,有一个大臣名叫刁存,他的口臭就特别严重,他每次找皇帝汇报工作的时候,都把皇帝熏得不行,可皇帝又不能因为这点小事就不听工作汇报,那样会耽误朝廷大事。有一天,皇帝终于忍无可忍,命人想办法解决这个问题。

负责解决这个问题的官员发现，有一种花叫作丁香花，它的果实状如鸡舌，带有香气，因而得名"鸡舌香"。人们只要把鸡舌香含在嘴里，就可以去除口臭，这样也就解决了刁存的问题。后来，官员们为了给皇帝留下好印象，面见皇帝的时候都会含鸡舌香，可以说鸡舌香就是中国古代的"口香糖"。但是那个时候鸡舌香是很少见的，只有官员用得起，有个说法叫"口衔丁香"，就是指在朝为官。不过这首诗里的丁香是紫丁香，和香科丁香不是同一种植物。

　　普通百姓买不起昂贵的香料，他们便通过自制的桂花饼来改善口气。他们先用石磨将新鲜桂花磨成细腻的花泥，然后将花泥浸泡于水中揉搓，除去花泥内的涩味汁液；接下来就如同做月饼一般，将花泥填满模具，成型后取出来，用纸张包住，置于温火上稍微烤一下便制作完成了。桂花饼经济实惠，防治口臭的效果也不错。

　　电视剧《长安十二时辰》里面的男主角总在嚼薄荷叶子，薄荷嚼在口里又辛又辣，很呛人。唐朝人虽然不嚼薄荷叶，但他们有自己的小发明——五香丸，它由豆蔻、丁香、藿香、麝香等十余种药材炼制而成。把这种五香丸放在口中咀嚼，能起到净化口气的作用，因此五香丸也有点类似如今的口香糖。王公贵族还会在五香丸中加入冰片、麝香等名贵香料，这样会让口气持久清新。

　　现在，口香糖已经是大众化的消费品。在公众场合，保持口气清新是基本的礼貌，我们不可轻视。

悯农二首

【唐】李绅

其一

春种一粒粟，秋收万颗子① 。

四海无闲田，农夫犹饿死。

其二

锄禾日当午，汗滴禾下土。

谁知盘中餐，粒粒皆辛苦。

注释

① 子：粮食颗粒。

其一

春天只要播下一粒种子，秋天就可以收获很多粮食。

普天之下，没有荒废不种的田地，却仍有劳苦农民被饿死。

其二

盛夏中午，烈日炎炎，农民还在劳作，汗珠滴入禾苗生长的泥土中。

有谁想到，我们碗中的米饭，一粒一粒都是农民辛苦劳动得来的呀？

你知道吗？

　　李绅，安徽亳（bó）州人，与元稹、白居易交游甚密。他脍炙人口的诗歌不多，但组诗《悯农》却妇孺皆知，千古传诵。这两首诗语言朴实无华，浅显易懂，却十分感人，主要原因是诗人借助形象的描述，揭示了生活中一个朴实却重要的道理：要珍惜粮食，珍惜别人的劳动成果。

诗词大侦探

古代的农民伯伯种田很难吗？

　　我们每天都要吃饭，这是再平常不过的事情了，那你知道我们吃的大米、面粉是从哪里来的吗？"是从超市里买回来的。"有的小朋友这么回答。那超市的大米和面粉又是从哪里来的呢？很多小朋友就答不上来了，因为我们从来没有考虑过这个问题。大米是去了壳的水稻的籽，面粉是小麦磨成的粉，它们都是农民伯伯辛辛苦苦劳动得来的成果。

　　说我们吃的粮食"粒粒皆辛苦"一点也不夸张。从开始做种粮食的准备工作到最后把粮食卖出去，每一个环节都要花费不少精力。

就拿种小麦来说吧，耕地就是一件很让人头疼的事情。耕地就是用犁把田地里的土翻松，再在地里挖出一条条笔直的小沟，这些小沟是小麦的种子的窝。耕地非常辛苦，这项工作常常需要借助牛的力气来完成：牛身上套着犁，后面的农民伯伯弯腰扶着犁，一起向前走。你试过一整天都弯腰干活吗？农民伯伯这样一干就是好几天，直到把所有的田地都整理出来。耕地过程中如果遇到石块、瓦砾，还要把它们清除出去。

小麦的战斗力很弱，它"打不过"野草，总是被野草抢走养分，所以农民伯伯还要在烈日下除草。

有时小麦会得病，农民伯伯还得帮它们驱虫治病。

如果小麦长得还不错，又会被蝗虫或兔子、鸟儿盯上，它们一顿饱餐过后，田里的小麦就少了。为此，农民伯伯还要日夜守卫、保护小麦。

小麦还会"渴"，农民伯伯得从大老远的地方把水引来为它止渴。如果遇到干旱天气，河里的水不够用，人们还可能会抢夺水源，为此发生争执。《水浒传》里面有一首民谣："赤日炎炎似火烧，野田禾稻半枯焦。农夫心内如汤煮，公子王孙把扇摇。"它讲的就是庄稼在干旱天气下被炙烤的场景。

小麦也会饿，它需要肥料。古代没有化肥，农民伯伯需要收集动物粪便并忍着臭味将它们撒在麦田里。

好不容易前面的险关都过了，到了成熟期又是一场大战——抢收，所有的小麦都要在两三天之内收割下来，并从田头挑到平地上晒干。这同样要看老天爷的脸色，如果正好碰上阴雨天，小麦发霉烂掉，一年的辛苦就白费了。

最后，农民伯伯要把小麦卖给商人，换来的钱一部分给官府交税，一部分给地主交田地租金，剩下的才是自己的。这笔钱非常少，可能还不够一家人吃饭的花销。"四海无闲田，农夫犹饿死"就说明了古代农民伯伯的贫苦。

到了现代，有了现代化的农业设备，农民伯伯已经没有过去那么辛苦了，但世界上还有不少地区的小朋友仍然在饿肚子，对于来之不易的粮食，我们还是要珍惜。

黄台瓜辞

古代的『吃瓜』群众，吃的是什么瓜？

黄台瓜辞

【唐】李贤

种瓜黄台下，瓜熟子离离^①。

一摘使瓜好，再摘使瓜稀。

三摘犹自可，摘绝抱蔓^②归。

注释

① 离离：形容草木繁茂。

② 蔓：蔓生植物的枝茎，木本曰藤，草本曰蔓。

译文

黄台下种着瓜，瓜成熟的季节，瓜蔓上长了很多瓜。

摘去一个瓜可使其他瓜生长得更好，再摘一个瓜就看着少了。

要是摘了3个，可能还会有瓜，但是把所有的瓜都摘掉，就只

剩下瓜蔓了。

你知道吗？

李贤，武则天的第二子。太子李弘病死后，李贤被立为太子，但他的政治理想无法在武则天的权力下实现，母子之间的嫌隙越来越大。武则天也知道自己的儿子和自己不是一条心，对他处处迫害。这首诗就是写在李贤被废掉之前，他想通过这首诗告诉自己狠心的母亲，对自己的子女不要苦苦相逼。

诗词大侦探

古代的"吃瓜"群众，吃的是什么瓜？

小朋友，你一定喜欢在烈日炎炎的夏天出去玩吧！如果回家之后，妈妈再端来一盘冰镇西瓜或者哈密瓜，那真是天底下最美妙的事情了。你可能不敢相信，仅在吃瓜这件事上，你就已经比过去皇宫中的王子幸福一万倍了！

让我们从秦朝说起。秦朝只有一位小王子——胡亥，那时他的父亲秦始皇富甲天下，可是他坐在金碧辉煌的宫殿中，能吃的水果却非常有限。当时的确有一种瓜，还是"名牌产品"，叫乐陵瓜，就是一种好吃的甜瓜。

到了汉朝，好吃的瓜果才大量出现，黄瓜、哈密瓜、葡萄、石榴，一下子都跳到碗里来了。这可不是天上掉馅饼，而是得益于一个重要的历史事件：张骞出使西域。

那时候，汉朝人的活动区域仅限甘肃以东地区，西边统称为西域。

那里的人民都有自己的国家，有自己的王，也有自己的饮食习惯。汉武帝派大使张骞与这些人民建立起友好关系，张骞走访一圈满载而归，带回了大量的西域特产，令中原人大开眼界，这其中就包括好多好吃的瓜果。从此，汉朝的王子就过上了丰富多彩的"吃瓜"生活。不过在那时，这些来自远方的新鲜瓜果仍然是奢侈品，普通人可吃不到。当然，西域的小朋友也得到了来自中原的好东西。由此可见，贸易和交流对双方来讲是双赢的事儿。

后来的1000多年，至少是在"吃瓜"这个领域，没有什么太大的进步。到了明清时期，中国古代的饮食文化才迎来了第二次大变迁。这主要得益于世界范围内航海技术的发展。美洲大陆被发现之后，大量的美洲作物——南瓜、玉米、西葫芦、木瓜、地瓜……坐着大海船来到了中国。这些作物容易栽种、产量高，在中国历史上第一次人口过亿的情况下，养活了一亿多的中国人，这又是贸易和交流带来的好处。

随着现代科学技术的发展，瓜不仅品种越来越多，也越来越可口。到现在，全世界的"吃瓜"群众都能吃到又新鲜又美味的瓜果了。

相见欢

古代的梧桐也会
掉下粉球吗？

相见欢

【五代】李煜

无言独上西楼，月如钩。寂寞梧桐深院锁清秋① 。
剪不断，理还乱，是离愁。别是一般② 滋味在心头。

注释

① 锁清秋：被秋色深深笼罩。清秋，一作深秋。

② 别是一般：另有一种意味。

译文

孤独的人默默无语，独自一人缓缓登上西楼。仰视天空，残
月如钩。梧桐树寂寞地孤立院中，幽深的庭院被笼罩在清冷、
凄凉的秋色之中。

那剪也剪不断，理也理不清，让人心乱如麻的，正是亡国之苦。这样的愁绪缠绕在心头，而今又是另一种滋味。

你知道吗？

　　李煜是南唐最后一位国君。他的词继承了晚唐以来温庭筠、韦庄等花间派词人的风格，语言明快、形象生动、用情真挚、风格鲜明，在南唐亡国之后，他的词作更是登上了一个新高度。这首词是李煜被囚于宋国时所作，词中的情景是他的宫廷生活结束后的片段。由于当时已经归降宋朝，李煜在这里所表现的是他离乡去国的锥心之痛。这首词感情真实、深沉自然，突破了花间词派绮丽、腻滑的风格，是宋初婉约词派的开山之作。

诗词大侦探

古代的梧桐也会掉下粉球吗？

　　古人常说一句话：种瓜得瓜，种豆得豆。但如果种下梧桐的种子呢？你就能得到世界上最美丽的鸟儿——凤凰。哇，这是真的吗？

　　古人认为梧桐是专门供凤凰栖息的，那凤凰为什么只选择梧桐栖息呢？首先，梧桐颜值高，十分漂亮。它直而挺拔，树皮很光滑，并且呈现出青绿色，树干宛如青色的立柱，因此梧桐又有"青桐"的别名。梧桐的叶片又大又青翠，每一片有3~5个裂片，像张开的手掌。远远看去，梧桐就如同一把青绿色的大伞，给人们带来阴凉。

梧桐还有一个特点：落叶特别早。夏天刚过，天气转凉，梧桐的叶子就开始脱落，正是"梧桐一叶落，天下尽知秋。"在古人迷信的说法中，梧桐似乎有特异功能，特别有灵性，能"知时节"，是"佳木"，所以古人把它视为吉祥的化身，认为只有这样的树才配得上最高贵的鸟儿——凤凰。

梧桐就像一位美丽、善良的小仙女，受到人们的喜爱。在古代，上到皇室贵族，下到平民百姓，都会在庭园里栽种梧桐。即便不能引来凤凰，每天看看也不错。直到现在，梧桐仍是园林绿化的重要品种。

也有小朋友说："梧桐才不是什么小仙女呢，它明明是个'长毛怪'，它的果实毛茸茸的，毛絮满天飘，害得我都喘不上气，别提多难受了。"

这实在是天大的误会，满大街乱飘毛絮的可不是我们上面说到的中国梧桐，而是一种叫"法国梧桐"的树。如果你在道路旁看到一种树，树枝上挂着一串串两个一组的小球，这就是法国梧桐的果实，而这正表现出了法国梧桐的正名：二球悬铃木。二球悬铃木和咱们的中国梧桐完全是不同的种类，两者之间的区别就像人和猴子那么大。

仔细观察二球悬铃木，你就会发现它的树皮粗糙，还经常脱落，树干上形成了颜色深浅不一的斑块，使它仿佛穿着一身迷彩服。

每年春末夏初，二球悬铃木的果子成熟后炸裂，里面的种子就像蒲公英的种子一样，裹着毛絮随风飘呀飘，找到合适的地方就落下来，在那里生长。许多植物都是这样传播种子的，中国梧桐也是这样，只是它的种子外面披的毛很短很小，有的几乎没有毛，所以就不会漫天飞舞影响人们的生活了。

二球悬铃木的树干比中国梧桐的树干更粗、更高，叶片也更大，入秋之后，叶片会变成一片金黄，成为很美的景观，所以二球悬铃木也常被用作道路绿化景观树。因为它最早在上海的法租界种植，人们就叫它"法国梧桐"。

月亮上真的有桂花树吗？

望海潮

【宋】柳永

东南形胜，三吴①都会，钱塘自古繁华。烟柳画桥，风帘翠幕，参差十万人家。云树绕堤沙，怒涛卷霜雪，天堑（qiàn）无涯。市列珠玑（jī），户盈罗绮，竞豪奢。

重湖叠巘②清嘉，有三秋桂子，十里荷花。羌管弄晴，菱歌泛夜，嬉嬉钓叟莲娃。千骑拥高牙③，乘醉听箫鼓，吟赏烟霞。异日图将好景，归去凤池④夸。

① 三吴：吴兴（今浙江省湖州市）、吴郡（今江苏省苏州市）、会稽（今浙江省绍兴市）三郡，这里泛指今江苏南部和浙江的部分地区。

② 巘（yǎn）：大山上的小山。

③ 高牙：古代行军有牙旗在前引导，旗很高，故称"高牙"。

④ 凤池：全称凤凰池，原指皇宫禁苑中的池沼，此处指朝廷。

译文

杭州地处东南，地理位置优越，风景优美，是三吴的都会，这里自古以来就十分繁华。雾气笼罩着的柳树、装饰华美的桥梁，挡风的帘子、青绿色的帐幕，楼阁高高低低，大约有十万户人家。茂盛的树木环绕着钱塘江沙堤，又高又急的潮头打过来，浪花像霜雪在滚动，宽广的江面一望无涯。市场上陈列着琳琅满目的珠玉珍宝，家家户户都存满了绫罗绸缎，争相比奢华。

里湖、外湖与重重叠叠的山岭非常清秀美丽。秋天桂花飘香，夏季十里荷花盛开。人们晴天欢快地吹奏羌笛，夜晚划船采菱唱歌，钓鱼的老翁、采莲的姑娘都喜笑颜开。成群的马队簇拥着高高的牙旗，缓缓而来，极为煊赫。在微醺中听着箫鼓管弦，吟诗作词，欣赏着美丽的水色山光。他日把这美好的景致画出来，待升官回京时向人们夸耀。

你知道吗？

柳永，北宋著名词人，他的词流传甚广，曾有"凡饮井水处皆吟柳词"之说。柳永与当时的杭州官员是老朋友，他来到杭州后，想要拜见这位朋友，但是因为这位朋友的门禁很严，想拜见而不得。于是他写下这首词，交给了一位歌女，并交代她，如果能入那个朋友的府邸表演，请将这首词唱给他听，他如果问起来是谁写的，就说是柳永所作。那位朋友听到这首词，果然击节赞叹，马上邀请柳永入府，二人相谈甚欢。

月亮上真的有桂花树吗？

"月亮上有美丽的仙女叫嫦娥；有可爱的小白兔；还有一位仙人叫吴刚，他不停地砍一棵桂花树，可是这桂花树是神树，砍了又长，长了又砍，怎么都砍不倒。"这是小时候奶奶经常讲的故事。顺着奶奶的手指看去，皎洁的月亮中好像真的有一团像树一样的黑影。那就是桂花树吗？

1969年，人类宇航员第一次登上月球，他们发现这里没有小白兔，也没有仙人和桂花树，没有空气，没有水，也没有生命，但是他们发现了黑影的秘密，原来，我们地球人用肉眼看到的那团黑影，是月球上的各种地形构成的。

月球上有山脉、平原、裂谷，这些都跟地球上一样。山脉的高度、大小也都跟地球上的差不多，有些山脉甚至连名字都一样，如阿尔卑斯山脉、高加索山脉等，这是因为人类科学家直接用了地球上的山脉名称来给月球上的山脉命名。

此外，月球上还有环形山。环形山的样子就像我们脸上的小酒窝，四周隆起中间下沉。有关环形山的来历有两个猜测，一个是"撞击说"，很久以前，其他小行星撞击月球后，留下了大大小小的坑；另一个是"火

山说"，即环形山是月球上火山爆发后形成的火山喷发口。环形山是月球最显著的特征，如果有一天你坐上星际飞船去旅行，看到星罗棋布的环形山，没错，这就是月球站！

地球上有许多著名的裂谷，最著名的是东非大裂谷，从卫星照片上看去，东非大裂谷犹如一道巨大的伤疤。月面上也有这种构造——那些看来弯弯曲曲的黑色大裂缝被称为"月谷"，宽度从几千米到几十千米不等。

就是这些山脉、平原和裂谷，构成了我们看到的月球上的黑影。

最后来说说"桂花树"的秘密。"床前明月光，疑是地上霜"出自一首优美的唐诗，但其实月亮本来是不发光的，太阳的光线照在月亮上，被陆地反射出来，便成了我们看到的月光。但是光线到达那些低洼的平原或者盆地时，不能反射出来，那些地方看上去就是黑乎乎的。早期的天文学家以为那些黑乎乎的地区有海水覆盖，因此把它们称为"月海"，传说中的"桂花树"其实是月海。

2019 年我国发射"嫦娥四号"探测器，成功完成人类首次在月球背面着陆的任务，"玉兔二号"巡视器与"嫦娥四号"分离，在月球表面巡逻考察。"嫦娥""玉兔""桂花树"，它们终于相会了。

赠刘景文

橙子、柚子和橘子
是亲戚吗?

赠刘景文①
▲ ▲ ▲

【宋】苏轼

荷尽已无擎雨盖②，菊残犹有傲霜枝。
一年好景君须记，最是橙黄橘绿时。

注释

① 刘景文：刘季孙，字景文，工于诗，时任两浙兵马都监，驻杭州。苏轼
视他为国士，曾上表推荐，并以诗歌与其唱酬往来。

② 雨盖：旧称雨伞，诗中比喻荷叶舒展的样子。

译文

荷花凋谢，连那擎雨的荷叶也枯萎了，只有那开败了菊花的花
枝还在傲寒斗霜。

一年中最好的光景你一定要记住，那就是橙子金黄、橘子青绿
的秋末冬初的时节啊。

你知道吗?

这首诗作于初冬时节，当时苏轼正在杭州任职，时任两浙兵马都监的刘景文也在杭州。这两个人是很好的朋友，经常一起谈天说地，聊人生和理想。苏轼非常推崇刘景文，于是写了这首诗，说明人到壮年，青春虽已流逝，但也处于人生成熟、大有作为的黄金阶段，勉励朋友珍惜这大好时光，乐观向上、努力不懈，切不要意志消沉、妄自菲薄。

橙子、柚子和橘子是亲戚吗？

"橘生淮南则为橘，橘生淮北则为枳"，这个说法在中国流传了几千年，意思是同样的橘子在不同的地区就长成了不同的样子。有没有人跟我一样以为这只是个传言？现在我才知道，这个说法居然是真的，不仅枳是橘子的亲戚，水果摊上一大半水果都是橘子的亲戚，比如橙子、柚子、柑子，它们都属于同一个大家庭——柑橘家族。

这个家族非常古老，最早的老祖宗有 3 个：枸橼（jǔ yuán）、柚和宽皮橘。《吕氏春秋》中就有"江浦之橘、云梦之柚"的记载，考古学的发现更是将橘子和柚子的栽培时间向前推至公元前 2000 年左右。

柑橘家族的成员性格都非常随和，它们跟谁都合得来。比如橘子爸爸和柚子妈妈结婚，生下小宝宝橙子。橙子长大后又可以和橘子家或者柚子家的成员结婚，再生下各种漂亮的小宝宝。小宝宝长大后，再和家族里的其他亲戚家的成员结婚，产生更多新品种，比如橙子和柚子结婚，

诗词大侦探

87

生下葡萄柚；枸橼和酸橙结婚又生下了柠檬……

现在你该知道市场上怎么会有那么多品种的橙子了吧？随便数一数，就有冰糖橙、褚橙、新奇士橙、夏橙等，这还只是甜橙分支，此外还有脐橙、血橙分支，比如我们常见的赣南脐橙。不同品种的橙子受到了全世界人民的喜爱。

许多人看小宝宝时喜欢这样评论：眼睛像爸爸，嘴巴像妈妈。柑橘家族的宝宝长得像谁呢？柑橘生下的宝宝都遵守 4 条"族规"：第一，身材随个头小的一方；第二，果实的形状取中间值，所以橙子的果皮既不像宽皮橘那样薄，也不像柚子那么厚；第三，糖含量取中间值；第四，酸度会偏向于更酸的一方，比如柠檬就随它爸——酸橙。

现在科研人员正通过生物科技、细胞技术研发更多全新品种，比如不长籽的橙子，更大、更饱满的柑橘，甚至是结合了金橘和橘子的特点、能连皮带瓤一起吃的果品。如果你有兴趣，可以尝试一下把柑橘家族的族谱绘制出来，那一定是个非常浩大的工程。

梅花

我们吃的话梅是梅树的果实吗？

梅花

【宋】王安石

墙角数枝梅，凌寒① 独自开。

遥知不是雪，为有暗香来。

① **凌寒**：冒着严寒。

墙角有几枝梅花，正冒着严寒独自盛开。

远远就能看出洁白的梅花不是雪，因为有独特的幽香传来。

你知道吗？

我们都知道王安石是北宋著名的政治家、思想家、文学家以及改革家。宋神宗熙宁七年（公元1074年）春，王安石罢相。次年二月，王安石再次拜相。熙宁九年，当王安石又一次被罢相后，他心灰意冷，放弃了改革，后退居钟山。此时王安石认为自己的孤独心态和艰难处境与傲雪凌霜的梅花有着共通之处，遂写下此诗。坎坷的政治生涯给予了王安石一种沉潜的心态，让他的文章和诗歌更有深度。

诗词大侦探

我们吃的话梅是梅树的果实吗？

梅花只是梅家族中的一分子，做冰饮料的乌梅、青梅等，它们都是梅家族的成员，那么它们彼此是什么关系呢？我们吃的话梅是梅树开花后结的果实吗？这要从梅家族最古老的梅爷爷说起。

现代的梅类植物有几百种，它们有一个曾曾曾祖父，叫野梅。在人类的祖先学会种植农作物之前，野梅就在我国四川、云南一带生长了。对，你没看错，中国是梅的原产地，全世界的梅树都是从中国引入的。如果有机会到云南去旅游，你就可以看到当地产的话梅、雕梅和梅子酒都打着"野生梅子"的招牌。云南大理州洱源县，也被称为"梅子之乡"。

除了吃野梅的果子，人类还慢慢学会了人工种植、培育梅树，以得到更多、更好的果实，梅爷爷的第一个孩子——果梅诞生了。聪明的中国人早就学会利用梅子的酸味，用糖或者盐浸渍晒干等简易技术将梅子制成各种食品。

青梅和黄梅都是果梅的果实。梅子未成熟时叫青梅，一提到它，我们就会流口水，因为它太酸了。古人用青梅酿醋、酿酒，"煮酒论英雄""望梅止渴"的故事都跟青梅有关。青梅继续生长，外皮变为黄色，就是黄梅了。梅子由青转黄的时节——通常是5~7月，气候潮湿且多雨，人们将这一时节称为梅雨季节，其间下的雨就叫梅雨、梅子雨或黄梅雨。

又过了几百年，大约在汉朝的时候，梅爷爷的第二个孩子——花梅出生了。人们在长江沿岸的湖北、江西、安徽、浙江一带，栽培专门用于观赏的梅花。汉朝皇帝修上林苑，各地进献名果异树，其中就有朱梅、胭脂梅。到南北朝时，赏梅之风盛行，梅家族才开始以花闻名天下。在其后的1000多年的时间里，中国人培育出了300多个花梅品种。梅花暗香浮动，凌寒开放，引发了人们精神上的共鸣，很多诗人为它写下了无数的佳句。

青梅可以制成蜜饯，如大人小孩都爱吃的话梅、陈皮梅、糖梅；黄梅可以烟熏成乌梅入药；熟透的可以做成梅酱兑水喝。如今，梅树在我国得到大面积的栽培、种植，梅子的产量逐年递增，梅制品走出国门，成为深受世界各国人民喜爱的食品。

凉州词

夜光杯晚上能发光吗？

凉州词

【唐】王翰

葡萄美酒夜光杯^①，欲^②饮琵琶马上催。
醉卧沙场君莫笑，古来征战几人回？

注释

① 夜光杯：用玉石制成的酒杯，当把美酒置于杯中放在月光下时，杯中就会闪闪发亮，夜光杯由此得名。

② 欲：将要。

译文

酒筵上的葡萄美酒盛在夜光杯之中，正要畅饮时，马上琵琶声声响起，仿佛催人出征。

如果醉卧在沙场上，也请你不要笑话，古来出外打仗的能有几人返回家乡？

你知道吗？

王翰是唐朝著名的边塞诗人，因为经历过战争的洗礼，他与其他在长安做官的诗人不同，他笔下的形象多是非常英武的士兵，他的诗多表现对士兵数十年不能回家的同情。"葡萄美酒夜光杯"现在已成为朗朗上口的诗句，可在当时却是战士上战场之前为了壮胆饮酒的真实写照。王翰为大家展现出的种种景象，都是为了衬托出战事的紧张，而战前将士们举行盛宴的欢乐场景，更反衬了战争的残酷。

夜光杯晚上能发光吗？

唐朝诗人王翰的一首叫《凉州词》的诗，给语文老师出了个不小的难题。诗中说"葡萄美酒夜光杯，欲饮琵琶马上催"，小朋友们总是会好奇地发问：夜光杯是什么样的啊？夜光杯真的能在晚上发光吗？这些问题难倒了好多人，因为直到现在，科学家仍没有发现能在晚上不借助外力、自己发光的杯子，也没有找到传说中的夜明珠、夜光璧、夜光杯等物品，甚至在自然界中也没有见到类似的能发光的矿物，人们开始怀疑夜光杯只是一个传说。

一些科学家推测，这些传说中能发光的东西可能是几种特殊的矿石。据研究，自然界中的一些矿物，如水晶，在白天经过阳光曝晒，或者被摩擦、加热后，在夜间能发光。也许是工匠发现了这些矿石的特异之处，并把它们加工成比较圆润的形状，提升其反射光线的能力，就形成了传说中的夜光杯或夜明珠。古书上说周穆王时期，西域进贡了一只夜光杯，这只杯子"是白玉之精，光明夜照"。也许夜光杯的材质就是打磨过的玉石。

还有一种猜测，认为所谓夜光杯可能是玻璃制品，这个猜测有更多的证据支撑。古代的玻璃没有现在那么透明，但古人已经初步掌握了烧制玻璃的技术。西周的墓里就出土了玻璃碗。甘肃省博物馆有一只镇馆之宝：元代玻璃莲花托盏。托盏整体呈宝蓝色，流光溢彩，玲珑明艳，格调非凡，发掘自一个显赫的富豪家族墓。

可是玉石发出的光亮度有限，玻璃则根本不发光，那些熠熠的"夜光"究竟从何而来呢？人们又猜测，成型的杯子薄如蝉翼，晶莹剔透，倒入酒水后，月光或者火光透过杯壁，与酒色相辉映，似乎有夜光在杯中流动，故称为夜光杯。

对于这个猜测，我们可以做个试验来证明。在家中拿一只玻璃杯，倒入水，点一根蜡烛或者打开一个手电筒放在杯子后面，然后关上电灯，你会看到烛光或手电筒光之下，酒杯产生了复杂奇妙的光影变幻，好像自身能发光似的。如此熠熠生辉的景象，很有可能被古人视为"夜光"。

小朋友们，你们明白了吗？夜光杯自己不会发光，而是需要借助外部的光才能产生那种奇异的效果。

鹿柴

古人用柴火做门吗?

鹿柴①

【唐】王维

空山不见人，但闻人语响。

返景②入深林，复照青苔上。

注释

① 鹿柴（zhài）：王维在辋川别业（在今陕西省蓝田县西南）的胜景之一。

② 返景（yǐng）：太阳将落时通过云彩反射的光线。景，同"影"。

译文

幽静的山谷里看不见人，只听得到人说话的声音。

落日的余晖映入深林，又照在幽暗处的青苔上。

你知道吗？

唐天宝年间爆发了安史之乱。当时官场混乱，王维心灰意冷，便不再当官，想找一处比较僻静的地方过隐居生活。他走到终南山时，惊喜地发现朋友宋之问在这里建造的家宅有山有水，有天然景观，作为隐居的场所再合适不过，他便决定买下这里。这个叫作辋川别业的家宅依山而建，景色优美，于是王维便叫上他的好友裴迪来此地一起游玩，一起写诗，日子过得非常快乐，也非常充实。

诗词大侦探

古人用柴火做门吗？

中国古代社会有着严格的等级制度，不同身份的人，在衣食住行等各个方面都要遵守不同的规范，住宅和门也不例外。王公贵族住的是带花园的府第，一般都配有朱红色的大门；低级官员和平民只能用黑色的木板门，我们在古人的文章中经常看到的"柴门""寒门"，指的就是这种门。

那么"柴门"是用柴火做的门吗？这种说法存疑。柴火是古代人烧火做饭用的树枝碎木，它们大小各异，粗细不一，就算勉强捆扎在一起，既不能挡风又不能防盗，这样的门，要它有何用呢？

其实这里的"柴"指的不是"柴火"，而是"柴木"。

古人如果想要一扇结实、坚固、耐用的门，就需要选用质地坚硬的上好木材，比如椿木、榆木、杉木等，这当然就要花上一大笔钱。但有些人没那么有钱，买不起好木材，那么就只能用柴木了。硬木之外的木材统称为柴木，也被称为软木或杂木。柴木的质地没有那么坚硬，容易破裂变形，不耐用，最劣质的柴木易碎易断，什么也做不了，只能劈成小块当柴烧。

有一个成语叫"蓬户柴门"，意思是用柴草、树枝等做成的门户，形容住处简陋、生活困苦。曹植的诗中说"柴门何萧条，狐兔翔我宇"，意思是在战乱时期，家家户户的柴门破烂不堪，狐狸、野兔在屋内乱窜，这是多么萧条的景象啊！

那么，柴门又要如何上锁呢？这就要靠门簪了。门簪最初用来固定门框上的连楹，两个门簪便可以起到固定作用。越有权势的人家，门簪的数量越多，因为门簪标志着户主的身份，一到五品官用6个，六到七品官用4个，其他小官员或普通大户人家限用2个。古代的婚姻关系里面所说的"门当户对"，"户对"的本义就是大门上的门簪数量要相等。

不过在古人笔下，柴门也代表了一种简单质朴的生活方式和淡泊宁静的精神追求。在《三国演义》里面，刘备三顾茅庐，请诸葛亮出山辅助自己，书中说："玄德来到庄前，下马亲叩柴门，一童出问。"实际上，诸葛亮隐居南阳，有自己的大庄园，夫人的家族也是当地名门，当然不是贫寒之家，所以诸葛亮的吃穿用住都有别于真正的平民百姓，书中用"柴门"，只是想强调诸葛亮的隐士身份而已。

九月九日忆山东① 兄弟

【唐】王维

独在异乡为异客，每逢佳节倍思亲。

遥知兄弟登高处，遍插茱萸② 少一人。

注释

① 山东：王维迁居于蒲县（今山西永济市），在函谷关与华山以东，所以称山东。

② 茱萸（zhū yú）：一种香草。古人认为重阳节插戴茱萸可以避灾克邪。

译文

一个人独自在他乡做客，每逢节日便加倍思念远方的亲人。
遥想兄弟们今日登高望远时，头上插满茱萸只少我一人。

你知道吗？

王维写这首诗的时候正在长安谋取功名。繁华的京城热闹极了，但这里的风土人情、生活习惯和王维的家乡是不一样的，这里是举目无亲的"异乡"。越是在繁华热闹的街道上，在茫茫的人海中，从异乡来的王维越会感觉到陌生和孤独。尤其是在过节的时候，他对家乡和亲人的思念愈加强烈，所以诗人才会说"每逢佳节倍思亲"。此时，远在家乡的亲人都在登高插茱萸，而王维只能独自一人在长安，他不禁感慨万千。

诗词大侦探

古人为什么在头上插茱萸？

每年的春游和秋游是小朋友们十分盼望的活动，古代也有春游和秋游，一个在清明节前后，一个在九月初九的重阳节。古人在重阳节这天，会约上亲朋好友登高望远。他们佩戴茱萸做成的香囊，在发冠上插戴茱萸枝条，饮茱萸酒，举办茱萸会，这在当时都是很流行的活动。那么茱萸是什么东西？古人又为什么要在头上插茱萸呢？

如果家中出现讨厌的蚊子、黑乎乎的蟑螂，我们可能就会赶紧叫妈妈："有虫子！快喷药！"如果是古代，孩子可能会这样惊叫："有虫子！快拿茱萸来！"我们现在用的杀虫剂都是化工产品，古代没有这些化工产品，人们只能利用一些带有强烈刺激性气味的植物去驱虫，而且这种气味还不能太难闻，也不能有毒，不然就会伤害到人类自己。茱萸恰好符合这些要求。

茱萸气味芳香。三国魏曹植说它"茱萸自有芳，不若桂与兰"，意思是茱萸有一种不同于桂花和兰花的香气。这种香气对害虫而言却像死神的气息，害虫闻到就吓跑了。古人把虫害、病痛、瘟疫都视为邪气，害虫跑了，就是邪气被赶跑了。

茱萸跟重阳节联系在一起，起源于南北朝的一部神话志怪小说《续齐谐记》，书里记载了这样一则故事。有一天，一个叫桓景的人听到道士说，九月初九那天，他家将有大灾，破解这个大灾的办法，是叫家人各做一个彩色的袋子，里面装上茱萸，缠在臂上，登高山，饮菊酒。桓景一家人照此而行，傍晚回家一看，果然家中的鸡犬牛羊都已死亡，全家人因外出而安然无恙。这则故事当然是假的，但这是古代百姓对为什么插茱萸具有辟邪去灾的意义的幻想。

除了登高和插茱萸之外，重阳节这天还得亲人团聚，才算过得圆满。王维写这首《九月九日忆山东兄弟》的时候，一个人在长安，觉得十分寂寞。诗人说，我独自远离家乡身处远方，每到佳节就倍加思念亲人。遥想兄弟们头插茱萸登上高处，唉，你们今年的欢宴中少了一个我呀。

后来许多诗人沿用了这个说法，用"插茱萸"寄托对与亲人相聚的时光的追忆，"茱萸"也成为乡愁的象征。

山居秋暝

松树为什么
冬天不会落叶？

山居秋暝①

【唐】王维

空山新雨后，天气晚来秋。

明月松间照，清泉石上流。

竹喧②归浣女③，莲动下渔舟。

随意春芳歇，王孙自可留。

注释

① 暝（míng）：日落时分，天色将晚。

② 竹喧：竹林中笑语喧哗。

③ 浣女：洗衣服的女子。

新雨过后山谷里空旷清新，初秋傍晚的天气特别凉爽。

明月映照着幽静的松林，清澈的泉水在山石上淙淙流淌。

竹林中笑语喧哗，那是少女们洗衣归来了，莲叶轻摇，想是从上游荡下轻舟。

任凭春天的美景消歇，眼前的秋景足以令人流连。

你知道吗？

　　这首诗是王维隐居在终南山下的家宅时所作。厌倦了官场的王维如愿过上了自己想要的隐居生活，感到特别愉快。他寄情山水，到处游玩，玩到尽兴时就饮酒写诗。有一天傍晚，诗人走到了溪边。雨后的山林，空气十分凉爽；明月当空，月光穿梭在松林之间……看到如此美景，诗人产生了美好的感受，于是他写下这首诗，记录自己的心情。

诗词大侦探

松树为什么冬天不会落叶？

　　"大雪压青松，青松挺且直"，在人们的印象中，松树是十分神奇的存在。其他许多树木一到冬天就变得光秃秃的，它却翠绿如故，安然度过一个又一个漫长的冬天，可以活到1000多岁，听上去像《西游记》里吃了唐僧肉的妖怪，长生不老，永葆青春。松树为什么冬天不会落叶？它四季常青的秘密到底是什么呢？

　　我们知道，植物落叶是一种保护自己的方式。就像你在医院里看到的那样，如果某人的手臂在车祸中受了重伤，发展下去病情可能会蔓延到全身，为了保命，医生可能必须把受重伤的部分截掉。植物也是一样的，落叶是它们保命的一种方法。随着天气变冷，植物的根系吸收的水分减少，如果树叶仍然像夏天那样大量蒸发水分，这可就要命了。所以树木主动"断臂"求生，从秋天开始就减少了对树叶的营养供应，让它们慢慢枯萎，为冬天的到来做好准备。

但是对松树而言，这个问题根本不存在。你可能发现了，松树的叶子不像我们通常看到的那种像手掌一样的叶片，而是一根根的针，摸上去会扎手，实际上它的学名就叫"松针"。由于松针面积小，水分不容易蒸发散失。有的松针上还有厚厚的像蜡一样的保护层，有的长着很厚的绒毛，就像我们在冬天穿上了厚厚的大衣。这些构造都有效地减缓了水分的蒸发。

既然松针不会威胁到松树的生存，松树就没必要舍弃它了。当然，松树也不是一辈子一根松针都不掉。万物都有荣枯，松针也不例外。每隔3~5年，旧的松针老去脱落，新的松针萌发生长，这种新老交替时刻都在进行，松树只是不像落叶树种那样集中在某一个季节一下子就掉光叶子，这也造成了"松树不会落叶"的假象。

相思

为什么相思豆
不能拿来煮粥？

相思

【唐】王维

红豆生南国，春来发几枝。
愿君多采撷①，此物最相思。

① 采撷（xié）：采摘。

译文

红豆生长在阳光明媚的南方，每逢春天不知长出多少新枝。
希望思念的人儿多多采摘，因为它最能寄托相思之情。

你知道吗？

相传，有一对夫妻异常恩爱，可丈夫却在战争中不幸牺牲了，他的妻子日日以泪洗面，最后，她流下的血泪生根发芽，化成了红豆，于是人们又称红豆为"相思子"。这首《相思》作于唐朝安史之乱年间，当时的叛军在中华大地上肆无忌惮地烧杀抢掠，使得无数家庭妻离子散，这些离散的老百姓都盼望和自己的家人团聚。于是，这首能表明他们心声的《相思》就流传开来。

诗词大侦探

为什么相思豆不能拿来煮粥？

"红豆生南国，春来发几枝，愿君多采撷，此物最相思。"这是唐朝诗人王维的一首经典诗作。诗中代表爱情的红豆是哪种豆子？人们对此争论不一。今天我们就来当一回小小侦探，去一步步还原事实真相。

现在"嫌疑人"有 4 名：赤豆、赤小豆、海红豆和红豆杉。看到了吧，光是名字就能把你绕晕，它们的身份更是一团乱麻：赤豆又名红豆；红豆又名相思豆；红豆杉的种子叫红豆……哦！它们居然都与红豆有如此密切的联系，难怪人们为它们的名字纠结了几千年。

我们喜欢吃的豆沙包、软糯可口的红豆粥，还有夏天的冷饮——红豆冰糖水，都是用前两个"嫌疑人"做的。赤豆个头小，身材圆溜溜的，富含维生素、胡萝卜素、蛋白质等，是常见的食材，厨房里常用的"红豆"其实就是它。赤小豆是它的兄弟，个头细长、圆扁，既可以当杂粮煮粥吃，又可以当作药材治病，价格比赤豆高。

赤豆和赤小豆都是草本植物，就像水稻和春小麦，每年春季播种，秋季收获，第二年再种。它们是不是诗中的"红豆"呢？分析后得出的结论是"不是"。请看诗中第二句"春来发几枝"，诗人所看到的红豆应该是乔木、灌木类的树，到春天的时候树枝会发出新枝。所以这两个"嫌疑人"就可以排除了。

这么说，"嫌疑人"就还剩下海红豆和红豆杉。

海红豆又名相思子，看哪，连名字都很像。海红豆多为藤本植物，少部分为攀援灌木或灌木。但是它的果实长得挺奇怪，下部为黑色，上部为朱红色，半黑半红的双色是此豆的特点。这种红豆甚为美丽，质地坚硬，常被用来做漂亮的红豆手链。海红豆也被称为红豆、鬼眼子、鸡母珠。最关键的是，海红豆含剧毒，不能吃！

此外，还有一位"嫌疑人"——红豆杉。红豆杉是乔本植物，它木质坚硬、纹理漂亮，常被用作家具、木雕等的原材料。红豆杉的种子呈鲜红色，光亮美观，有微毒。现代植物学著作《中国主要植物图说》认为红豆杉的种子就是"红豆生南国"里的红豆。

因此，代表爱情的红豆，可能是海红豆，也可能是红豆杉的种子，但它们都不能吃。

乡村四月

为什么蚕宝宝
只吃桑叶？

乡村四月

【宋】翁卷

绿遍山原白满川①，子规声里雨如烟。
乡村四月闲人少，才了蚕桑又插田。

注释

① 白满川：稻田里的水色映着天光。

译文

山坡田野间草木茂盛，稻田里的水色与天光交相辉映。天空中烟雨蒙蒙，杜鹃声声啼叫。

乡村的四月正是最忙的时候，刚刚结束蚕桑的事就又要插秧了。

你知道吗？

翁卷是南宋诗人，他参加过科举考试，却名落孙山，于是他干脆放弃了考试，把自己的情趣与志向寄托在美丽的大自然中。这首诗描写的是他眼中的江南，这里不仅风景优美，而且家家户户都忙碌不停，有人运苗，有人插秧，有人采桑喂蚕。古代的很多山水诗里都没有农民的身影，因为很多诗人感受不到农忙之美、劳动之美，但翁卷却能在这首诗里把自然之美与劳动之美融合在一起。

诗词大侦探

为什么蚕宝宝只吃桑叶？

你是个挑食的小孩吗？光吃肉不吃青菜，或者不肯吃胡萝卜？挑食的孩子可真是让爸爸妈妈操碎了心。不过跟熊猫比起来，这个毛病还不算啥，竹子是熊猫的心头最爱，要是某年竹子开花死掉了，全国人民都会发愁，国宝明天的早餐在哪里呢？不过熊猫跟蚕宝宝比起来，这个挑食的毛病也不算什么了，毕竟熊猫还吃点苹果、梨、香蕉这样的零食，而蚕宝宝呢，除了桑叶，别的什么都不吃！蚕宝宝和桑叶是自然界中唯一具有一对一关系的动物和食物，可见蚕宝宝才是当之无愧的挑食大王！

如果有人问我，"为什么你喜欢吃冰激凌，不喜欢吃话梅呢？"说实在的，每个人喜欢吃什么有可能是因为个人口味不同，但进一步深究下去，这背后既有生物学上的原因，也有化学上的原因。

我们的口腔中有一种叫味蕾的东西，成年人舌头上的味蕾多达 9000颗，密度最大，上颚次之，喉部更次之。这些味蕾像品尝师一样，专门负责品鉴食物的味道。当食物进入嘴巴时，食物中的化学物质跟味蕾发生反应并产生一个信号，信号传入大脑后立即被精确地分析出来：这个是甜的、那个是酸的、另一个是辣的……

由于每个人的身体状况和生长环境不一样，味蕾的发育不尽相同，我们对食物的感觉就不同。吃同一个辣椒，川妹子的味蕾品尝后发出的信号是"这个有一点点辣"；而广东小伙的味蕾品尝后发出的信号却可能是"天啦，辣'死'我了"。

蚕宝宝对食物的选择来自味觉感觉，不过它的味觉感觉不是来自味蕾，而是由基因决定的。它有 76 个"味觉受体"基因，分布在 16 条染色体上。基因是生物在长期的自然进化中形成的。最早的蚕宝宝可能也有吃杂草的，但吃下去后因为拉肚子而死亡，这些蚕宝宝没能繁衍后代，久而久之就被自然淘汰了，而那些只吃桑叶的蚕宝宝就活了下来，这些信息被记录在基因里一代代遗传，导致蚕宝宝"认死理"——只吃桑叶。

研究人员发现这个秘密后，利用基因技术对蚕宝宝的基因进行了重新编辑，编辑后的蚕宝宝变得喜欢吃苹果、梨、面包这些零食了。也许在不久的将来，蚕宝宝能吃上专门为它们研发的有营养的人工饲料。到时候，爸爸妈妈就再也不会为小朋友们养蚕宝宝买不到桑叶而着急上火啦！

晓出净慈寺
送林子方

为什么荷花一直
那么干净？

晓出净慈寺送林子方

【宋】杨万里

毕竟西湖六月中，风光不与四时① 同。

接天莲叶无穷碧，映日荷花别样红② 。

到底是西湖六月天的景色，风光与其他时节大不相同。

那层层叠叠的荷叶铺展开去，像与天相接，呈现为一片无边无际的青翠碧绿，阳光下的荷花分外鲜艳。

你知道吗？

　　杨万里是林子方的上司兼好友，但他们两个人互相视对方为知己。林子方曾经在京城任职，因为工作调动，他即将奔赴遥远的福州上任。杨万里心里舍不得他，也非常希望他能留在皇帝身边。但在古代，官员的委任不会因为个人的意愿而更改。杨万里陪着林子方在西湖边走了很长一段路，最后在净慈寺写下这首诗送别林子方，委婉地表达了自己的依依不舍之情。

诗词大侦探

为什么荷花一直那么干净？

　　在我国，几乎每一座城市都有公园，而几乎每个公园都会在池塘里种上荷花。在一些农田里，农民伯伯也会大量种植荷花。荷花鲜艳多姿，像水中的美少女，极具观赏性，古代的文学家周敦颐称赞它"香远益清，亭亭净植"。除此之外，在人们的认知中，荷花代表君子，"出淤泥而不染"，就像君子在污浊的世间永远保持高洁的操守和正直的品德。那么荷花为什么长在很脏的地方，却还那么干净呢？

　　有人猜荷叶上有一层油，有人猜有一层蜡，泥水粘不住荷叶就掉下去了。正确答案究竟是什么呢？最后，还是借助现代科技手段，这个谜团才被解开。

科学家把荷叶放在电子显微镜下观察，当放大到 500 倍时，神奇的事出现了，原本青翠光滑的荷叶上密密麻麻地布满了一个个球形疙瘩，像是一个个小山包。它们密密匝匝地排列在荷叶上，就像几千个足球平铺在操场上。

这些小山包有多大呢？我们知道圆形上任何两点都可以连成一条直线，而通过圆心的那条直线就是直径。现在让我们拔下一根自己的头发丝来比一比，你能看清楚头发丝的直径有多大吗？把头发丝的直径缩小为原来的 1/4～1/3，这就是组成荷叶的那些小山包的直径的大小。反正我是看不清楚的，当然小朋友们也看不清楚，所有人都看不清楚，因为小山包太小了，超出了我们人类眼睛能看到的极限。

当然，在这个"小人国"里，小山包之间的低凹处也是极其微小的，而且充满了空气。下雨的时候，空气和小山包一起托举着雨滴，让雨滴不能进入荷叶内部，于是雨滴凝聚成一个一个小水珠在荷叶上滚动。这时，荷叶表面如果有淤泥、灰尘等污垢，它们就会附在水珠上面。当一阵风吹过，或者一场大雨淋过，污垢就会跟着水珠顺着荷叶表面一起滑落下去。

这下你明白了吧，没有油、没有蜡，荷叶自身的特殊构造使它拥有了这种高超的本领，科学家把它称为"超疏水能力"。

游园不值

为什么诗人爱用『红杏』？

游园不值①
▲ ▲ ▲

【宋】叶绍翁

应怜屐齿② 印苍苔，小扣③ 柴扉久不开。
春色满园关不住，一枝红杏出墙来。

注释

① 游园不值：想游园没能进入。值，遇到。不值，没得到机会。

② 屐（jī）齿：屐是木鞋，鞋底前后都有高跟儿，叫屐齿。

③ 小扣：轻轻地敲门。

译文

也许是园主担心我的木屐踩坏他爱惜的青苔，我轻轻地敲柴门却久久无人开门。

满园的春色是关不住的，开得正好的红杏有一根枝条伸到墙外来了。

你知道吗？

　　有一天，叶绍翁想去一个朋友家赏花，恰巧朋友不在家，花园他也进不去。正在失望的时候，他突然看到墙里的杏花长得正好，都伸到墙外头来了，灿烂的花朵像一张张笑脸传递出春天的信息，令人感受到绚丽的春光，于是叶绍翁挥笔写下诗句"春色满园关不住，一枝红杏出墙来"。这首诗饱含诗人喜悦的心情，朗朗上口，一下子就流传开了。

诗词大侦探

为什么诗人爱用"红杏"？

　　中国民间有十二花神的传说，杏花是农历二月的花神，很多诗人都喜欢杏花，写过很多关于杏花的诗句。比如"小梅飘雪杏花红""红杏枝头春意闹"等，都是流传很广的名句。那么问题来了，明明杏花的颜色有白有粉，为什么诗人的笔下杏花却总是被称作"红杏"呢？

　　一个有趣的问题是，当时叶绍翁看到的会不会是白杏或粉杏，但他故意写成了红杏呢？这倒是有可能。因为从写作规律讲，诗人要考虑平仄和押韵。你有没有发现，中国古诗词吟诵起来有一种音乐旋律般的美感？这就是韵律。中国古典诗词创作有着严格的格式和规则，就像英语有语法规则，按这些规则写出的才是正确的句式，用中文句式去写英语就会被人笑话。试想一下，如果把"一枝红杏出墙来"换成"一枝白杏出墙来"听上去是不是怪怪的，甚至可能就不成诗了？所以呀，为了叶绍翁写好"作文"，杏花你就委屈一下吧！

当然也有一种可能，那就是叶绍翁没说谎，他看到的是千真万确的红杏。因为杏花在不同的生长时期，颜色会有不同的变化。"就像变色龙那样吗？"你可能会问。嗯，差不多。有一本植物著作叫《广群芳谱》，书中记载：杏树在二月开花，花蕾是纯红色，花开时花瓣是白色或稍带红晕，花落时则全部变成剔透明亮的纯白色，很是美丽。因为杏花开放的时间有早有晚，我们看到的花朵就有红有白。

那么我们可以推断：叶绍翁当时兴冲冲地跑去看花时，正是早春时节，杏花还只是含苞待放，树梢上正是那纯红色的花蕾。

后世的诗文中，杏花多为红杏还有一个原因。在中国传统文化中，诗词中的很多植物都有固定的形象。如兰花必在幽谷吐香，菊花必是南山隐士，牡丹一定国色天香，白梅则是傲骨铮铮、香自苦寒来。杏花也不例外，写"红杏"的诗多了，杏花的形象在人们的脑海中就形成了固定的印象：颜色必须是红色，代表着美丽和生机，如宋祁的"红杏枝头春意闹"。

对于杏化颜色的争论，宋代诗人杨万里做了另一番解读："道白非真白，言红不若红。请君红白外，别眼看天工。"意思是说，说杏花白吧，好像也不是很白，说它红呢，又不算是红。请你别去分辨杏花到底是什么颜色，还是好好欣赏大自然的鬼斧神工吧。他的这首诗也为这场杏花是红是白的争论画上了一个圆满的句号。

竹石

竹子的生命力
居然这么顽强？

竹石

【清】郑燮（xiè）

咬定①青山不放松，立根原在破岩②中。
千磨万击还坚劲，任尔东西南北风。

注释

① 咬定：比喻根扎得结实，像咬着青山不松口一样。

② 破岩：裂开的山岩，即岩石的缝隙。

译文

竹子抓住青山一点也不放松，它的根牢牢地扎在岩石缝中。
经历无数磨难和打击，身骨仍然坚强有力，任凭你刮东南风还
是西北风。

你知道吗？

这首诗是郑燮晚年时所作。郑燮年轻时很穷，他就去了扬州以卖画为生。四十多岁时考中了进士，当了山东的潍县（今山东省潍坊市）知县。在他当知县的这些年里，山东连年饥荒，郑燮便打开官府的粮仓，赈济灾民，得到了老百姓的一致拥戴。然而，为官十余年，他看透了官场的腐败，为了维持自己的名誉，晚年时辞官回乡，并写下了这首《竹石》，表达了自己绝不与贪污腐败之人同流合污的志向。

诗词大侦探

竹子的生命力居然这么顽强？

郑燮曾在《竹石》一诗中写道："咬定青山不放松，立根原在破岩中。千磨万击还坚劲，任尔东西南北风。"自古以来，竹子就因为具有顽强的生命力，象征着中华民族的气节而深受中国人民的喜爱，也经常出现在古代的诗词歌赋之中。竹子是以顽强出名的，那么是什么让竹子如此顽强，它顽强的表现又是什么呢？

竹子与松、梅共称"岁寒三友"。竹子在晚秋早冬万物凋零之时仍然挺拔耸立于土地上，它之所以在如此恶劣的环境下也可以生长，与它的生长特性有关。

竹子的生长速度十分之快，竹笋一出土，受到太阳照射后便迅速拔地而起，两三个月便可长大。由此可见，生长速度快是它生生不息的重要原因。竹子具有很强的繁殖能力，种下几棵竹子后，往往几年后就可以长成一大片竹林。

竹子生命力顽强的表现便是"任尔东西南北风"它都会牢牢地扎根在泥土里，这与竹子的内部结构有关。竹子的茎是空的，这样的空心结构更有利于支撑竹子高大的躯干，增强稳定性。古人常常咏叹竹子之"虚心"，或者来借此象征谦虚、谨慎的心态。

竹子的生命力顽强，还和"集体主义"的精神有关。竹子林冠庞大，枝叶茂密，而且常常成群生长。密集的根部一起涵养水源，保持水土，也使竹子不容易被狂风连根拔起。

竹子不仅自己生命力强，还因为对人类有益，得到了人类的"扶植"，它当然也就能借助人类的力量，壮大自己的家族。有的竹子能够用来盖房子、制作各种工具，有的竹子的竹笋可以做成鲜嫩可口的菜肴。在国外，竹子也得到了人们的重视，爱迪生发明电灯期间，寻找了许多材料，最后选定了竹丝作为他的第一种出售的电灯泡的灯丝。如今，爱迪生的遗址还保存着当时爱迪生做实验所用的竹丝。

"宁可食无肉，不可居无竹。"竹子因其顽强的生命力与结构特点被人们认为是坚韧不拔、谦虚等美好品质的象征，它代表了中华民族的民族气节，受到了古代文人的喜爱。

春日

世界上有黑色的花吗？

春日

【宋】朱熹

胜日寻芳泗水滨，无边光景①一时新。
等闲②识得东风面，万紫千红总是春。

① 光景：风光、风景。

② 等闲：平常、轻易。

风和日丽之时，我来到泗水边踏青，无边无际的风光焕然一新。谁都可以看出春天的面貌，春风吹得百花齐放、万紫千红，到处都是春天的美好景致。

你知道吗？

在朱熹小的时候，他父亲朱松就希望他将来能像孔子、孟子这样的圣贤一样有出息，朱熹后来果然没有辜负父亲的期望，成了一代大儒。他所写的这首诗的重点不在春景，而在"东风"，东风才是万紫千红、生机勃勃的春天的源头。诗中提到的"泗水"可不是一般的河流，那是春秋时期孔子给学生上课的地方，所以"寻芳"指的就是向圣人求学问道。诗人巧妙地将圣人之道比作润泽万物的春风，同时他希望自己能够向孔、孟看齐，成为一代圣贤。

诗词大侦探

世界上有黑色的花吗？

漫步在公园里，我们总能看到五颜六色的花，红的、黄的、白的，五彩斑斓，香气袭人，沁人心脾。可我们似乎从来没见过黑色的花，墨菊、黑牡丹、黑花鸢尾等看起来像黑色的花，实际上是深紫色或者深棕色的，严格来说，世界上根本没有纯黑色的花。这是为什么呢？

夏天，当我们在外面散步时，我们常常能感觉到穿黑色衣服的时候比穿其他颜色的衣服时的灼烧感更强。花也是如此，白色的花能够反射太阳光的所有光波，黄色的花能够反射黄色的光波，橙色的花则能够反射橙色的光波，即各色的花都可以通过反射一定的光波来减缓自己的升温速度，这是花的一种自我保护。但是黑色的花却没有这样的能力，黑色吸收一切光波，不能够散热，升温很快，花的组织又十分娇嫩，很容易被灼伤。经过长期的自然选择和物种进化，黑色的花因为不适应自然，便被淘汰了。

除此之外，由于大部分植物不能移动，往往需要借助风或者昆虫来传播自己的种子，即风媒与虫媒，大部分花都选择了虫媒。而昆虫的视觉与人类的视觉有很大的区别，一朵黑色的花在草丛中，我们往往一眼就能够发现它，但是昆虫不同，昆虫对鲜艳的颜色更加敏感，黑色的花反而不容易被它们发现，所以生活中常见的花往往色彩鲜艳。黑色的花因为没有昆虫帮忙繁衍，最后也只能被淘汰。

正是因为上述原因，不仅黑色的花不存在，连近似黑色的花也十分稀有、珍贵。例如黑花鸢尾神秘、高贵，是约旦的国花，约旦国人将它奉为珍宝。在 1999 年云南昆明国际园艺博览会上，有一种紫褐色的接近黑色的花，它的花瓣基部生有数十条紫黑色细丝，飘逸下垂，看起来很像老虎的胡须，因而得名"老虎须"，此花极为罕见，在多次评比中荣获金奖。另外，此花处于濒危状态，被国家列为保护植物。

接近黑色的花看起来十分神秘、特别，也因此产生了许多传说。比如，据说黑牡丹原先是开红花的，可是因为红花仙子太过好看，引得许多人来观看，就连仙人吕洞宾也在其中。这让红花仙子非常烦恼，于是她去找牡丹仙子诉苦。牡丹仙子一不小心打翻了墨水，一下子把红花仙子染成了黑色。牡丹仙子不知所措，还以为自己闯了大祸，谁知红花仙子反而开心道："没事，我乐意变成黑牡丹！这样一来，谁都不会来打扰我了，倒也清静！"吕洞宾第二天再来，就不见红牡丹只见黑牡丹了。

近似黑色的花原本就十分罕见，再加上生态环境的破坏，许多近似黑色的花都处于濒危状态。因此，保护生态环境，保护这些濒危物种，是我们的责任。

藏在古诗词里的博物课

天文地理

安迪斯晨风 著

人民邮电出版社

北京

图书在版编目（CIP）数据

藏在古诗词里的博物课. 天文地理 / 安迪斯晨风著
. -- 北京：人民邮电出版社，2022.2（2022.3重印）
ISBN 978-7-115-57714-6

Ⅰ. ①藏… Ⅱ. ①安… Ⅲ. ①古典诗歌－诗歌欣赏－
中国－儿童读物②天文学－儿童读物③地理学－儿童读物
Ⅳ. ①I207.2-49②P1-49③K90-49

中国版本图书馆CIP数据核字(2021)第217258号

内 容 提 要

　　我国拥有着悠久、厚重的博物学传统，从春秋战国时期的《山海经》《诗经》到西晋的《博物志》，大量的中国古代博物学家对山川、草木、鸟兽、虫鱼、风土、人情等都做了深入的解读。

　　古诗词则是我们给孩子打开这个神秘东方博物世界的一把钥匙，因为它们不仅用灵动鲜活的笔墨给我们现代人展示了艺术的魅力，更盈溢着古代文人对大自然细致入微的观察力。在他们的笔下，山川有了色彩，动植物有了神韵，亭台楼榭也都有了独属于自己的味道。

　　本书精选了120首传诵度广、知名度高的古诗词，以其中涉及的自然和人文现象为切入点，融合科普与人文知识，以幽默生动的语言，为孩子们打开一扇深入了解古人生活，观察大自然万事万物的大门。

◆ 著　　　　　　安迪斯晨风
　　责任编辑　　　朱伊哲
　　责任印制　　　陈　犇

　　人民邮电出版社出版发行　　北京市丰台区成寿寺路 11 号
　　邮编　100164　　电子邮件　315@ptpress.com.cn
　　网址　https://www.ptpress.com.cn
　　雅迪云印（天津）科技有限公司印刷

◆ 开本：700×1000　1/16
　　印张：34　　　　　　　　　　2022 年 2 月第 1 版
　　字数：489 千字　　　　　　　2022 年 3 月天津第 2 次印刷

定价：179.80 元（全 4 册）

读者服务热线：(010)81055296　印装质量热线：(010)81055316
反盗版热线：(010)81055315
广告经营许可证：京东市监广登字 20170147 号

目录

敕勒歌

天空是圆形的吗？

敕勒歌

【南北朝】佚名

敕勒川①，阴山下，

天似穹庐②，笼盖四野③，

天苍苍，野茫茫，风吹草低见牛羊。

注释

① **敕勒川**：敕勒人居住的地方，在现在的山西、内蒙古自治区一带。北魏时期把今河套平原至土默川一带称为敕勒川。川，平川、平原。

② **穹庐**：用毡布搭成的帐篷，即蒙古包。

③ **四野**：草原的四面八方。

译文

辽阔的敕勒平原，就在阴山脚下。

天空如毡制的圆顶大帐篷，笼罩着草原的四面八方。

天空是蔚蓝的，草原无边无际，一片苍茫。风儿吹过，牧草低伏，显露出原来隐没于草丛中的众多牛羊。

你知道吗？

"敕勒"是生活在朔州（今山西省西北部）一带的古代少数民族。它有很多个名字，在汉朝时被匈奴人称为丁零；在魏晋南北朝时被南方皇帝称作狄历、敕勒；到隋朝时因所用车轮高大，亦称高车；最后，根据对他们影响最深远的鲜卑人的说法，我们把这个民族称为敕勒。这首著名的《敕勒歌》，便是敕勒人的鲜卑语牧歌，后来被翻译成汉语，广为流传。

诗词大侦探

天空是圆形的吗？

天空是圆形的吗？这是一个老掉牙的问题，几千年前的古人就和你我一样，对天空的形状充满好奇。不过，由于那时的科技不发达，古人遥望天际，只能看到盖子似的天空，他们想当然地认为天空是圆的，地是方的，天空是个半球形的盖子，像锅盖一样把大地盖在下面。这就是"盖天说"。虽然古人对这个答案深信不疑，但有个问题始终没法解释，战国诗人屈原在《天问》里就提出了"天何所沓"的疑问，意思是"那天和地交合的地方在哪儿呢"。

就在大家都没法回答这个问题的时候，两个非常厉害的人给出了自己的答案。

一个是汉代的科学家张衡，他做研究非常执着，为了弄清宇宙的结构，他曾经对天空进行了非常仔细的观察。他在书中记载了多个星座的名字，提出星空里有 1 万多颗看不到的"微星"。对天空的形状，张衡在一本叫《浑天仪注》的书中写道："浑天如鸡子。天体圆如弹丸，地如鸡子中黄，孤居于天内，天表里有水，天之包地，犹壳之裹黄。"张衡的这个理论叫作"浑天说"，他认为天空不是半球形，而是一整个球，地在其中，就如同鸡蛋黄在鸡蛋内部一样。

浑天说比盖天说更先进，认为满天的恒星都布于一个"天球"上，日月星辰都在这个"天球"上运行，这与现代天文学中的天球概念十分接近。但是这个理论实在太惊人，很多古人为此争论不休，嚷嚷着："我不信！我不信！"

到了唐朝，又有一位厉害的人出现了，他就是唐代僧人一行和尚。一行相信浑天说，他假设地球是球形的，那么从球面上的南极到北极就会有一条半圆形的弧线。公元 724 年，在皇帝的支持下，他在全国各地设了十几个测量点，根据地面上的影子的长度和角度，计算出了这条弧线的长度，这就是我们现在常提到的"子午线"。一行的测量数据虽然不太准确，但已经能够证明地球的确是球形的。这可是人类首次对子午线进行测量，被誉为世界科学技术史上具有"划时代意义的创举"。

知道地球是球形的就好办了。由于重力的影响，一层混合气体围绕着地球，这些气体是地球最外部的气体圈层，气象学上称之为"大气层"。不管你在地球上的哪个地方，都可以看到头顶上的大气层，从这个角度出发，还真可以说天空是圆形的。如果还想说得更准确一些，可以说天空是球形的。

观沧海

为什么海水看起来是蓝色的？

观沧海

【东汉】曹操

东临碣石①，以观沧海。

水何澹澹②，山岛竦峙③。

树木丛生，百草丰茂。

秋风萧瑟，洪波涌起。

日月之行，若出其中；

星汉灿烂，若出其里。

幸甚至哉，歌以咏志。

注释

① 碣（jié）石：山名，在今河北昌黎西北。公元 207 年秋天，曹操征乌桓时经过此地。

② 澹（dàn）澹：水波荡漾的样子。

③ 竦峙（sǒng zhì）：耸立。竦、峙，都是耸立的意思。

译文

东行登上高高的碣石山，来观赏苍茫的大海。

海水多么宽阔浩荡，海中山岛罗列，高耸挺立。

周围树木葱茏，花草丰茂。

萧瑟的秋风吹来，海中翻涌着巨大的浪花。

太阳和月亮的升落，好像是从这浩瀚的海洋中发出的。

银河里的灿烂群星，也好像是从大海中涌现出来的。

啊，庆幸得很！就用诗歌来表达内心的志向吧。

你知道吗？

　　"观沧海"这个题目是后人加的，因为在曹操那个时候，写乐府诗歌是不用给诗歌起名字的，他们的诗作也是即兴而作，是用来配乐歌唱的。在很多人的印象中，曹操是个奸臣，"挟天子以令诸侯"。但曹操实际上是一个很有志向的政治家，他在打了胜仗后，登临秦皇汉武都曾来过的地方，望着沧海，在这首诗中将自己宏伟的抱负和广阔的胸襟展现得淋漓尽致。

你知道吗？在我们生活的地球上，71%的地方都是海洋，只有29%的地方是陆地。从太空看地球，地球就像一个美丽的大水球，颜色就像我们写字用的蓝墨水，这都是海水的功劳。那么为什么海水看起来是蓝色的呢？

原来，我们看到的颜色，都是光线的"魔法"。在太阳光的照射下，物体接触到光线，再把光线反射出去，进入我们的眼睛，我们就看到了这个物体。太阳光照在草地上，我们看到了红花绿草；照在大海上，我们看到了蓝蓝的海水。为什么同样的阳光，照到不同的物体上，就产生了不同的色彩呢？

这是因为，地球上所有的物体都能吸收光线，就像我们人类都吃东西，可有的小朋友却挑食，这不吃那不吃，物体也"挑食"。太阳光看起来是无色透明的，其实它是由红、橙、黄、绿、青、蓝、紫7种色光组成的。地球上的物体有的喜欢"吃"红光，有的喜欢"吃"绿光，它们只挑自己喜欢"吃"的光，不喜欢"吃"的光统统扔出去，这些被扔出来的光就是我们看到的物体的颜色。

这下你明白了吧，当太阳光射到海水上时，海水呈现出蓝色，是因为水会吸收阳光中波长较长的红光、黄光等，最后剩下的是蓝光和紫光，但是人眼对紫光不敏感，最后剩下的就是蓝光了。

诗词大侦探

为什么海水看起来是蓝色的？

为什么有的地方
昼夜温差那么大？

白雪歌送武判官归京

【唐】岑参

北风卷地白草①折，胡天八月即飞雪。

忽如一夜春风来，千树万树梨花开。

散入珠帘湿罗幕，狐裘不暖锦衾薄。

将军角弓不得控，都护②铁衣冷难着。

瀚海阑干百丈冰，愁云惨淡万里凝。

中军置酒饮归客，胡琴琵琶与羌笛。

纷纷暮雪下辕门③，风掣红旗冻不翻。

轮台东门送君去，去时雪满天山路。

山回路转不见君，雪上空留马行处。

① 白草：西域牧草名，干熟时变为白色。

② 都护：镇守边镇的长官，此为泛指，与上文的"将军"是互文。

③ 辕门：军营的门。古代军队扎营，用车环围，出入处以两车车辕相向竖立，状如门。这里指领兵将帅的营门。

译文

北风席卷大地吹折了白草，塞北的天空八月就飘降大雪。

仿佛一夜之间春风吹来，树上有如梨花争相开放。

雪花飞进珠帘沾湿了罗幕，狐裘不保暖，盖上锦被也嫌单薄。

将军的手冻得拉不开弓，都护的铁甲冰冷得难以穿上。

无边沙漠结起厚厚的冰，万里长空凝聚着惨淡愁云。

主帅帐中正摆酒为归客饯行，胡琴、琵琶、羌笛合奏来助兴。

傍晚辕门前大雪落个不停，红旗冻僵了，风也将它吹动。

轮台东门外欢送你回京去，你去时大雪覆盖了山路。

山路曲折已不见你的身影，雪地上只留下一行马蹄印迹。

你知道吗？

岑参是唐朝著名的边塞诗人，因为当时唐朝的边疆总不太平，总跟边境附近的游牧民族打仗，他便怀着报国之心来到了边疆。他一生两次出塞，先后在边疆的军队生活了 6 年，所以他对战士们的征战生活与冰天雪地的塞外风光都有亲身的体验。岑参第二次出塞，是给当时的边境大将军做从属官员，而前任官员武判官即将回到京城，岑参便在轮台这个地方写下此诗，送别武判官。

在祖国辽阔的土地上，有这么一个拥有"魔鬼"天气的地方：早上十分寒冷，人们起来一定得套个厚外套，不然出门肯定会被冻坏；中午呢，又热得不行，穿裙子出去也没问题。你可能会说，这也太奇怪了吧？我可没有骗你，这个地方就是我国的新疆。夏天的时候，这里的妈妈要带小朋友去公园玩可不轻松，中午时小朋友跑得满头大汗，穿短袖、短裤就行了，可到了下午，气温骤降，妈妈们马上要给小朋友换上长袖、长裤，晚上回到家中还要披上棉袄。

在气象学上，这种现象是由温差导致的。在新疆，不仅南部和北部的温差非常大——有个谚语说"火焰山下汗如雨，喀纳斯湖泪成冰"，而且各地早晚的温差也非常大。从早到晚，新疆的温差达到了二三十摄氏度，差不多一天之内把春、夏、冬三季全部过了一遍。在我国的各个省级行政区中，新疆的昼夜温差是最大的，所以新疆有"早穿棉袄午穿纱，围着火炉吃西瓜"的谚语。

是什么原因造成新疆早晚的温差这么大呢？如果你家里的墙上贴有中国地形地图，现在就去找到新疆所在的位置，仔细看，你会发现它的图上有很多的"小麻点"，这些"小麻点"代表沙漠。观察一下，"小麻点"是不是几乎遍布新疆？在中国的十大沙漠中，新疆就占3个，其中塔克拉玛干沙漠是我国第一大沙漠，古尔班通古特沙漠是我国第二大沙漠。沙子有个特点，它吸收热量特别快，散失热量也特别快，中午太阳一晒，它的温度立马就高起来了；太阳落山，它的温度立马又降下去啦，翻脸比翻书还快。

一会儿热一会儿冷，这样的温度变化人类可不喜欢，但是水果很喜欢。白天日照时间长、阳光强烈，水果在阳光的照耀下浑身是劲，它们大口大口地呼吸，进行光合作用，把阳光转化为养分在身体内储存起来；到了夜晚，气温降得很低，水果沉沉睡去，呼吸减弱，减少了养分消耗。这样一天一夜地轮流工作、休息，水果中积累了大量的养分。高温还可

诗词大侦探

为什么有的地方昼夜温差那么大？

12

以蒸发水果中的水分，使水果的含糖量高。新疆的哈密瓜、西瓜、葡萄都是天下闻名的优良果品，从汉朝起，来自新疆的瓜果就彻底征服了"吃货"们的心。

夏季是新疆早晚温差最大的季节，也是水果生长的旺季。晚上气温低的时候，爸爸妈妈和小朋友一边围着火炉取暖聊天，一边吃着香甜的西瓜，这就是过去新疆人日常生活的真实写照。怎么样，这样的生活是不是很美妙呢？

为什么会有『春雨贵如油』这种说法？

春夜喜雨

【唐】杜甫

好雨知时节，当春乃发生。

随风潜① 入夜，润物细无声。

野径② 云俱黑，江船火独明。

晓看红湿处，花重③ 锦官城。

注释

① 潜（qián）：暗暗地，悄悄地。这里指春雨在夜里悄悄地随风而至。

② 野径：田野间的小路。

③ 花重：花沾上雨水而变得沉重。

好雨知道下雨的时节，它在春天植物萌发的时候就下起来了。它随着春风在夜里悄悄落下，无声地滋润着万物。雨夜，田间小路黑茫茫一片，只有江船上的灯火独自闪烁。天刚亮时看着那被雨水润湿的花丛，娇美红艳，整个锦官城变成了繁花盛开的世界。

你知道吗？

这首诗是杜甫在成都草堂定居后所写。安史之乱爆发以后，老百姓不得不背井离乡，只为寻求一个庇护之所。杜甫也被迫离开京城，开始了颠沛流离的生活。他辗转来到四川成都，过上了一段较为安定的生活。他在成都草堂定居的这些年里，亲自耕作，种菜养花，所以对春雨的感情很深，因而写下了这首描写春雨润泽万物的诗作。

诗词大侦探

为什么会有"春雨贵如油"这种说法？

记得小时候过完年开学的时候，老师总爱说一句话："一年之计在于春，你们可要好好学习呀！"我那时不太明白，为什么要在春季好好学习，那其他时间就不需要好好学习吗？长大后我才知道，原来这是一句谚语，最早是用来形容农业生产的。

春季气温回升，小麦的种子开始发芽，它们伸着懒腰，从土里探出小脑袋，好奇地打量这个世界。这个时候再来一场美美的小雨，麦苗咕嘟咕嘟喝饱了水，就会长得又高又壮。农民伯伯看了高兴得合不拢嘴，

因为这一年的丰收就有指望啦！春雨为麦苗的苗壮成长开了一个好头，因此人们说"春雨贵如油"可一点也不夸张。

　　春雨"贵"的重要原因是它太难得了，毕竟物以稀为贵。如果你家住在山西、陕西、河南等北方地区，你可能很喜欢吃面食，什么刀削面、拉面、油泼面、揪面片儿、羊肉泡馍，都可能是你家中的主食。因为北方以种植小麦为主，面粉就是小麦的果实磨成的粉，千百年来，北方人变着法儿地把面粉做出了各种花样。

　　小麦是爱喝水的"大肚王"，需要大量的水，可是我国北方地区偏偏春季降雨量很少，这对小麦的生长是个严峻的考验。本来北方地区秋、冬两季的降雨就少，进入春季后，地表气温回升快，大风天多，水分蒸发快，土地就更缺水了。我们有时能在电视上看到土地干得裂开了大口子，原因之一就是秋、冬、春连续干旱。除了小麦，其他越冬作物在春季也要多多地喝水，玉米、棉花等的生长也要求有充足的水分，这个时候如果出现春旱就特别让人着急。

　　此时如果天公作美，让南方又暖又湿的空气到达北方地区，就可能产生特别宝贵的春雨。农谚说"春得一犁雨，秋收万担粮""立春三场雨，遍地都是米"，这都表明了春雨的宝贵。在古代，严重干旱的时候，地方官员要举办大型的求雨仪式，还要去龙王庙里供奉神灵，如果老天能连续几天降雨，那就是天大的喜事，这些雨被称作"甘霖"。"久旱逢甘霖"和考中状元一样，被列为人生四大喜事之一。

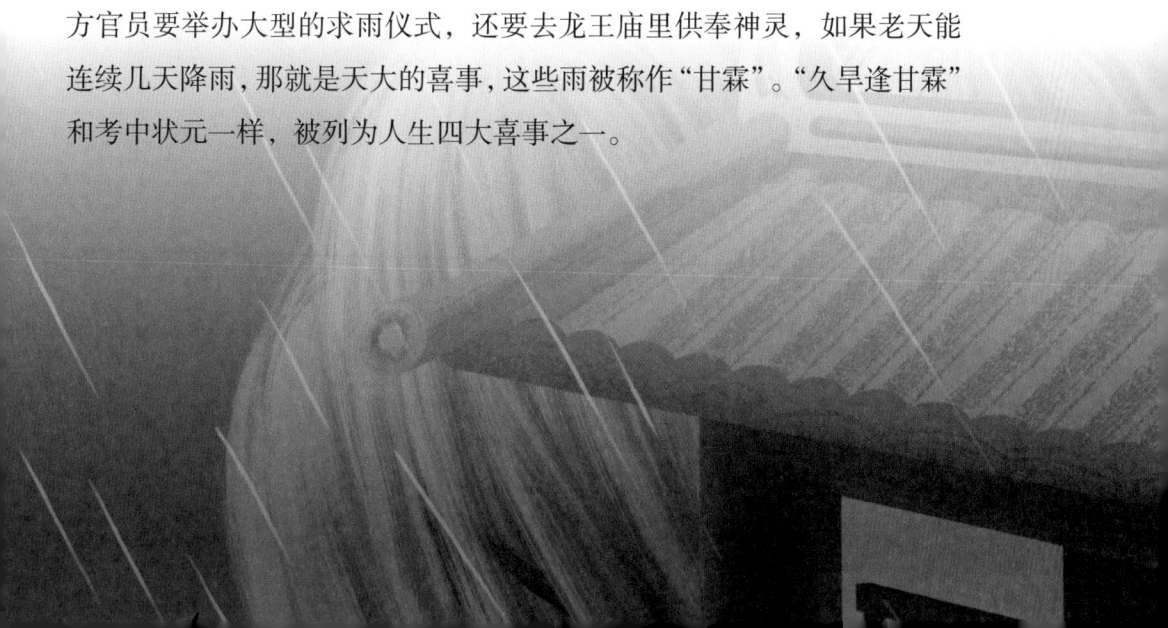

望岳

鸟儿最高能飞越多高的山顶？

望岳

【唐】杜甫

岱宗① 夫② 如何？齐鲁青未了。

造化钟神秀，阴阳割昏晓。

荡胸生曾云，决眦③ 入归鸟。

会当凌绝顶，一览众山小。

注释

① 岱宗：泰山，亦名岱山，在今山东省泰安市城北。古代以泰山为五岳之首，诸山所宗，故泰山又称"岱宗"。历代帝王凡举行封禅大典，皆在此山。这里是对泰山的尊称。

② 夫（fú）：句首发语词，无实在意义，强调疑问语气。

③ 决眦（zì）：眼眶几乎要裂开。这是极力张大眼睛远望飞鸟归林所致。眦，眼。

译文

五岳之首泰山的景象怎么样？在齐鲁大地上，泰山青翠的山色没有尽头。

大自然把神奇、秀丽的景象全都汇聚在泰山上，山南山北一面明亮一面昏暗，截然不同。

望层层云气升腾，令人心胸震荡；张大眼睛看飞鸟归林，使人眼眶欲裂。

一定要登上泰山山顶，俯瞰显得渺小的群山。

你知道吗？

杜甫年轻时就有报国的理想，希望能入朝为官，一展胸中抱负。但是，现实并没有如他所愿——他落榜了。当受打击的杜甫站在泰山山顶时，他被泰山雄伟磅礴的气势以及神奇、秀丽的风景深深震撼了。于是，那个满怀激情和理想的杜甫又回来了，他一气呵成，写下了这首《望岳》，表达了对大好河山的热爱和赞美之情，也抒发了自己不畏艰难、勇于攀登的雄心壮志。

当天气寒冷的时候，鸟儿会飞往温暖的南方过冬；当天气回暖，它们又飞回北方。它们往返途中的重峦叠嶂，不仅对人类来说是天然的屏障，对有些鸟儿来说也是不可逾越的高峰。如果山太高，鸟儿也会绕道而行。你猜猜，鸟儿最高能飞越多高的山顶呢？

你爬过泰山吗？泰山号称五岳之首，主峰的海拔超过1500米，山上的温度能让人冷得发抖。如果再登上海拔3000米的山顶，你就会大脑缺氧，喘不过气。可是这些问题，在鸟儿眼里那都不是事儿，它们体形最小的飞行高度也能达到4000米。

春天的时候你在公园里看到过白鹤和针尾鸭吧，针尾鸭虽然是家养的鸭子的亲戚，但是它们可是极其擅长飞行的鸟，能轻松飞越4000多米的高山。

那么，还有没有更能飞的鸟儿呢？还真有。依次往上数，能飞到5000～5500米的高空的鸟儿有旋壁雀、蜂鸟和麻雀。没想到吧？看似弱小的麻雀居然是飞行高手。安第斯神鹫、草原雕等体形大的鸟儿，驾驭气流的能力更强，能飞上更高的高空；世界最高峰珠穆朗玛峰的高度超过了8000米，而斑头雁每年都会在迁徙过程中飞越珠峰。1万米的高空还有鸟儿吗？"终极强者"来了，它就是来自非洲的黑白兀鹫。有一年，一只非洲兀鹫居然在万米高空跟飞机相撞，创下了有史以来鸟类飞行高度的最高纪录。

高空飞行靠的不仅是力气。鸟儿想要高飞，面对的主要困难是低温和缺乏氧气。人类登上高原之后，身体可能会因为缺氧产生种种反应，比如头痛、头晕、眼花等，严重的还会丧命。但是鸟儿的身体结构能帮助它们解决这些问题：有力的翅膀能够带来更大的升力；血液中的血红蛋白能够携带更多的氧；空心的骨头让身体重量减轻，减少了飞行负担。鸟儿还有一个聪明的飞行策略，它们不会长时间高空飞行，而是用"坐过山车"的办法，让自己上上下下地飞行。在大部分时间里，它们都在进行较低空飞行，有时候还会利用气流的力量帮自己节省力气。鸟儿的飞行本领真是令人惊叹啊！

古人是怎么通过观察
云来预测天气的？

雁门太守行

【唐】李贺

黑云压城① 城欲摧②，甲光向日金鳞③ 开。

角④ 声满天秋色里，塞上燕脂凝夜紫。

半卷红旗临易水，霜重鼓寒声不起⑤。

报君黄金台上意，提携玉龙为君死。

注释

① **黑云压城**：战争烟尘铺天盖地，弥漫在边城附近，气氛十分紧张。比喻敌军攻城的气势。

② **摧**：坍塌。

③ **金鳞**：金色的鱼鳞。

④ 角：军中号角。

⑤ 声不起：形容鼓声低沉，不响亮。

敌兵滚滚而来，犹如黑云翻卷，城墙仿佛将要坍塌；战士们的铠甲在阳光的照射下闪闪发光。

号角声响彻秋夜的长空，边塞将士的血迹在寒夜中凝为紫色。

红旗半卷，援军赶赴易水；夜寒霜重，鼓声郁闷低沉。

为了报答国君的赏赐和厚爱，手操宝剑甘愿为国血战到死。

你知道吗？

　　李贺是继屈原、李白之后，中国文学史上又一位颇负盛名的浪漫主义诗人。他的诗作想象极为丰富，经常应用神话传说来托古寓今，所以后人称他为"诗鬼""鬼才"。关于此诗的创作背景，有两种说法。据考证，这首诗有可能作于元和五年秋或元和六年夏。元和五年秋，宪宗下诏复王承宗及其手下的将士，这首诗有可能是根据相关故事写成；元和六年夏，李贺正准备参加礼部考试，心态积极向上，这首诗也可能作于这个时期。

我们现在出门之前常常要看一下手机或者电视上的天气预报，根据天气预报来调整出行计划。那么古时候没有天气预报，人们是如何预测天气的呢？

古人靠天吃饭，所以天气的变化对古人来说至关重要。尽管没有精准的仪器，古人还是通过经验总结出了一套预测天气的方法——根据云的颜色、走向、形状来预测天气。

"朝霞不出门，晚霞行千里。"这句话实际上有一定的科学依据。有朝霞，说明天空中已经凝结了不少水滴，形成了云朵，才会把红色的太阳光折射出来，形成红彤彤的朝霞，那么这一天就有可能下雨。而到了傍晚，天空中能够折射红色光线的，是飘浮在天空中的尘埃，和水滴无关，因此第二天未必会下雨。

云的走向与形状与风向、风力有关系，所以风也是一个预测天气的帮手。比如《诗经》中说道："北风其凉，雨雪其雱（pāng）""北风其喈（jiē），雨雪其霏。"大概意思是，北风较为寒冷，就有可能下雪；北风十分凛冽，就可能有大暴雪。

古人也并不仅仅依据经验来预测天气，他们也会利用一些工具。比如在唐朝及之后的朝代都有"观象台"，它们被用于观测天象，人们可以通过日出的方位等来确定节气、天气。还有雨量器，类似于现代的量筒，用于量雨。

通过观测云、风等事物来预测天气的方法，是古代劳动人民智慧的结晶，至今仍然令我们称赞不已。

诗词大侦探

古人是怎么通过观察云来预测天气的？

寄扬州韩绰判官

寄扬州韩绰判官

【唐】杜牧

青山隐隐水迢迢，秋尽江南草未凋。

二十四桥①　明月夜，玉人②　何处教③　吹箫？

注释

① **二十四桥:** 一说为 24 座桥，北宋沈括《梦溪笔谈·补笔谈》卷三中对每座桥的方位和名称一一做了记载。一说有一座桥名叫二十四桥，清李斗《扬州画舫录》卷十五："廿四桥即吴家砖桥，一名红药桥，在熙春台后，……扬州鼓吹词序云，是桥因古二十四美人吹箫于此，故名"。

② **玉人:** 貌美之人。这里是杜牧对韩绰的戏称。一说指扬州歌妓。

③ **教:** 使，令。

青山隐隐起伏，江水遥远悠长，秋季已尽，江南的草木还未凋零。夜晚，明月映照着二十四桥，老友你在何处，听取美人吹箫？

你知道吗？

　　瘦西湖景区的二十四桥景点已成为千百年来文人墨客的驻留之处。至于这些桥为什么叫二十四桥，说法就不同了。根据博物专家沈括的说法，唐朝时期扬州城内水道纵横，桥梁众多，有24座之多，所以名为"二十四桥"。而清代戏曲家李斗则说，这座桥上曾经有24位美人吹箫，因此得名。无论怎么说，二十四桥都和扬州的美好紧紧联系在一起。诗人即将离开扬州，心中有很多牵挂的人和事，但因为要赴京任职，很多话来不及讲给朋友听，于是他寄情于景，赋诗一首。

诗词大侦探

古人怎么建造石拱桥？

　　在我国许多城市的公园里，人们常常能看到一种小巧别致的石拱桥，它们像彩虹一样横跨在河面上，方便人们来往通行。你知道吗？很久以前，古人就学会建造这种桥了。河北的赵州桥、北京的卢沟桥都是著名的石拱桥，屹立千年而不倒，质量相当好，体现了古人的聪明才智。

　　如果用积木搭一座桥，你可能会先拼起两根柱子，再在上面架上一根长条，一座简单的桥就搭好了。"这有什么难呢？"你可能会不以为意。可是你想一想，如果要在一条很宽的河流上架起一座很长的桥，古人到

哪里去找这么长的石头呢？即使找到了，古代没有起重机，没有大吊车，又怎么把沉重的石头架上去呢？在这种情况下，简单的架桥方式是行不通的，古人想出了另一种"搭积木"的办法，叫"满堂支架法"。

采用这种方法架桥，首先要把石头削成梯形，上面大，下面小，小的一面统统朝下，石块一个挨一个地紧紧挤在一起，形成一个弯弯的拱圈。架桥的时候，先在河床上架设密密麻麻的支架，把拱圈里的石块稳稳地顶住。然后按照这种方法再造更多的拱圈，最后很多的拱圈并成一排站立，就形成了宽宽的桥面。之后再采取一些其他的加固措施，等过了一段时间，拱圈结构稳定了，把支架撤掉，一座简单的石拱桥就搭好了。有一副对联这样描述这种石拱桥："船从碧玉环中过，人在苍龙背上行。"这一情形极富诗情画意。

可能你会问，没有了支撑，为什么桥上的石块不会掉下来呢？这是因为石块上大下小的形状，使得它刚好被两边的石块卡住。它越想"往下掉"，两边的石块就把它挤压得越紧，产生的可以阻止它向下的摩擦力也就越大，这样，每个石块都被它两侧的石块支撑着，每个石块所承受的力都向它的两边传递。最后，整个石拱桥承受的力全部传递到两边的拱脚处，石块就不会掉下来了。

清明

可以祝别人
清明节快乐吗？

清明

【唐】杜牧

清明时节雨纷纷，路上行人欲断魂①。
借问酒家何处有？牧童遥指杏花村②。

32

你知道吗?

古代人和现代人对清明节的态度完全不一样。对于古代人来说，清明节是一个与家人团聚的日子，他们或游玩观赏，或上坟扫墓。三月的寒食节，春回大地，自然界到处呈现一派生机勃勃的景象，正是踏青的大好时光。然而这天，诗人没能和家人一起踏青，而是独自一人淋着春雨寻访酒家，想着找一个去处让自己借酒浇愁。我们不知道他是为了什么事情烦恼，只能肯定他心情不好。

诗词大侦探

可以祝别人清明节快乐吗?

不知从什么时候起，节日就与"快乐"两个字挂上了钩，"新年快乐""元旦快乐"听起来都顺理成章，毕竟春节和元旦都放假，人们可以出去玩，的确很快乐。但"清明节快乐"这句话却引起了争议。反对方说："清明节本是一个寄托哀思的日子，我们虽然做不到'路上行人欲断魂'，但怎么也与快乐不沾边吧。"赞成方说："放假就是图个开心，节日的意义是人定的，随着时代的变化，节日也可以有新的意义，说'清明节快乐'没什么不妥。"

从清明节的来历看，后一个说法颇有道理。因为清明节从古至今，就一直是一个变来变去的节日。

在很久很久以前，清明只是一个单纯的节气，节气是古人对气候变化的划分。有一本古书叫《淮南子》，说春分15天后，会刮清明风，也就是东南风，"万物生长此时，皆清洁而明净，故谓之清明"。所以清明最早只是一个普通的节气，和大寒、处暑差不多，用于指导农业生产，跟扫墓、祭祀不沾边。

到了春秋时期，晋文公为了让介子推出山做官，放火烧山，可介子推宁愿被火烧死也不肯出来。晋文公又伤心又后悔，后来他每年都在介子推的祭日那天上山去祭奠他，并规定这一天禁止生火，吃冷食以作纪念，这就是寒食节的由来。清明跟寒食节的时间很接近，唐朝以后二者慢慢就融为一个节日——清明节，被赋予了扫墓、祭祖的严肃意义。

古代的上班族比现在的上班族更辛苦，他们没有周末，节假日也不多，每天都在工作，能名正言顺地去野外玩一天，那是相当开心的事。从南北朝起，人们清明节扫墓的活动中就增加了斗鸡和蹴鞠（类似踢足球）这样的娱乐活动。

到了唐代，欢乐的气氛更足了，清明节被列入礼制，成为法定节日。除了上坟扫墓外，官员会举行冷餐会，民间盛行打秋千、蹴鞠、斗鸡、走马等一系列活动。而宋代的清明节习俗除了上坟扫墓之外，还有踏青、宴饮、赛龙舟、放风筝、拔河比赛等，比唐代还热闹。

元杂剧和明清小说中还有个说法叫"朝朝寒食，夜夜元宵"，形容日子过得特别欢乐。可见在古人眼里，追忆故去的亲人和快乐生活并不矛盾。清明节可不可以祝别人"快乐"？古人的回答是："当然可以。"不过如果对方反感"清明节快乐"这句话，我们也不必较真，在祝福的时候不妨换个说法，"清明安康""清明平安"都是不错的选择。

秋夕

牵牛星和织女星
会有相遇的那天吗？

秋夕

【唐】杜牧

银烛① 秋光冷画屏，轻罗小扇② 扑流萤③ 。
天阶④ 夜色凉如水，卧看牵牛织女星。

注释

① 银烛：银色的精美的蜡烛。

② 轻罗小扇：轻巧的丝质团扇。

③ 流萤：飞动的萤火虫。

④ 天阶：露天的石阶。

译文

银烛的烛光映着冷清的画屏，手执绫罗小扇扑打萤火虫。
夜色里的石阶清凉如冷水，静坐着凝视天河两旁的牛郎、织女星。

你知道吗？

杜牧是一个极富同情心、多愁善感的诗人，他在写这首诗时已经回到了京城任职，在皇帝身边做官。想到自己在京城不如在京外做官那般自在，受到了很多限制，还没有办法与朋友诉说，他不禁联想到这些宫女在深宫中的生活十分难熬，与自己同病相怜，于是写了此诗。诗中的扇子本是夏天用来扇风取凉的，秋天就没用了，所以在这里诗人似乎是在借扇子自嘲，表明京城生活的寂寞与无聊。

诗词大侦探

牵牛星和织女星会有相遇的那天吗？

"天阶夜色凉如水，卧看牵牛织女星。"在夏夜乘凉的时候，你一定听过牛郎织女的故事。牛郎是人间的一个贫穷的农夫，织女却是天上编织彩霞的仙女，他俩偷偷地相爱，在人间生儿育女。织女违背了天条，王母娘娘知道后很生气，派人把织女抓了回去，牛郎赶紧骑着牛去追，眼看就要追上了，王母娘娘却用金钗划出一条银河，把牛郎和织女隔开，让他们永远不能见面。后来喜鹊被他俩的爱情所感动，每年七月初七，成千上万的喜鹊聚在银河上搭成一座桥，让他们在桥上相会。

这个凄美的故事流传了几千年，汉乐府有诗句"盈盈一水间，脉脉不得语"，道出了牛郎织女的相互思念；宋代有一个词牌名叫《鹊桥仙》，以此词牌名写就的词作中最著名的是那句"金风玉露一相逢，便胜却人间无数"。千百年来，人们对牛郎织女的悲惨遭遇给予了极大的同情。

不过，从天文学的角度讲，牛郎织女的爱情故事只是古人观测到牵牛星和织女星之后想象出来的。牵牛星和织女星都是恒星，牵牛星是太阳的 1.8 倍，织女星比太阳大 33 倍，可见织女星其实比牵牛星大得多，所以从体形上看，它们就很不般配。不过它们发光的本领都很强，这让古人很早就把它们辨认出来了。

牵牛星位于银河东岸，织女星位于西岸，两颗星遥遥相对。在他俩不远处还有一颗叫天津四的恒星，它就是传说中的鹊桥。3 颗星连起来，正好像一个直角三角形，它被称为"夏季大三角"，在北部天空中非常突出。

根据科学家们的推算，牛郎星和织女星之间的距离大约为 14 光年，也就是说，如果牛郎星以宇宙中最快的速度——光速奔跑，抵达织女星也要 14 年的时间。所以，牛郎和织女每年相会是根本不可能的事情。

那它们有可能相会吗？答案是：几乎永远不可能。牵牛星在天鹰星座，织女星在天琴星座，两个星座沿着各自的轨道运行，它们在太空中遇到的可能性几乎为零，因为星际空间太广阔了，恒星也只是其中一粒微小的尘埃。

春雪

为什么化雪时比下雪时还要冷？

春雪

【唐】韩愈

新年①都未有芳华②，二月初惊见草芽。
白雪却嫌春色晚，故穿庭树作飞花。

注释

① 新年：农历正月初一。

② 芳华：泛指芬芳的花朵。

译文

到了新年都还看不到芬芳的花朵，二月初时才惊讶地发现有小草冒出了新芽。

白雪却嫌春色来得太晚了，故意化作花儿在庭院的树间纷飞。

你知道吗？

韩愈做官的时间很长，但一直没能得到皇帝的重视，反而因为直言敢谏，两次被皇帝发配到遥远的南方。在南方，韩愈习惯了早春万物复苏的景色，后来又被调回长安。然而春节时，下着大雪的京城没有一点春天的样子，诗人就想起了在南方做官时见到的早春景象，于是他把这种想法写到了诗里。当然，韩愈对长安的春天也是很喜欢的，否则就不会说"绝胜烟柳满皇都"啦！

诗词大侦探

为什么化雪时比下雪时还要冷？

当漫天的雪花纷纷扬扬地飘落时，你会把它们想象成什么呢？是棉花？是柳絮？还是天上的云朵？其实，雪花、云朵都是水变成的，水就像川剧中的"变脸"表演者。听起来，"水"也真是够调皮，花样也够多。它是怎么完成液态、气态、固态这 3 种形态的转化的呢？

根据热力学原理，物体的热量只能从高温物体转移到低温物体。当气温升高时，水从空气中吸收热量，自身温度越来越高，水分子变得"不安分"，最后它们挣脱了水分子之间的吸引力，跑到空气中去了，变成了水蒸气。

空气中的水蒸气凝聚在一起成为云朵。云朵自由自在地飘呀飘，突然不好啦，冷空气来了，它把云朵里的热量吸走了，云朵里的水蒸气变成了小水滴。天越来越冷，小水滴的热量继续被冷空气吸走，当气温低于0℃时，小水滴就变成了雪，从天上飘飘洒洒地降下来。这就是下雪。

不过，不知你是否觉察到，就算阳光正明媚，白茫茫的天地还是一片安静，连那闹腾的雪花们也还未"起床"，可你还是觉得格外寒冷。突然，窸窸窣窣的声音隐隐传来，是什么呢？哦，原来是前天的雪开始融化了。明明没有下雪，怎么感觉化雪时比下雪时还要冷呢？

原来，当雪降落到地面后，它就开始吸收空气里的热量，热量多了，雪就融化成了水。在这个过程中，空气的温度一步步下降，我们就更觉得冷了。随手抓起一把雪放在手心，过一会儿你就会感觉手特别冷，这就是因为雪把你手心的热量吸走了。

还有，当雪融化时，它们便会变成你看不见的水蒸气，和空气一起悄悄地钻进你的棉衣或者羽绒服里。衣服里的那些棉花或羽绒马上开始工作，拼命把这些水蒸气给拦在外面，棉花或羽绒和水蒸气打成一团后，你会觉得衣服湿漉漉的。穿上这种衣服，你感觉更冷了！ 水，就像一个在吸热和放热方面很有天赋的"小魔术师"！下雪时它放热，化雪时它吸热，这就是化雪比下雪更冷的原因。

水这位小魔术师的千变万化，不仅给世界带来了美丽的景色，还能造福人类。以前在北方，每年冬季都要储存大白菜，农民伯伯会在地窖里放一桶水，水不停地吸热、放热，调节温度，让大白菜既不会冻坏又不会腐烂，真是一个巧妙的好办法。

月亮上真的
有蟾蜍和白兔吗？

古朗月行

【唐】李白

小时不识月，呼作白玉盘。

又疑瑶台① 镜，飞在青云端。

仙人② 垂两足，桂树何团团。

白兔捣药成，问言与谁餐？

蟾蜍蚀圆影，大明夜已残。

羿昔落九乌，天人清且安。

阴精③ 此沦惑，去去不足观。

忧来其如何？凄怆摧心肝。

译文

小时候不认识月亮，把它称为白玉盘。

又怀疑是瑶台仙镜，飞在夜空中。

月中的仙人是垂着双脚吗？月中的桂树为什么圆圆的？

白兔捣出的仙药，到底是给谁吃的呢？

蟾蜍啃食圆月，皎洁的月儿因此残缺不全。

后羿射下了9个太阳，天上人间才得以清平、安宁。

月亮已经沦没而迷惑不清，没有什么可看的，不如远远地走开吧。

心怀忧虑又何忍一走了之，凄惨悲伤让我肝肠寸断。

你知道吗？

　　李白的这首诗从孩童对月亮的认识写到月宫的景象，月宫中有仙人、桂树、白兔。当月亮初升的时候，人们先看到仙人的两只脚，然后看见仙人和桂树的全貌，以及月宫中捣药的白兔。诗人运用神话传说，写出了月亮初升时逐渐明朗和宛若仙境般的景致。然后，诗人笔锋一转，又写了另一个神话故事：月亮变得晦暗不明，是因为被蟾蜍啃食而变得残损。尽管如此，诗人仍然期待月亮再次明亮起来。

嫦娥抱起白兔，吴刚扛着斧头，他们背后的桂花树开出金灿灿的花朵……在中国神话中，月宫是一个浪漫的地方。如果有人告诉你，苗条、美丽的嫦娥可能是一只癞蛤蟆，你会不会大跌眼镜？可是古人真的就是这么想的。

癞蛤蟆学名蟾蜍，虽然我们现代人对它一脸嫌弃，可在古代，它是一种高贵的神兽。

汉晋时，蟾蜍被视为长生不死的灵兽，当时有"蟾蜍寿三千岁"的说法。南京博物院有一只蟾蜍形状的铜盒砚，其头部似龙，生双角，左右有四翼，通体镶嵌宝石，看上去神气十足。

除了能长生不死之外，古人还相信蟾蜍具有神力。他们认为月亮盈亏以及月食都是"虾（há）蟆食月"导致的。

嫦娥奔月的传说来源于东汉张衡的一部书，书中说嫦娥偷吃了后羿请来的不死之药，飘上月宫，化身为蟾蜍。可能在古人看来，蟾蜍这么神奇，嫦娥化身为它很合理。所以，蟾蜍在古人的印象中不仅不丑，而且经常被作为月亮的代名词，还延伸出了许多优雅的词语：蟾宫、蟾兔、蟾桂。唐代以后，科举制度盛行，考中进士被称为"蟾宫折桂"。

古人对月亮的奇特想象来源于他们对月亮的观察，月亮上有亮有暗，在古人看来，那些有阴影的地方，这里像奔跑的兔子，那里像圆头大肚的蟾蜍，还有个地方像大树。这些想象也像现在一样，表现在艺术创作中。两汉时期绘制的月亮图像大都有蟾蜍与奔兔，有些还加上了桂树。月中为什么有蟾蜍和白兔呢？西汉刘向对这个问题做出了自己的解释：这是因为蟾蜍和白兔都代表阳，月亮代表阴，阴阳调和，则天下太平。

后来，人们对月宫越来越向往，觉得月宫是清幽、高雅、富有诗意之地，嫦娥是一个美丽的仙子，而蟾蜍太丑了，怎么能与嫦娥相提并论呢？于是人们就将神话中的蟾蜍去掉，保留了白兔，因为白兔温柔、可爱，正好衬托嫦娥之美。

现在人类已经登上月球，发现我们从地球上看到的阴影原来是 "月海"。蟾蜍、白兔、嫦娥则作为精彩的中国神话中的形象，寄托着人们美好的心愿。

银河里真的有水吗？

望庐山瀑布

【唐】李白

日照香炉① 生紫烟，遥看瀑布挂前川。
飞流直下三千尺② ，疑是银河落九天。

注释

① 香炉：香炉峰。

② 三千尺：形容山高。这里是夸张的说法，不是实指。

译文

香炉峰在阳光的照射下生起紫色烟霞，从远处看去瀑布好似白色绢绸悬挂山前。

高崖上飞落的瀑布好像有几千尺，让人怀疑是银河从天上落到人间了。

你知道吗？

庐山耸峙于长江中下游平原与鄱（pó）阳湖畔，山中多峭壁悬崖，瀑布飞泻，云雾缭绕。庐山风景秀丽，引来不少文人墨客为之题咏，李白在此写下的"飞流直下三千尺"，苏轼笔下的"横看成岭侧成峰"都是对它的赞颂。只可惜李白隐居的地方就是三叠瀑，观测角度不合适，不然一定会有气势更壮阔的诗传世。

诗词大侦探

银河里真的有水吗？

你听说过牛郎织女的故事吗？天上的织女嫁给了地上的牛郎，王母娘娘知道后很生气，她拔出头上的金钗，划出一道波浪翻滚的大河，把牛郎和织女隔开，让他们再也不能相会。这条大河就是银河，又被称为"天河"。这个故事传了一代又一代，让人们津津乐道。

早在先秦时期，古人就用地上的黄河和汉水代称天上的银河，称作"河汉""星汉"。东汉的《古诗十九首》中有"迢迢牵牛星，皎皎河汉女。河汉清且浅"的诗句。唐朝诗人李白看到庐山瀑布，发出"飞流直下三千尺，疑是银河落九天"的赞叹。宋代女词人李清照想象天河里还有很多帆船往来穿梭，写下"天接云涛连晓雾，星河欲转千帆舞"。

银河的传说非常符合人们的观察，如果你在晴朗的夜里抬头仰望星空，就能看到一条璀璨的光带从东北向西南方向分开整个天空，光带有明有暗，好像有水在静静地流淌。那么，银河里真的有水吗？如果有，银河里的水又是什么样的呢？

17世纪初期，意大利科学家伽利略把自己制造的望远镜对准了银河，他惊奇地发现银河原来是由密密麻麻的恒星聚集在一起形成的。由于这些恒星距离我们太远，人的肉眼分辨不清，便把它看成了一条明亮的光带。

说起恒星，它既不是亮闪闪的小灯泡，也不是画布上的五角星，每一颗恒星都是一个燃烧的大火球，太阳就是一颗恒星。你觉得地球大吗？相比地球，人类像只渺小的蚂蚁。但是地球跟太阳比，也像只蚂蚁，大约130万个地球凑在一起才有一个太阳那么大。银河里有几千亿颗恒星，这是多么壮观的景象啊。

这些恒星一堆一堆地聚在一起组成星团，有的星团有十几颗恒星，有的星团有几十万颗恒星，银河系约90%的物质都集中在恒星内。

除了星团之外，银河系里还有气体和尘埃，它们约占银河系总质量的10%。值得注意的是，银河系里的气体可不是水蒸气，它们的主要成分是氢，其次是氮，还含有一定比例的金属元素和非金属元素。而这许多物质中唯独没有水的踪影。

现在你明白了吧，银河里没有水，但是银河系中的某些星球上却可能有水。我们生活的地球是太阳系的一分子，太阳系又是银河系的一分子，也许有一天，人类会在银河系中发现另一个"地球"，那里有水，也就可能有生命。这种可能性，光是想一想就令人激动啊！

赠
汪
伦

潭水最深
可以有多深?

赠汪伦

【唐】李白

李白乘舟将欲行, 忽闻岸上踏歌① 声。

桃花潭② 水深千尺③ , 不及汪伦送我情。

注释

① 踏歌: 唐朝民间流行的一种手拉手、两足踏地打节拍的歌舞形式, 可以边走边唱。

② 桃花潭: 在今安徽泾县西南。《一统志》谓其深不可测。

③ 深千尺: 诗人用潭水深千尺比喻汪伦与他的友情, 运用了夸张的手法。

译文

李白乘舟将要远行离去, 忽听岸上传来踏歌之声。

即使桃花潭水有千尺深, 也比不上汪伦送我之情。

你知道吗？

相传，唐朝天宝年间，汪伦听说大诗人李白旅居南陵叔父李冰阳家，便写信邀请李白到家中做客，信上说："先生来我家做客吧，我家这边风景特好，有十里桃花、万家酒馆。"李白一听有如此美景，便应邀到访，但没能看到汪伦信中所写的盛景。汪伦盛情款待，搬出用桃花潭水酿成的美酒与李白同饮，并笑着告诉李白："桃花乃是潭水名，万家则是因为酒馆老板姓万。"李白听后大笑不止，并不认为自己被愚弄，反而被汪伦的盛情所感动。汪伦留李白连住数日，每日以美酒相待。后来李白要前往庐山，汪伦为李白饯行，并拍手踏足，以歌舞相送，又挑来两坛酒赠给李白。李白深深感激汪伦的盛意，于是作《赠汪伦》一诗。

诗词大侦探

潭水最深可以有多深？

提到湖泊，你能想到的诗句是什么？"八月湖水平，涵虚混太清。气蒸云梦泽，波撼岳阳城。"提到潭水，你能想到的诗句又是什么？"桃花潭水深千尺，不及汪伦送我情。"在人们的印象中，湖泊总是大的，潭水总是深的，事实果真如此吗？

世界最深的湖——贝加尔湖最深处达 1642 米，为世界最深的湖泊。如果比深度，潭"小弟"根本排不上号。认为潭水很深是人们的一种心理感觉，这得从潭水的名称由来说起。

想象一下你家祖祖辈辈生活在山里，每当暴雨来临或者山洪暴发，哗啦啦的水流冲刷着地面和岩石，有些水流走了，有些水流冲进了地下岩石的缝隙里。日复一日，流水慢慢把岩石冲出了一个小洞，随着时间的流逝，小洞越来越多，越来越大，突然有一天，几乎被掏空的地面再也承受不起岩层的重量，垮塌下去。你一觉醒来，发现原来好好的地面上出现了一个巨大的坑，坑里积满了水。

天晴的时候，碧绿的水面诱惑着专业的潜水员们：想知道坑有多深吗？想看看坑里面有鱼吗？为了一探究竟，水性极好的潜水员叔叔决定下去看看。潜水员叔叔往下潜啊潜，大约到了 10 米深的地方，他的身体感受到极大的压力，耳朵也有点嗡嗡作响。他继续往下潜，到了 30 米深的地方，他的身体承受能力达到极限，好像肺都要炸开了，可是这还没到底呢。潜水员叔叔赶紧浮上来，告诉大家："这坑啊，深不可测！"

深不可测，那就是深渊啊。《楚辞补注》里面说："潭，渊也。楚人名渊曰潭。"村里的老夫子想到这里，意味深长地点点头，提笔为这个坑起了一个名字——"潭"。潭字，一边是水，一边是"覃"，"覃"的本义为"深不可测"。"水"与"覃"合起来就表示"水体深不可测"。

位于美国得克萨斯州的雅各布深井，水深达到 40 米。我国广东省梅州市的绿窟潭，位于一处由石灰岩冲刷而成的天然岩洞，潭面四周怪石嶙峋。据国际专业潜水协会及中国科学院洞穴探险协会的专家介绍，绿窟潭的水深超过 50 米。

这会不会是潭水的深度之最呢？我们还不知道，不过，相信随着更多科技探测手段的运用，还会有更多的神秘水潭被发现。

风

什么东西是看不见
却能画出来的？

风

【唐】李峤

解落^① 三秋^② 叶，能开二月花。
过江千尺浪，入竹万竿斜。

注释

① 解落：吹落，散落。解，解开，这里指吹。

② 三秋：秋季。一说指农历九月。

译文

风能吹落秋天的树叶，能吹开春天的鲜花。

刮过江面能掀起千尺巨浪，吹进竹林能使万棵竹子倾斜。

你知道吗？

李峤是武后（武则天）、中宗（李显）时期的文坛领袖，他的诗歌常常以一个字为题，后跟五言绝句。这首《风》除了名字外，全文不见一个"风"字，但每一句都表现了风的力量。风是善变的，既温柔，又剽悍；风是多情的，姿态丰盈，可令万竹起舞。李峤用短短的四句诗，以动感的描述诠释了风的性格。

诗词大侦探

什么东西是看不见却能画出来的？

有一天，一位小朋友拿来一幅画给我看，画中的房子东倒西歪。这是想表现什么呀？小朋友解释说："刮大风，把房子刮倒了。"我哈哈大笑，别人都是画些花呀，树呀，怎么到你这儿就是倒了的房子呢？

不过如果换一个气象专家来看，他可能会大力表扬这位小朋友，因为他的观察很准确。气象学上对风力的级别进行划分时，除了用专业测量的数据表示外，也会借助日常生活场景来描述。比如9级烈风的表现就是"小损房屋"，小朋友画得没错。

有一个谜语是这样的："听得见，看不着，只见花草随它摇，谁想抓它抓不到。"谜底就是"风"。风来无影去无踪，又时时刻刻在我们身边，高兴的时候"春风得意马蹄疾"，生气的时候"八月秋高风怒号"，在古人眼里，这都是一个叫"风神"的家伙表现出来的不同情绪。

说起这位风神，它的来历可不简单——太阳、地球、空气3位母亲合力打造出来的"神之子"。

太阳妈妈无私地普照大地，为地球上的万物带来温暖和光明。最靠近太阳妈妈的地方得到的热量最多，这是地球上的热带；离太阳妈妈远一点的地方得到的热量少些，这是地球上的温带；北极或者南极，距离太阳妈妈最远，得到的热量最少，这是地球上的寒带。

地球妈妈的孩子——地面、大海、山川、河流、植物等，都各显神通，从阳光中吸收热量。可是这些孩子吸收热量的能力有强有弱。地面吸收得最多，它吸取的热量把自己的衣服——空气都烘热了，空气温度一高就得意扬扬地往上飞，就像热气球那样。这时它的邻居大海还在慢吞吞地吸收热量，它的衣服还是冷冰冰的。这时，地面上的热空气往上飞，冷空气就趁机跑过来占位置，空气流动就形成了风。热空气飞呀，冷空气跑呀，它们流动得越快，风力就越大；流动得越慢，风力就越小。凉爽的海风就是这么来的。

尽管风神穿上了"隐身衣"，人们还是能发现他的踪迹。在古代，人们根据树枝的摆动程度来判断风力，现在国际气象界基本也用这个形象的办法来给风力分级。早上升旗时，使旗子迎风招展的，是3级微风；将人吹得行走困难的，是7级劲风；将树木连根拔起的，是10级狂风。

人们虽然看不见风，但却可以把它画出来。如果我们仔细观察古画，能在里面找到许多风的影子。比如那幅《风雨归牧图》，一个牧童蜷着身子顶着狂风前行，双手紧紧地扶住斗笠；另一个牧童的斗笠已被风吹落，他正回头想伸手去捡，画面充满了童真、童趣。

登乐游原①

【唐】李商隐

向晚② 意不适③ ，驱车登古原。
夕阳无限好，只是近黄昏。

注释

① 乐游原：在长安城南，是唐代长安城内地势最高之地。汉宣帝立乐游庙，又名乐游苑，人们登上它可望长安城，乐游原在秦代属宜春苑的一部分，得名于西汉初年。《汉书·宣帝纪》载，"神爵三年，起乐游苑。"汉宣帝的第一个皇后许氏死后葬于此，因"苑"与"原"谐音，乐游苑后被传为"乐游原"。对此，《关中记》有记载："宣帝许后葬长安县乐游里，立庙于曲江池北，曰乐游庙，因苑为名。"

② 向晚：傍晚。

③ 不适：不悦，不快。

62

译文

傍晚时分我心情不太好，独自驱车登上了乐游原。

这夕阳晚景的确十分美好，只不过已经临近黄昏。

你知道吗？

　　李商隐生活的时代是唐朝晚期，这个时候国家已经支离破碎，朝廷也极度混乱。李商隐自幼家境贫寒，他希望能考取功名以养家糊口。他在 25 岁时考中了进士，并且得到了当朝重臣的赏识。可是京城并非李商隐所想的那般美好，而是危机重重。在屡次被同僚排挤、打压之后，李商隐很郁闷，便想趁着黄昏，到乐游原散散心。诗人站在京城的最高处，俯瞰长安，想到自己身处这样一个时代，想到岌岌可危的国家，便写下此诗，借以表达自己内心的悲凉。

诗词大侦探

为什么太阳落山之后还会升起？

　　"太阳公公每天一大早起床上班，晚上回家休息，就像辛勤的爸爸妈妈一样，每天坚守岗位不偷懒。"全世界几乎所有的小朋友都听过这样的故事。中国的小朋友听过，美国的小朋友也听过，但如果这两个国家的小朋友遇到一起，他们可能会因太阳公公的作息时间争论起来。因为中国小朋友看到太阳公公休息的时候，正好是美国小朋友看到太阳公公工作的时候。这是怎么回事呢？而且，太阳落山之后到底去了哪里呢？

　　中国古代有一本记载上古神话传说的书，叫《山海经》，里面说太阳落山后会来到一个叫"汤谷"的大温泉，太阳的妈妈羲和女神先在甘渊给他洗个澡，再驾车带他回家休息，他家住在一个叫"嵎夷"的地方。

早上太阳醒来就从这里出发开始工作，叫"日出东隅"。而在古希腊传说中，太阳神阿波罗和夜之女神轮流上班，到了傍晚，太阳神就驾着金光闪闪的马车回家睡觉。

假如你也有一架这样的马车，你就可以驾着它去看看，到底太阳落山之后去了哪里。大概晚上六七点的时候，太阳落山，大地渐渐暗下来。晚上 8 点，大部分中国小朋友开始洗漱睡觉。我们的马车和太阳正好一起飞到新疆的喀什市，这是中国最西部的城市。天哪，你简单不敢相信自己的眼睛，这里居然万里无云、阳光明媚，小朋友们刚刚放学，正一蹦一跳地往家走，大人们也刚刚下班。太阳公公居然没有回家睡觉，它还在这里继续工作。这可太奇怪了。

我们继续向西飞，来到了美国的华盛顿州，这时正是北京的凌晨 12 点，大部分中国小朋友早已进入梦乡，可华盛顿州的小朋友却正准备吃午饭，太阳热辣辣地照在人们的头顶上，令人昏昏欲睡。

我们跟着太阳一路飞呀飞，看到了许多漂亮的城市和乡村。早上 6 点的时候，我们终于回到了前一天我们出发的地方，我们听到爸爸妈妈的呼喊声："太阳公公起床了，新的一天开始啦！"

原来，太阳公公在我们这里落山之后，会继续去照耀地球上的其他地方。听上去似乎太阳在围绕地球转，其实正相反，地球一边围绕太阳公转，一边面向太阳自转。地球自转时面向太阳的一面是白天，背对太阳的一面是黑夜，一日一夜过去就是地球自转了一圈。地球不停地自转，人们就过了一天又一天。

瑶池

骑马能走多快？

瑶池

【唐】李商隐

瑶池① 阿母绮窗开，黄竹歌② 声动地哀。
八骏③ 日行三万里，穆王何事不重来。

注释

① 瑶池：传说中昆仑山上池名，西王母的居所。

② 黄竹歌：也作黄竹诗。

③ 八骏：传说周穆王有八匹骏马，可日行万里。

译文

瑶池上西王母的雕花窗户向东敞开，只听见《黄竹歌》声震动大地，使人心悲哀。

周穆王有 8 匹能日行 3 万里的骏马，为了何事违约不再来？

你知道吗?

　　李商隐入朝为官后，发现朝廷的混乱已经超过了自己的想象。皇帝不务正业，总想着鬼神之事，荒废了朝廷政务。如此荒唐的皇帝，如此儿戏的朝廷，李商隐看在眼里却又无能为力，于是就写下了这首诗讽刺皇帝的幻想。传说西王母与周穆王曾相遇过，这两个人一个是天上的神仙，一个是人间的君王。周穆王可称得上是历史上一位著名的"驴友"，他一路西行到了黑海和里海之间的旷野之地寻找西王母，留下一段美妙的与西王母相遇的故事。

诗词大侦探

骑马能走多快?

　　强壮、轻捷、桀骜不驯，代表力量与速度的马是人类的好伙伴。法国博物学家布封说，人类所曾做到的最高贵的征服，就是征服了这豪迈而剽悍的动物——马。很久很久以前，野马被驯化，从那时起马就跟随着游牧民族四处征战。成吉思汗的蒙古铁骑一直打到欧洲，建立起横跨亚、欧两洲的大帝国。那时人们对马的要求就是更快、更强。那么骑马能走多快呢? 古人对此展开了无限的想象。

　　传说周穆王有 8 匹骏马，它们"日行万里速如飞，四荒八极踏欲遍"。8 匹骏马的名字都有独特的意思: 足不践土，脚不落地，可以腾空而飞; 可以跑得比飞鸟还快; 可以夜行万里; 可以追着太阳飞奔; 马毛的色彩灿烂无比，光芒四射; 1 个马身 10 个影子; 驾着云雾飞奔; 身上长有翅膀，

能像大鹏鸟一样展翅翱翔。总之，8匹骏马各具特色，都是闻名的神马。

《庄子》载，"骐骥骅骝，一日而驰千里。"意思是这些良马能日行千里。这是不是吹牛呢？

公元前100多年，汉武帝为得到西域的优良战马——汗血宝马，不惜发动战争、远征万里。汗血宝马，本名阿哈尔捷金马，力量大、速度快、耐力强。目前，汗血宝马长跑的最快速度记录为84天跑完4300千米，即每天大约能跑50千米，仍旧达不到日行千里的程度。当然，行军时战马不是光跑就够了，还得负重，所以战马能不能承受长时间、高强度的行军任务，尚待考证。

论起短跑，土库曼斯坦国顶尖的汗血宝马曾经创下66秒跑1千米的纪录，土库曼斯坦国赠送给中国的"阿赫达什"，在两岁时创下了72秒跑1千米的纪录。这个速度有多快呢？比如你的敌人站在100米开外，你刚想大喝一声："呔！来者何人，报上名来……"。话音未落，嗖的一声，他的刀尖已经抵达你的脖子。在《三国演义》里面，颜良正在麾盖下，见关公冲来，方欲问时，关公赤兔马快，早已跑到面前。颜良措手不及，被云长手起一刀，刺于马下。真是天下武功，唯快不破。

汉代的文献中提到，匈奴边界距长安仅300里，轻骑一日一夜可至。在西方，据说迦太基的统帅汉尼拔在扎马之战失败后，两人两马在一天一夜间跑了200多千米。这都是战马能达到的速度和耐力的极限。

说到我们在电视里看到的那种"五百里加急""八百里加急"，那是古代传送紧急文书的一种方式。官府在全国主要道路上建有"驿站"，遇到紧急文书，"快递员"日夜兼程、快马加鞭，每到一处驿站就换一匹马继续赶路，用这种冲刺跑加接力跑的办法来完成任务。《隋书》记载，有一位"快递员""日行五百里，走及奔马"，曾由京城夜送诏书到徐州（今江苏北部），晚上到徐州，第二天白天就能回京城。这是一个惊人的纪录。

马在中国最初是用来拉车的，并不供人骑行。甲骨文中有"马"字，

但"六经"中无"骑"字。直到战国时期，赵武灵王"胡服骑射"，中原地区才从北方的游牧民族那里学会了骑马作战，中国的作战方式由此发生了重大变化，从车战演变为骑战。

说到古代著名的战马，有关羽的赤兔，楚霸王的乌骓（zhuī），还有唐太宗的飒（sà）露紫，这些威风凛凛的战马中，哪一匹是你的最爱呢？

望洞庭

【唐】刘禹锡

湖光秋月两相和，潭面无风镜未磨^① 。
遥望洞庭山水翠，白银盘里一青螺。

注释

① **镜未磨：** 古人的镜子用铜制成。这里一说指湖面无风，水平如镜；一说指远望湖中的景物，隐约不清，如同镜面未打磨时照物模糊的样子。

译文

洞庭湖的水色与月光交相辉映，湖面风平浪静，犹如未磨的铜镜。

远望洞庭湖的山水，好似白银盘里托着一枚青螺。

你知道吗？

唐顺宗年间，刘禹锡得到了当朝重臣的赏识，便应邀来到京城任职，负责管理国家财政。可好景不长，刘禹锡被同僚排挤，被皇帝贬官。在去安徽上任的途中，诗人路过洞庭湖，看到山清水秀的景色不禁心情大好。对于历经官场磨难却从未服输的诗人来说，平静的洞庭湖就像他的内心，包罗万象却波澜不惊。这首诗除了表达诗人对洞庭湖的喜爱之情，也衬托出了诗人非凡的气度。

诗词大侦探

为什么会有伏旱？

你听说过赤壁之战的故事吧，曹操将战船连成一排以保持平稳，有人提醒他要防止对手火攻，曹操自信满满："现在是冬天，刮西北风，我们在上风处，火攻只会烧到他们自己，哈哈。"最后的结果你们都知道了，一天晚上突然刮起了东风，孙刘联军趁机火烧赤壁，曹军大败。对曹操来讲，这一仗输得好冤，说好冬季刮西北风，怎么说变就变呢？

赤壁在湖北境内，这里乃至整个湖北都属典型的亚热带季风气候。夏季，由于海洋升温缓慢，海面较冷，形成高气压，而大陆升温快，形成低气压，夏季风由海洋吹向大陆；冬季则正好相反，冬季风由大陆吹向海洋。这两种季风轮流控制，季节性交替，年年如此，所以古人把它们称为"信风"，意思是很守信用、稳定出现的风。曹操对西北风的印象就是这么来的，他只是没料到，局部气候会有突然变化。

在季风气候的影响下，湖北的秋天几乎不下雨。

我们知道，有云才有雨，春夏季节，吹向大陆的东南风将湿润的海洋空气输入内陆，在内陆成云致雨，形成雨季；秋冬季节正相反，吹向海洋的西北风自内陆来，带来的空气很干燥，水分很少。不仅如此，随着北方冷空气的势力加强，一股股干冷气流还会迫使夏季一直回旋在长江流域上空的暖湿空气向南退去，天空中的水分减少，这让湖北在秋季降雨的概率更小了。

不仅天空中的水分在减少，地上的水蒸气也在减少。秋季是由夏到冬的过渡季节，白天的时间逐渐变短，夜晚的时间逐渐加长，地面吸收的太阳的热量越来越少，水蒸气的蒸发量也少了，空中的水分自然就少了。

而在更高的高空，夏季盘踞在这里的副热带高气压还没有向南退却，此时湖北的高空都在高气压的控制之下，气流向下沉降，在这个过程中，空气的体积受到压缩，气温升高，空气中的水分更少了，这些都不利于云和雨的形成。

提到湖北，人们都知道它有"九省通衢"之称，它的位置正处中央，虽然听上去很美好，但从降雨上来讲却略显尴尬：东边离海洋远，东南风带来的降水到这里只剩下一半，导致它的年平均降水量不足 1000 毫米；西边又深受青藏高原的下沉气流影响，下点雨着实不容易。

风调雨顺是农民伯伯最大的心愿，但湖北十年九旱，夏秋连旱，给农业生产造成了很大的麻烦，现在人们正在想办法利用人工降雨缓解旱情。

水调歌头

【宋】苏轼

丙辰中秋，欢饮达旦，大醉，作此篇，兼怀子由。

明月几时有？把酒^①问青天。不知天上宫阙^②，今夕是何年。我欲乘风归去，又恐琼楼玉宇，高处不胜寒。起舞弄清影，何似在人间。

转朱阁，低绮户^③，照无眠。不应有恨，何事长向别时圆？人有悲欢离合，月有阴晴圆缺，此事古难全。但愿人长久，千里共婵娟^④。

注释

① 把酒：端起酒杯。把，执、持。

② 宫阙（què）：宫殿。阙，古代城墙后的石台。

76

③ 绮（qǐ）户：雕花的窗户。

④ 婵娟：这里指月亮。

丙辰年（公元1076年）的中秋节，我高高兴兴地喝酒直到天亮，喝了个大醉，写下这首词，同时也思念弟弟苏辙。

明月是从什么时候开始有的呢？我端起酒杯遥问苍天。不知道天上的宫殿，现在是哪一年。我想借着风力回到天上去看一看，又担心月宫太高，我经受不住寒冷。在月光下起舞，身影也随着舞动，月宫哪里比得上人间。

月儿转过朱红色的楼阁，低低地挂在雕花的窗户上，照着不能入睡的人。月亮不该有什么怨恨吧，为什么偏在人们不能团聚时圆呢？人有悲欢离合的变迁，月有阴晴圆缺的转换，这种事自古以来就很难周全。希望人们可以长长久久地在一起，即使相隔千里也能一起欣赏这美好的月亮。

你知道吗？

宋神宗年间，苏轼因为与变法者王安石的政见不同，就离开京城，开始辗转各地为官。他在山东当官时，要求调任到离胞弟苏辙较近的地方，以求兄弟多多相聚，但是这个愿望一直无法实现。公元1076年的中秋，皓月当空，银辉遍地，如此良辰，本应是苏轼与弟弟饮酒作诗之时，可苏轼已经与苏辙分别了7年之久。此刻，苏轼独自一人面对明月，想起阔别已久的弟弟，心潮起伏，趁着酒兴，挥笔写下了这首词。

"人有悲欢离合，月有阴晴圆缺"，这是宋代文学家苏轼的名句。古人早就发现，月亮有时圆满，有时缺个口子，总在变来变去，就像人的命运一样变化无常。这是为什么呢？

月亮本身并不发光，只有被太阳照亮的那部分能被我们看到。由于月亮、地球总在不停地转，我们看到的月亮被照亮的地方也总是不一样。月亮是地球的卫星，它永远在同一条轨道上围绕地球转圈，年复一年，固定不变。地球是行星，它一边围绕着太阳公转，一边自转。太阳是恒星，它发出光和热，被地球和月亮两个小伙伴围着跑。3个小伙伴互相吸引又保持一定距离，它们一起跑呀跑，形成了很多有趣的天文现象。

农历的每月初一，3个小伙伴正好跑在一条直线上，月亮像夹心饼干的糖心一样夹在地球和太阳中间，月亮暗的一面对着地球，从地球上看去，夜里的天空黑乎乎的，什么也看不见，这时的月亮叫"新月"（或朔月）。

3个小伙伴继续跑，月亮渐渐跑出地球与太阳之间的区域，从地球上能看到月亮被太阳照亮的一小部分，形如弯弯的蛾眉,这时的月亮叫"蛾眉月"。

到了农历初八左右，月亮跑到了与地球平行的位置，两个小伙伴排排坐，一起朝着太阳合影。如果地球扭头去看月亮，能看到月亮被照亮的右脸，因此就有了我们看到的那个形如字母"D"的半圆形月亮，我们管它叫"上弦月"。

合完影，月亮继续绕着地球跑，我们能见到的月亮被照亮的部分也越来越大。到了农历十五，3个小伙伴又跑在了一条直线上，不过这回是地球在夹心饼干的中间，月亮跑到了直线的另一端，从地球上能看到月亮完整的脸。唐朝诗人李白说"小时不识月，呼作白玉盘"，农历十五的月亮最圆最亮，被称为"满月"。

诗词大侦探

为什么月亮有圆有缺？

在这之后，随着月亮继续往地球的另一侧跑，我们看到的月亮被照亮的部分越来越小。一周后，月亮跑到与地球的另一边平行的位置，两个小伙伴又并排朝向太阳，地球扭头去看月亮，能看到它被照亮的左脸，与字母"D"的形状相反，这时的月亮叫"下弦月"。

之后我们见到的月亮会越来越小，到了月初，月亮又跑到了地球与太阳之间，恢复成新月的样子。如此循环往复，周而复始。

苏轼写这首词的时候正值他被贬为黄州刺史，尽管遭遇了人生的重大挫折，但他仍然豁达乐观。我们要向他学习，在遇到艰难险阻的时候，不妨想想月有阴晴圆缺的例子，不愉快的事情总会过去，我们要笑对未来。

饮湖上初晴后雨

古代小朋友的妈妈
也要化妆吗?

饮湖上初晴后雨

【宋】苏轼

水光潋滟① 晴方好，山色空蒙② 雨亦奇。

欲把西湖比西子③ ，淡妆浓抹总相宜。

注释

① 潋滟（liàn yàn）：波光闪动的样子。

② 空蒙：云雾迷茫的样子。

③ 西子：西施，春秋时期越国的美女，居古代四大美女（西施、王昭君、貂蝉、杨玉环）之首。

译文

在灿烂的阳光的照耀下，西湖水波粼粼，波光艳丽，看起来很美；雨天时，在雨幕的笼罩下，西湖周围的群山云雾迷茫，若有若无，也显得非常奇妙。

若把西湖比作美人西施，淡妆浓抹都是那么的适宜。

你知道吗？

有一年春天，苏轼的好朋友听闻苏轼病愈，不禁十分欢喜地邀请他去城外踏青散心。苏轼与其他文人一样非常向往西湖，于是两人一拍即合，携酒同去。刚开始的时候，西湖还是晴朗的，可一转眼就下起雨来。两人十分开心，他们感受到了西湖的天气变幻，于是苏轼借着酒兴，将所见美景化作诗情。在此后的千百年里，苏轼的这首诗就像广告一样，让人们读后就想一览西湖之美。

诗词大侦探

古代小朋友的妈妈也要化妆吗？

你家早上像打仗吗？据说，90%的小朋友早上是被妈妈"拖出"被窝，然后急急忙忙地穿衣吃饭，赶去上学的；还有10%的小朋友正相反，他们都忙活完了，妈妈还在梳妆台前不紧不慢地化妆。"真慢啊。"你一边在心里嘀咕，一边好奇：古代小朋友的妈妈也要化妆吗？

我们先去妇好墓中看一看。妇好是商王武丁的王后，生活在3000多年前。妇好墓出土了一套研磨朱砂用的玉石臼、杵以及色盘样物品。朱砂是一种矿物，磨成细细的粉末后可以用来当腮红。出土的臼和色盘上均粘有朱砂，看来威风凛凛的女将军也没少在梳妆台上下工夫。

还有长沙马王堆汉墓，一号墓的主人是非常有名的辛追夫人，她的墓里出土了不少化妆箱，古代称为"奁"（lián），一个大奁里装几个小奁，每个小奁分别装着胭脂、香粉、口红等化妆品，一应俱全，可见化妆已是当时贵族妇女日常生活的一部分。

汉代最流行的化妆品是眉笔，古代称作"黛"。汉代妇女把画眉风尚推上了高峰，由此产生了各种眉形。大才子司马相如的妻子卓文君"眉色如望远山"，很好看，皇帝的妃子纷纷效仿，"为薄眉，号远山黛"。汉代梁冀之妻也是一个"时尚达人"，她发明了一种"愁眉"，这种眉形细而曲折，眉梢往上勾，很有特点。《后汉书》中就有对愁眉的记载："桓帝元嘉中，京都妇女作愁眉，啼妆。"还有一名模范丈夫叫张敞，他每天早上先给妻子画完眉毛再去上班，这件事被称作"张敞画眉"，都传到皇帝的耳朵里去了，很多人都认为张敞有伤风化。面对闲言碎语，张敞不以为然，在他看来，工作是工作，生活是生活，关心妻子和好好工作并不矛盾。

唐时，唐明皇每年赏给杨贵妃姐妹的脂粉费竟高达百万两！有记载说杨贵妃"作白妆黑眉"，颠覆了传统的流行风尚，时人称其为"新妆"。

宋朝流行清新雅致的淡妆，女词人李清照就曾"却对菱花淡淡妆"。

明清延续了宋朝的简约风，从历代皇后的画像中，我们可以看到身着礼服、常服的后妃们，大都在额头、鼻梁、下巴施以白粉，自眉下至脸颊浅涂胭脂，眉毛都是细细的一抹，"千人一面"。如果不看画上的名字，你根本搞不清楚哪个是孝诚仁皇后，那个是孝贤纯皇后。

到了现代，女士们既可以化妆，也有不化妆的权利和自由；有化浓妆的自由，也有化淡妆的自由。不过，小朋友们除了登台表演的时候可以化妆，平时可都要遵守校规校纪，不能化妆噢！

题西林壁

为什么苏轼可以在墙上写写画画？

题西林壁①

【宋】苏轼

横看成岭侧成峰，远近高低各不同。

不识庐山真面目，只缘身在此山② 中。

注释

① 题西林壁：写在西林寺的墙壁上。题，书写，题写。西林，西林寺，在今江西庐山脚下。

② 此山：这座山，指庐山。

译文

从正面、侧面看庐山，山岭连绵起伏、山峰耸立；从远处、近处、高处、低处看，庐山都呈现出不同的样子。

之所以辨不清庐山真正的面目，是因为我身在庐山之中。

你知道吗?

　　由于和王安石政见不同,苏轼被贬官离开京城。但是当时的皇帝是个十分惜才的人,没过太长时间,他就把苏轼调回到离京城不太远的河南。这首诗是苏轼在去河南上任的途中,路过庐山时所作。庐山一直以来被文人墨客追捧,成为千古留名的胜景。苏轼来到庐山后,看到这云雾缭绕的景色,受到当地人热情的招待,特别高兴,便为庐山题下此诗。而苏轼又是一个特别善于写哲理诗的人,他的这首诗不仅描绘了庐山的各种景观,更是隐喻自己需要经历更多,才能成为更好的人。

诗词大侦探

为什么苏轼可以在墙上写写画画?

　　有个玩笑说,从前有只猴子,他在一根柱子上写了几个字——"×××到此一游",后来他就被压到山下关了 500 年。你可能猜到了,他就是孙悟空。但北宋还有一个人,也喜欢到处写写画画,不仅没受惩罚,反而收到点赞无数,他就是苏轼。我们都知道,乱写乱画是不对的,为什么苏轼就可以任性而为呢?

　　这就不得不说说古代文人们创造出的一种有趣的文体——"题壁诗"。古代文人们经常游山玩水,兴之所至,灵感来了就能赋诗一首,记录在墙上。题壁诗往往率性自然,不乏名言警句,出了不少流传千古的名篇佳作。苏轼到庐山游玩,即兴在寺院墙壁上写下了《题西林壁》一诗,诗句富有哲理,令人回味无穷。

题壁诗最早出现在两汉，唐朝时题壁诗骤然增多，并形成一种写题壁诗的风气。我们所熟知的杜甫、白居易、李白等大诗人都有不少这类佳作。据唐人诗集统计，当时题壁诗的作者有百数十家，其中以寒山、崔颢等最为著名。寒山为著名诗僧，他走到哪儿写到哪儿，"尝于竹木石壁书诗，并村野屋壁所写文句三百余首"。

那时候有多流行写题壁诗呢？人们无论走到哪里，都要写写画画。为了满足人们写题壁诗的需求，寺院、驿站、馆舍等场所，往往会有意留出一些墙壁，有的甚至专门设有诗壁、诗板、诗牌，供往来旅客题诗。

直至两宋，写题壁诗的风气仍然盛行。镇江甘露寺的墙壁绝无宁日，刷了又题，题了又刷，循环往复，据说此情形举国皆然。对于写题壁诗，王安石、杨万里、陆游、辛弃疾等大诗人都乐此不疲。这其中玩得最开心的还要属苏轼，除了留下多首脍炙人口的题壁诗，他还喜欢在墙上作画。不过他照样会被墙的主人责骂，"平生好诗仍好画，书墙涴（wò，弄脏）壁长遭骂"就是最好的证明。

古人可以写题壁诗，是因为交通不发达，普通老百姓很少外出旅行，只有文人才会经常游山玩水。现在，时代不同了，在景区等乱写乱画是不文明的行为，我们可不要学那个孙猴子呀！

念奴娇·赤壁怀古

罗贯中为什么在小说里『说人坏话』？

念奴娇·赤壁怀古

【宋】苏轼

大江东去，浪淘尽，千古风流人物。

故垒西边，人道是，三国周郎赤壁。

乱石穿空，惊涛拍岸，卷起千堆雪。

江山如画，一时多少豪杰。

遥想公瑾当年，小乔初嫁了，雄姿英发。

羽扇纶巾①，谈笑间，樯橹②灰飞烟灭。

故国神游，多情应笑我，早生华发。

人生如梦，一尊还酹江月③。

90

① 羽扇纶（guān）巾：古代儒将的便装打扮。羽扇，羽毛制成的扇子。纶巾，配有青丝带的头巾。

② 樯橹（qiáng lǔ）：这里代指曹操的水军战船。樯，挂帆的桅杆。橹，一种摇船的桨。

③ 一尊还酹（lèi）江月：古人将酒浇在地上以示祭奠。这里指洒酒酬月，寄托自己的感情。尊，同"樽"，一种盛酒器，这里指酒杯。

译文

江水滚滚向东流去，滔滔巨浪淘尽千古英雄人物。

那旧营垒的西边，人们说那就是三国时周郎大破曹军的赤壁。

岸边乱石林立，像要刺破天空，惊人的巨浪拍击着江岸，激起的浪花好似千万堆白雪。

雄壮的江山奇丽如图画，一时间涌现出多少英雄豪杰。

遥想当年的周瑜春风得意，小乔刚刚嫁给了他，姿容雄伟，英气勃发。

手摇羽扇，头戴纶巾，谈笑之间，就把强敌的战船烧得灰飞烟灭。

如今我身临古战场神游往昔，应笑我多愁善感，过早地长出花白的头发。

人生犹如一场梦，且洒一杯酒祭奠江上的明月。

你知道吗？

再次贬官的苏轼此时已经快到花甲之年了，他再也没有往年的激情，他的心里只有无尽的忧愁无处诉说，只能游山玩水放松心情。

有一天，苏轼来到城外的赤壁，这里壮美的景色使他感慨良多，他想起周瑜在这里建立功勋的时候不过 30 岁，而自己在官场里奋斗了半辈子换来的依旧是被贬他乡。苏轼感叹时光易逝、岁月蹉跎，想有一番作为，却不能如愿，只好写下此词以明志。

罗贯中为什么在小说里"说人坏话"？

《三国演义》中蜀汉的人物生动形象，极具英雄色彩：刘备礼贤下士，诸葛亮神机妙算，关羽、张飞、赵云个个神勇无比。可是他们的敌人就惨了，曹操阴险狡诈，周瑜心胸狭隘。可史实并非如此，那么罗贯中为什么在小说里说他们坏话呢？

曹操被"骂"一点也不奇怪。史书记载曹操凶狠残暴，他不光杀害老百姓，还杀了许多有才华的名士，像孔融、杨修，落得千古骂名。曹操有多不招人待见呢？苏轼记录了一条趣闻：宋朝非常流行说书，说三国故事时，听到刘备败了，孩子们就流泪；听到曹操败了，大家都拍手称快。可见，到宋朝时，大家就已经非常不喜欢曹操了。

相反，历代名人对刘备的评价都是高度赞美，认为他仁厚、仁义。唐代诗人王勃认为，"先主之宽仁得众"；刘禹锡写诗，说刘备是"天地英雄气，千秋尚凛然"；明代文人方孝孺也说"昭烈至仁厚""宽厚弘毅"；等等。刘备临终前告诫儿子"勿以恶小而为之，勿以善小而不为"，这句话至今还被人们奉为圭臬。所以说罗贯中赞刘贬曹是民心所向。

除此之外，《三国演义》为了突出诸葛亮的完美形象，故意把周瑜

诗词大侦探

写得小肚鸡肠。因为三国时期最聪明的两个人就是周瑜和诸葛亮，他们被称为"一时瑜亮"。将周瑜写得处处不如诸葛亮，这样就可以衬托出诸葛亮的才华。这都是文学创作的套路。其实历史上的周瑜"年少有美才""文武韬略万人之英"，而且"性度恢廓"，情趣高雅，是宽宏大

量之人。

　　除了曹操和周瑜，《三国演义》中的其他人物，只要是刘备集团的对手，都被罗贯中一顿"抹黑"。现在，我们只要知道历史上的真实人物和演义中的形象可能并不是同一回事就可以啦。

钱塘江大潮为什么这么壮观？

酒泉子·长忆观潮

【宋】潘阆（làng）

长^①忆观潮，满郭人争江上望。

来疑沧海尽成空，万面鼓声中。

弄潮儿^②向涛头立，手把红旗旗不湿。

别来几向梦中看，梦觉尚心寒。

① **长:** 通"常",常常、经常。

② **弄潮儿:** 朝夕与潮水周旋的水手或在潮中戏水的少年人。

译
文

我经常回忆在钱塘江观潮的情景,满城的人争先恐后地向江上望去。潮水涌来时,仿佛大海都空了,潮声像一万面鼓同时发出声音。

踏潮献技的人站在波涛上表演,手中拿着红旗,红旗却丝毫没被水打湿。此后我曾多次梦到观潮的情景,梦醒时仍然觉得惊心动魄。

你知道吗?

　　每一位在杭州生活过的人,都对钱塘江大潮印象深刻。钱塘江大潮既表现出令人震撼的自然之力,也是别处难以见到的风景。"钱江秋涛"闻名国内外,早在唐宋就已盛行,尤其在农历八月十八前后几天,路上车如水流,好不热闹。潘阆在第一次观潮时和我们一样,都是挤在熙攘的人群中翘首观望,感受这大自然的力量之美。他借不畏大浪滔天的弄潮儿,表达自己对弄潮儿的勇气与胆量的佩服。

"八月十八潮，壮观天下无"说的是浙江钱塘江大潮的奇观。古往今来，每当钱塘江大潮来临，巨浪汹涌澎湃，气势雄伟，潮声震天动地，如千军万马过境，横江翻海。潮头一般有几个小朋友叠起来那么高，以极快的速度向上游挺进，势如破竹。那么，钱塘江大潮为什么会这么壮观呢？

杭州湾（钱塘江的入海口）的地形像个大喇叭，外面宽阔，里面狭小，当大量潮水从外面涌进狭窄的河道时，水面就会迅速地推高。就像小汽车从宽阔的高速公路开进单车道的收费站，所有的车子都挤在一起了。除此之外，钱塘江的江底有大量的泥沙淤积，形成了一道道沙坎，涌进来的潮水遇到沙坎，一下子被激起，后浪推前浪，从而形成涌潮。

除了特殊的地形因素，还有天文因素在其中起作用。农历八月十八，太阳、月球、地球几乎在一条直线上，这天海水受到的引力最大。再加上浙江东北部沿海一带在这个季节常吹东南风或东风，风向与潮水方向大体一致，这又助长了它的威力。

钱塘江大潮的威力有多大呢？据说有一年，潮水曾把岸上的 3000 斤的"镇海铁牛"冲出 100 多米远。

诗词大侦探

钱塘江大潮为什么这么壮观？

出塞

皇帝们为什么要
不停地修长城？

出 塞

【唐】王昌龄

秦时明月汉时关，万里长征人未还。

但使^① 龙城飞将^② 在，不教胡马度阴山。

① **但使**：只要。

② **龙城飞将**：汉朝名将李广。这里泛指英勇善战的将领。

依旧是秦汉时期的明月和边关，守边御敌、鏖战万里的征夫还未回归还。

只要龙城的飞将李广还在，就一定不会让敌人的铁蹄踏过阴山。

你知道吗?

王昌龄早年在边塞生活过很长一段时间,他目睹了战士们生活的艰苦,也目睹了战争的残酷。频繁的战争给人民的生活造成了沉重的负担,也使他们承受了家人离散的痛苦。因此,王昌龄希望朝廷起用如李广这样的良将,因为只有让猛将镇守边塞,胡人的骑兵才不敢越过阴山,扰乱百姓。这样就能快速结束战争,让人民早日过上安宁的生活。

诗词大侦探

皇帝们为什么要不停地修长城?

你在课桌上画过"三八线"吗?为了避免争吵,你和同桌在课桌中间画了一条线,两个人各占一边,说好谁也不许越界。古代的长城也是起这个作用的,它把汉民族和游牧民族隔开,使两个民族各安其事,各守本分。这个设计来自秦朝,自秦始皇以后,汉、晋、隋、唐、宋、辽、金、元、明、清等 10 多个朝代,都不同规模地修筑过长城,延续不断地修筑了两千多年。你可能会问:为什么秦始皇把长城修好之后,后人还要接着修呢?

民间故事《孟姜女哭长城》提到,孟姜女的丈夫被征去修长城,在修长城时死了,孟姜女来到长城脚下,她哭啊,哭啊,把长城都哭塌了。虽然这只是个传说,但是它说明了一个问题:长城也是会塌垮的,需要进行维修和加固。另外,秦朝之后,新的帝国疆域更大更广,因此要修更多的长城把原有的长城连接起来。

皇帝们为什么要不停地修长城呢?这是因为自秦朝开始,来自北方游牧民族的侵犯就一直没有停歇过，长城必须一直发挥它的防御功能。

长城以内是汉民族，以种植粮食作物为主要生产方式。长城以外是游牧民族，以畜牧业为主，如果遇上干旱天气，草料短缺，牲畜死亡，他们没有东西吃，就会骑上战马带上刀剑，抢夺周边汉民的粮食和财物，这似乎是游牧民族当时唯一的求生方案。

你可能听说过"单于"，这是汉朝时北方少数民族匈奴对国王的称呼，汉朝经常受到匈奴侵扰，规模最大的一次，匈奴单于率14万骑兵杀入，"掳人民畜产甚多"，把京城里的人吓坏了。

长城不仅仅是一堵墙，而是由城墙、敌楼、关城、墩堡、烽火台等多种防御工事组成的一个完整的防御工程体系。当小股骑兵来犯，驻守部队可以就地消灭他们；如果是大规模的战争爆发，将士们可以点燃烽火，向内传递消息，为做好军事准备争取时间。

不过，皇帝们对修长城这事也有不同的意见，唐朝皇帝就不太重视修长城，清朝康熙皇帝更是下达了"永不筑长城"的指令，才使规模浩大、历时悠久的修长城工程停止。

送元二
使安西

为什么古人
与朋友分别时，
柳树会『遭殃』？

送元二使安西

【唐】王维

渭城① 朝雨浥② 轻尘，客舍青青柳色新。
劝君更尽一杯酒，西出阳关③ 无故人。

注释

① 渭城：秦时咸阳城，在今陕西咸阳东北。

② 浥（yì）：湿润，沾湿。

③ 阳关：古关名，故址在今甘肃敦煌西南。

译文

渭城早晨的一场春雨沾湿了轻尘，客舍周围柳树的枝叶翠嫩一新。

老朋友请你再干一杯美酒，向西出了阳关就再难遇到老朋友了。

你知道吗？

唐朝人特别喜欢举办宴会，就像现代人喜欢聚会一样。宴会上有歌舞表演，文人墨客往往喜欢现场作词作曲，在宴会上传唱，有这样一句诗是当时宴会上的必点内容，那就是"劝君更尽一杯酒"。这句诗的作者就是著名诗人兼音乐家王维。王维善弹琵琶，他既有才华，也是一个重感情的人。一日，他送好朋友去阳关之外的西北边疆，面对离别，没有更多的话可以说。在即将分离的时刻，王维想到他们也许今后再无相见之日，也再不能一起喝酒，心里充满了依依不舍之情。

诗词大侦探

为什么古人与朋友分别时，柳树会"遭殃"？

假使现在你要同你最要好的朋友分别，你会以什么方式为你的朋友送行呢？是一份礼物，一个拥抱，还是一张明信片？古人与朋友分别时，有一个特别的行为——"折枝"。

所谓"折枝"，就是折取路边的树枝、花草，送给远行的朋友。你也许会想，不过就是一场寻常的分别，用得着让树枝、花草"遭殃"吗？要知道，在古代，交通可不像我们现在这样便捷，没有汽车、火车、飞机，也没有手机、电脑这些通信工具，古人与朋友一旦分别就很难再见面，离别对于他们来说是一个沉重的话题。

后来折枝渐渐演变为折柳，这里头又有什么讲究呢？

"柳"在《释名》《集韵》里都注为"柳，聚也"，同时，"柳"的谐音为"留"，从语音、语义上我们可以知晓"柳"有挽留的意味。《诗经》最早把柳树和送别联系在一起，在这之后，众多诗歌中陆续出现了以柳树表示离别的诗句，这使柳树与送别的联系更紧密。

柳树还有一个特点，就是生命力强。明朝官员王文禄在一篇文章里面记载，传说有个叫杨家墩的地方，那里的地上有个坑，有一次有个道士经过那里，看到这个坑便说："葬在这里的人，后代中会出现天子。"道士的徒弟问道士原因，道士便说："如若你不信，把一根柳树条插在这儿，10天就能成活。"他们走后，朱元璋试了一下，柳树条果然活了。后来朱元璋把祖坟迁到这里，自己也做了皇帝。虽然这个故事是假的，但柳树生命力极强、插土即活是真的。俗话说"无心插柳柳成荫"，在古代，柳树在路边、河畔等地随处可见。送别亲友，折一枝饱含生机的柳条相赠，是希望远行之人能够像柳树一般，很快适应他方水土，随遇而安。

在沙漠里
怎么找水喝？

使至塞上

使至塞上

【唐】王维

单车欲问边，属国过居延。

征蓬出汉塞，归雁入胡天。

大漠孤烟直，长河落日圆。

萧关逢候骑①，都护② 在燕然。

注释

① 候骑：负责侦察、通信的骑兵。

② 都护：唐朝在西北边疆置安西、安北等六大都护府，其长官称都护，每府派大都护一人，副都护二人，负责管理辖区一切事务。这里指前线统帅。

译文

轻车简从将要去慰问边关守军，我已经经过了辽远的边塞地区。

像随风而去的蓬草一样出使边塞，北归的大雁正翱翔云天。

浩瀚沙漠中孤烟直上，黄河边上落日浑圆。

到萧关时遇到负责侦察、通信的骑兵，他们告诉我都护已经到燕然。

你知道吗？

盛唐时期是唐朝军事实力的巅峰时期，但就算如此，唐朝也免不了受到外敌侵扰。有一年，唐朝的边关守军面对挑衅忍无可忍，便主动出击，结果大胜而归。皇帝很高兴，就派大臣王维出使边塞慰问边关守军，并让他留在边疆做官。于是王维带着皇帝的诏书开心地赴任，之后他不仅见识了边疆的壮美，更对饱受战争之苦的士兵心生同情。

诗词大侦探

在沙漠里怎么找水喝？

提起沙漠，那真是一个令人心生畏惧的地方，高温、干燥、缺水，每一样都是巨大的挑战。如果你带领的沙漠探险小分队不幸遇到这样的挑战，别急，你可以试试用下面几个办法找水。

你听说过老马识途的故事吧，老马对环境很熟悉，人们迷路时可以靠它来找路。在沙漠里这也是个好办法，被称为"沙漠之舟"的骆驼对水很敏感，沿着它们留下的脚印"顺藤摸瓜"，可以显著提高找到水源的概率。如果没有骆驼，观察其他沙漠动物也行，它们常年生活在沙漠里，寻找水源是它们的生存技能之一。我们可以留心观察飞鸟与走兽等沙漠动物的活动踪迹，这些踪迹可以作为我们找水的"指南针"。

如果发现了沙漠里的植物，那更是能让人高兴得发狂。植物生长离不开水，顺着植物的根部挖下去，很有可能挖出一个"天然的水库"。此外，植物的果实中也可能储存着丰富的水分。你家养过仙人掌吗？别看它浑身尖刺不好惹，但它可是仅有的几种能够在缺水的环境中生存的植物之一。它的体内蕴含着大量的水分，能在紧急关头救人一命，但有些仙人掌的汁液是有毒的，一定不要随便尝试。

有经验的沙漠向导还会带你去地势低洼处找水，在干涸的河流拐弯处，或者沙丘之间的洼地的最低处，用工具往下挖到一定深度时，你会看到一些湿的沙子，再继续挖，或许你就会惊呼："哇！水，有水！"

沙漠早晚的温差很大，人们利用这个特点，发明了简单的"露水收集器"与"日光蒸馏器"。

制作"露水收集器"时，要在沙漠里挖一个浅坑，在坑上铺上一块塑料布，并在上面铺放一些鹅卵石。夜间温度降低时，水凝结在鹅卵石光滑的表面。到了清晨，我们便可以移开鹅卵石收集汇聚在塑料布上的露水了。

制作"日光蒸馏器"时，先挖一个比较深的大坑，并在坑口上盖上一层塑料膜，坑底部放一个容器。中午温度急剧升高时，坑里的水蒸气凝结在塑料膜上，并形成水珠下落至容器中。这样也可以收集到一些水。

这两种方法都是去沙漠探险和大部队失散后，不得已采用的权宜之计，必要时可以救命。但在野外喝生水容易拉肚子，造成脱水，因此如果不是专业人士，不要轻易尝试这种方法。去沙漠探险可真是充满挑战，我们光有勇气还不够，还要掌握许多其他技能。

凉州词二首（其一）

黄河为什么看起来是黄色的？

凉州词二首（其一）

【唐】王之涣

黄河远上白云间，一片孤城万仞^① 山。
羌笛^② 何须怨杨柳，春风不度玉门关。

注释

① 仞：古代的长度单位，1 仞相当于周尺 8 尺或 7 尺。周尺 1 尺约合 23 厘米。

② 羌笛：羌族乐器，属横吹式管乐器。

112

黄河好像从白云间奔流而来，玉门关孤独地耸峙在高山中。何必用羌笛吹起那哀怨的《杨柳曲》去埋怨春光迟迟不来呢，原来春风是吹不到玉门关一带的啊！

你知道吗？

王之涣辞官后，过上了自由自在的生活。在这期间，王之涣开始游山玩水，当他走到凉州（今甘肃兰州附近）时，看到了塞外壮观而荒凉的景色，不禁被深深震撼了。于是他没有很快离开，而是在凉州生活了一段时间，所以他对边塞的自然景观和风俗习惯都有很深的了解。他感慨于边疆壮美的景色，也感叹保卫边疆的将士的不易，于是写下了此诗。

诗词大侦探

黄河为什么看起来是黄色的？

黄河是中华文明的发源地，我们的祖先在这里繁衍生息。你如果来到黄河边，一定禁不住会问："黄河为什么看起来是黄色的呢？"

其实，一开始的黄河，水并不混浊。那时候它的名字叫"河"，"黄河"只是后来人们给它起的小名。没想到啊没想到，它现在居然成了全世界含沙量最大的河流。黄河每年携带 16 亿吨的泥沙流入渤海湾，如果将这些泥沙堆砌成宽和高各 1 米的长土堆，那么这个土堆的长度就会是 120 万千米，相当于地球到月球距离的 3 倍还多。人们担忧几百年后，整个渤海都会被黄河带来的泥沙填平，那可是非常不妙的。

黄河发源于青藏高原，冰川和积雪融化后从山上潺潺流下，清澈透明。清水段持续到 1901 千米处，即甘肃省临夏回族自治州的大河家镇，这里正是青藏高原和黄土高原的分界点，从此往东，黄河的水由清变浊，成了黄色。

这是因为，大约两三百万年前，地壳运动使喜马拉雅山隆起，挡住了原先来自印度洋的暖湿气流，中国的西北地区越来越干旱，渐渐形成了大面积的沙漠和戈壁，你或许听说过塔克拉玛干沙漠，其实我国的八大沙漠都在西北地区。强悍的西北风从沙漠上呼啸而过，它们像强盗一样，把沙土席卷到一起，拼命往东跑，实在跑不动了才逐渐飘落下来。沙土大量飘落，在地面上越堆越高，形成了现在的黄土高原。黄河里的泥沙就主要来自这里。

你种过猫草吗？当你想拔出一棵小苗看看时，你会发现它的根和其他小伙伴的根紧紧抱在一起，使花盆里的土都结成一块了，这是植物对土壤的固定作用。黄土高原常年降雨很少，小草和树木都难以生长，土壤没有办法固定下来。在河水日夜不息的冲刷下，两岸泥沙大量冲入河道，使黄河裹挟着大量泥沙顺流而下。不仅如此，黄土高原上还有几条河也会汇入黄河，如无定河、渭河等，它们也是泥沙滚滚，从不同地方把更多的泥沙带进黄河。

近年来，由于治理，黄河周边的环境越来越好，黄河水也变得越来越清澈啦！

登鹳雀楼

为什么登上高处可以看得更远？

登鹳雀楼①

【唐】王之涣

白日依山尽，黄河入海流。

欲穷千里目，更②上一层楼。

注释

① 鹳（guàn）雀楼：旧址在山西永济，楼高3层，前对中条山，下临黄河。传说常有鹳雀在此停留，故有此名。

② 更：再。

译文

夕阳依傍着山峦慢慢沉落，滔滔黄河朝着大海汹涌奔流。想要看到千里之外的风光，那就要再登上更高的一层楼。

你知道吗？

王之涣辞官后，开始尽情地游山玩水。一日，他登上山西的鹳雀楼，傍晚时分夕阳西下，抬眼望去，面前的中条山在夕阳的照射下仿佛一条红色的巨龙，蜿蜒在黄河之滨。波浪的翻滚声敲打着他的心，往事如黄河水般翻涌。他看着奇妙雄伟的景色，内心的壮志豪情油然而生。人生无限的感想和畅快都被诗人写进诗中，表达了他发奋图强的人生追求。

诗词大侦探

为什么登上高处可以看得更远？

假如在一次野餐中，大人们都在忙活，一个宝宝坐在地上，他饿了，想吃东西，他的面前是妈妈健身用的瑜伽球，美味的食物就在瑜伽球后面的桌子上，可是宝宝坐在地上，他抬头望去，只能看到瑜伽球，看不到瑜伽球后面的食物。这真是急"死"人了。宝宝哭了一会儿，慢慢站起来，当他的视线高出瑜伽球时，哇，看到了，桌子上有好多好吃的。

宝宝能看到美食是由于光线的传播。物体发出或发射的光线到达了我们的眼睛里，物体才能被我们看到，如果黑暗中物体没有发出或反射光线，我们就什么也看不到。

但是光线"走路"有个特点，它只会"憨憨"地直走，不会拐弯，食物反射的光线从瑜伽球顶部直直掠过，没有到达宝宝的眼睛里，宝宝就看不到它。当宝宝站起来后，直走的光线到达了宝宝的眼睛里，这下宝宝就能看到食物了。

如果这时有个小椅子，宝宝站上去，哇，他不光能看到桌子上的食物，甚至还能看到桌子后面有好大一片草地，草地一直延伸向天边，美极了。

　　如果再有一个热气球把宝宝带上高空，他能看到的东西就更多了：草地远处是房子，房子的远处，有一个游乐场，离游乐场再远一点的地方，是一条大河。要是地面上的爸爸妈妈也能看到这么美的景色，那该多好啊！

　　类似宝宝这样的感受，我们大家都体会过。有一首古诗写道："欲穷千里目，更上一层楼。"大科学家牛顿也说："如果我比别人看得远些，那是因为我站在巨人们的肩上。"那为什么站得高就看得远呢？

　　这是因为地球是球形的。我们站在地球上向任何一个方向望去，都只能看到眼前这一小部分的球面，这一小部分球面与天空相接的地方叫地平线。地平线后面当然还有房屋、田园、工厂，可是它们处在球面的另一边，在我们这个位置是看不到的，就像坐在地上的宝宝看不到瑜伽球后面的食物。

　　当我们站到更高的地方，原来"躲"在地平线后面的房屋、田园、工厂发出或反射的光线就到达了我们的眼睛里。我们站得越高，就有越多物体发出或反射的光线到达我们的眼睛里，如果这个高度足够高，比如说我们站在宇宙飞船上，随着地球缓缓转动，我们就能看到地球上的每一个角落。

　　所以，想看得足够远，首先要站得足够高呀！

秋夜寄丘二十二员外

古人穿的秋裤是什么样的？

秋夜寄丘二十二员外①

【唐】韦应物

怀君属② 秋夜，散步咏凉天。
空山松子落，幽人③ 应未眠。

注释

① 丘二十二员外：名丹，苏州人，曾拜尚书郎，后隐居平山。

② 属：正值，适逢，恰好。

③ 幽人：幽居隐逸的人，悠闲的人，此处指丘员外。

译文

在这秋夜里，我心中怀念着你，一边散步一边咏叹这初凉的天气。

寂静的山中传来松子落地的声音，遥想你应该也还未入睡。

你知道吗？

现在我们如果想念一个人，可以给他发微信、打电话。但是在遥远的唐朝，人们对朋友的思念只能通过书信传达。诗歌纸短情长，能用短小的篇幅表达深厚的情感，当时的诗人们更喜欢通过写诗来表达自己对朋友的思念之情。在一个秋天的晚上，韦应物在外散步时，想起了远在他乡的邱员外：他一个人在异乡求学问道，过得还好吗？想来他也在惦记着自己，没有入眠吧。此情此景，韦应物挥笔写就一首诗，表现两人之间的友谊。

诗词大侦探

古人穿的秋裤是什么样的？

你爱穿秋裤吗？你有没有被妈妈追着套秋裤的经历？

秋裤，从字面意思上来看，就是秋天穿的裤子，气温比较低的时候可以穿在外裤里面用来保暖。中国古代没有秋裤这种东西，也没有"秋裤"这个称呼。在古代，人们保暖的方法就是多穿衣服，一层棉袄，一层夹袄，再加一层大衣，总之御寒主要靠穿得厚。古人穿在最里面的一层贴身衣服大多由细麻布制成，并没有保暖功能，算不上秋裤。

秋裤的雏形叫马裤。在几百年前，马裤可是欧洲上层社会争相购买的时尚单品。那时候骑马运动风靡一时，英格兰贵族很流行穿这种用羊毛做成的裤子。裤子的特点为紧身、裹腿，方便在马上作战，紧贴身体的裤子能将小腿肌肉线条完美地展现出来。亨利八世是这种时尚单品的忠实拥趸（dǔn），他留下了许多穿着马裤的肖像画，马裤就这样在贵族的推广下拥有了更广阔的市场。

民国时期，秋裤叫"卫生裤"，当时是时尚的代名词。不过后来随着供暖系统的发展，人们对用秋裤保暖的需求越来越少，秋裤的地位开始动摇。

秋裤传入我国是在 20 世纪初，在物资不丰富的年代，它们成为人们防寒必备的物品。这就难怪经历过那个年代的人，对秋裤有着深深的执念。不过有人能够在一旁唠叨着关心你的冷暖，也是一种难得的幸福了。正所谓"英雄不问出处，任谁都要穿秋裤"，不想在寒风中瑟瑟发抖的小朋友就赶紧套上秋裤吧！

哥舒歌

在野外，怎样靠北斗星辨别方向？

哥舒① 歌

【唐】西鄙人

北斗七星高，哥舒夜带刀。

至今窥② 牧马③ ，不敢过临洮。

124

你知道吗？

唐朝，西部边境经常受到侵略者的劫掠，皇帝很生气，就任命部落首领哥舒翰为边境将领，希望他能安定边境。哥舒翰在边境的几年里，没有辜负皇帝的期望，他屡屡挫败外族的入侵，立下了赫赫战功。这首诗就是生活在西部边境的百姓写给哥舒翰的赞歌，也是汉族与少数民族共同抵抗外敌的印证，同时还表达了人们对和平生活的向往。

诗词大侦探

在野外，怎样靠北斗星辨别方向？

假如我们从北极一直往南走，遇到一望无际的大沙漠，没有高山，没有河流，也没有房子，没有人，所有能让人判别方向的东西都没有，我们到处找啊，转啊，手机没有信号，不能导航，不能给警察叔叔打电话，这意味着我们遇到了大麻烦：迷路了。这时候，我们还有一个脱险的办法，就是最古老的办法——找北斗星。

北斗星不是一颗星星，它由北方天空中 7 颗明亮的星星组成，它们不像其他星星那样各跑各的，而是紧密团结在一起，要跑一起跑。就像学校运动会的开幕式上，每个班级都会组成一个小方阵，方阵里的小朋友变幻出不同的图案，整齐地从台前走过。北斗星也是这样，不过它们组成的图形不是"方阵"，而是像一把勺子，古代舀酒用的勺子称为"斗"，这 7 颗星星就被称作"北斗七星"。

北斗星的形状让我们很容易从天空中把它们找出来，那它们是如何为我们指明方向的呢？小朋友们都在数学课上用过圆规吧，圆规的一条腿站在纸上不动，另一条腿围绕不动的腿在纸上转一圈就会产生一个非常标准的圆形。北斗星的运动也是这样，勺子顶端的那颗星叫天枢，天枢下面的星叫天璇，从天璇出发向天枢方向画一条直线，直线的前方是另一颗明亮的星星——北极星。北极星就像圆规的那只活动的腿，北斗星一直围绕它自东向西旋转。我们找到北斗星后再"顺藤摸瓜"就找到了北极星。

北极星就像它的名字一样，从来不乱跑，不管什么时候都乖乖地待在地球北极上空。找到北极星后，我们面朝它站立，两臂张开，后脑勺对着的是南方，左手指西，右手指东。确定方向后我们一直向南，就能走出沙漠。

北斗星和北极星坚守职责不动摇，在科技不发达的古代社会，帮了人们大忙，是人们的好帮手，人们也为它们创造了很多美好的传说。

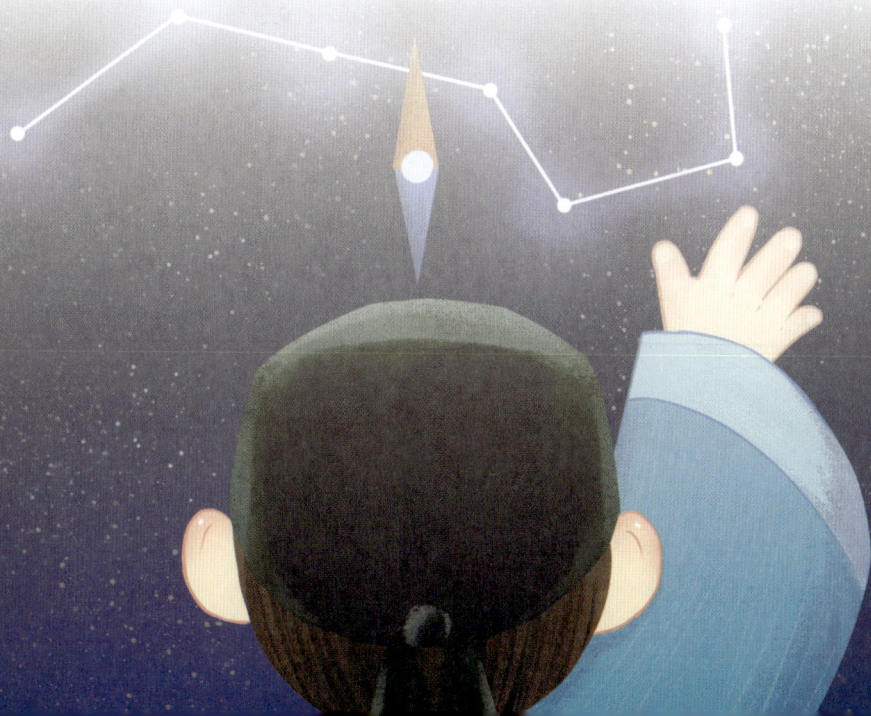

终南^① 望余雪

【唐】祖咏

终南阴岭^② 秀，积雪浮云端。

林表明霁色，城中增暮寒。

注释

① 终南：山名，在唐京城长安（今陕西西安）南面。

② 阴岭：北面的山岭，背对太阳，故曰"阴"。

译文

终南山的北面山色秀美，山上的皑皑白雪好似与天上的浮云相连。

雪后初晴，树梢之间闪烁着夕阳的余晖，傍晚时分，城中又添了几分寒气。

你知道吗？

　　祖咏与王维是非常好的朋友，但两人的性格完全不同，祖咏的性格十分倔强。相传，祖咏在长安应试时，按照规定，应该作一首六韵十二句的五言排律，但他只写了这首诗就交卷了。考官跟他说这不符合考试规定，但是他固执己见，认为这首诗的意思已经表达得非常完满了，不需要画蛇添足追求六韵十二句的五言排律体，于是他未能被录取。但这一点都不影响他的才华广为人知，后来他又参加了一次考试，终于被录用，入朝为官。

诗词大侦探

为什么很高的山上会有积雪？

　　放暑假啦，小朋友们会和爸爸妈妈去哪里玩呢？每年夏天最热的时候，有很多人到高原地区去旅游，因为那里不仅风景优美而且非常凉爽，甚至出发前还有好心人提醒你："记得带上羽绒服啊，山上可是很冷的，还有很厚的积雪呢。"这真是件奇怪的事，这么热的天气，山上居然还有雪，太不可思议了，这是为什么呢？

　　来到山上亲自体验一下，你马上就能找到问题的答案：这里太冷了，只有零下几摄氏度，听说到了冬季温度更低，难怪山顶上的积雪常年不化呢！

　　经过测量，科学家发现，海拔高度每上升 1000 米气温就下降 6℃，山越高，气温越低。地球上最高的山峰珠穆朗玛峰海拔约 8844 米，这样算来，山顶的温度比山脚的温度低大约53℃。假如山脚下的温度是40℃左右，山顶的气温也仍然只有−13℃左右。雪在0℃以上才会融化，所以珠穆朗玛峰的山顶上的冰川和积雪都是常年不化的。武侠小说里面的"玄冰剑"在雪山上真的有可能存在。

那么山顶温度这么低，是什么原因造成的呢？

"我冷，是因为我的衣服薄啊！"如果高山能说话，它会这样解释。大气层是地球的衣服，越到高空，空气越稀薄。地球上所有的热量都来自太阳，太阳出来后，它的热量到达地面，把地面照得暖烘烘的；地面再把热量传递到空气中去，空气也变得热乎乎的。经常有小朋友嚷嚷"热得连空气都发烫了"，这还真没说错，的确是这样。高山上的空气稀薄，自然热量就少。如果说平地上的空气厚度像一件大棉袄，高山上的空气厚度就像一件薄T恤，有热量也留不住。

还有一个现象也很奇怪，有人说，山顶离太阳更近，直接接受的热量更多，应该会更热啊，为什么反而更冷了呢？这个问题的答案就更简单了。地球上最高峰的高度也只有8000多米，而地球和太阳的距离是多少呢？约1.5亿千米！与这个遥远的距离相比，这点高度实在不算什么。也就是说，太阳照在地面上的热量和照在高山山顶上的热量是差不多的，所谓的"热量更多"只是人们的想象，事实并非如此。

冬天要想保暖，还是要穿上厚厚的衣服，可不能像有些叔叔阿姨那样，为了追求"风度"而被冻感冒了啊。

藏在古诗词里的博物课

里的

的

人文器物

安迪斯晨风 著

人民邮电出版社

北京

图书在版编目（CIP）数据

藏在古诗词里的博物课. 人文器物 / 安迪斯晨风著
. -- 北京：人民邮电出版社，2022.2（2022.3重印）
ISBN 978-7-115-57714-6

Ⅰ. ①藏… Ⅱ. ①安… Ⅲ. ①古典诗歌-诗歌欣赏-
中国-儿童读物②风俗习惯-中国-儿童读物 Ⅳ.
①I207.2-49②K892-49

中国版本图书馆CIP数据核字(2021)第217259号

内 容 提 要

　　我国拥有着悠久、厚重的博物学传统，从春秋战国时期的《山海经》《诗经》到西晋的《博物志》，大量的中国古代博物学家对山川、草木、鸟兽、虫鱼、风土、人情等都做了深入的解读。

　　古诗词则是我们给孩子打开这个神秘东方博物世界的一把钥匙，因为它们不仅用灵动鲜活的笔墨给我们现代人展示了艺术的魅力，更盈溢着古代文人对大自然细致入微的观察力。在他们的笔下，山川有了色彩，动植物有了神韵，亭台楼榭也都有了独属于自己的味道。

　　本书精选了120首传诵度广、知名度高的古诗词，以其中涉及的自然和人文现象为切入点，融合科普与人文知识，以幽默生动的语言，为孩子们打开一扇深入了解古人生活，观察大自然万事万物的大门。

◆ 著　　　　　安迪斯晨风
　　责任编辑　　朱伊哲
　　责任印制　　陈　犇

◆ 人民邮电出版社出版发行　　北京市丰台区成寿寺路 11 号
　　邮编　100164　　电子邮件　315@ptpress.com.cn
　　网址　https://www.ptpress.com.cn
　　雅迪云印（天津）科技有限公司印刷

◆ 开本：700×1000　1/16
　　印张：34　　　　　　　　　　　　2022 年 2 月第 1 版
　　字数：489 千字　　　　　　　　　2022 年 3 月天津第 2 次印刷

定价：179.80 元（全 4 册）

读者服务热线：(010)81055296　印装质量热线：(010)81055316
反盗版热线：(010)81055315
广告经营许可证：京东市监广登字 20170147 号

目录

问刘十九

古人没有暖气和空调，靠什么取暖？

问刘十九

【唐】白居易

绿蚁新醅酒^①，红泥小火炉。
晚来天欲雪，能饮一杯无^②？

注释

① 绿蚁新醅（pēi）酒：酒是新酿的酒。新酿的酒未滤清时，酒面会浮起酒渣，色微绿，细如蚁，称为"绿蚁"。

② 无：表示疑问的语气词，相当于"么"或"吗"。

译文

我家新酿的米酒还未过滤，酒面上泛起一层绿渣，用红泥烧制的烫酒用的小火炉也已准备好了。

天色阴沉，看样子晚上要下雪，能否留下与我共饮一杯？

你知道吗？

　　白居易的晚年过得非常潇洒，他经常邀请好友一起饮酒作诗、游山玩水。有一年冬天，白居易酿出了自己喜爱的酒，他想这酒是自己辛辛苦苦酿出来的，一个人享用太没意思了，得邀朋友来一起畅饮，再说数九寒冬这么冷，人多了凑在一起也能暖和点啊！想来想去，刘十九在附近住，不如去找他。刘十九见到白居易很开心，本来自己也闲来无事，能和知心朋友一起饮酒笑谈也是人生一大幸事。于是二人开怀畅饮，直至天明。

诗词大侦探

古人没有暖气和空调，靠什么取暖？

　　北京故宫是我国古代明清两代的皇宫，吸引了全世界的游客前去参观。踏进故宫，最让人吃惊的是那些巨大的宫殿，那么高、那么大，空空荡荡的，夏天倒是挺凉快，可是冬天古人住在里面不冷吗？他们用什么办法取暖呢？

　　有人说靠跺脚，有人说生火炉，都不对。你肯定猜不到，故宫用的是原始版的"中央供暖系统"——火墙和火道。

　　在建造宫殿的时候，皇宫里的火道四通八达，形成了一个强大的供暖系统。冬天一到，这个系统就会全面开启，燃烧煤和木炭产生的热量通过火道到达各个房间，产生的烟雾则从烟囱排出。

这么巨大的宫殿会消耗很多的煤和木炭。史料记载，在明万历年间，一次殿试就用了大约一千斤的木炭，可见平时皇宫的木炭消耗量是多么巨大。

在天寒地冻的东北，普通人对这套中央供暖系统进行了简化，只保留火道，这样暖和的床叫"火炕"。冬天，人们白天在火炕上做活计，晚上在火炕上睡觉，不再下地干活，这种行为被称作"猫冬"。

不过清代开始才流行起火炕，在发明火炕之前，皇宫里为了御寒也是动了一番脑筋。大概在西汉时期，皇宫就有了调温房，即所谓的"椒房殿"，这是皇后住的宫殿。建造椒房殿时，工人们在房屋的墙壁上涂抹捣碎的花椒花朵的粉末，制成保温层，在地上铺上西域进贡的毛毯，再围上大雁毛做成的帷幔。据说椒房殿的保暖效果非常好，哪怕外面大雪纷飞，房间里也温暖如春。

上面这些奢华的取暖方式都是王公贵族使用的，对普通百姓来说，主要的取暖器具是火盆、炉子，其中手炉、足炉、熏炉是古人冬天最常用的取暖器具。宋朝还有一种特殊的取暖器具，叫作"汤婆子"，又称"锡夫人""汤媪""脚婆"，类似于今天的热水袋。汤婆子是用锡或者铜制成的椭球状或南瓜状的瓶子，上方开口带有瓶帽，从口子里灌进热水，临睡前放在被子里可以暖被窝。

古代也有快递员吗？

春望

【唐】杜甫

国^① 破山河在，城春草木深。

感时^② 花溅泪，恨别鸟惊心。

烽火连三月，家书抵万金。

白头搔更短，浑^③ 欲不胜^④ 簪。

注释

① 国：国都，指长安城。

② 感时：为时局而感伤。

③ 浑：简直。

④ 胜：能够承受，禁得起。

6

长安城沦陷，国家破碎，只有山河依旧；春天来了，长安城里草木茂盛。

感慨于时局，看到花开而潸然泪下，内心惆怅怨恨，听到鸟鸣而心惊胆战。

战事已经延续了一个春天，家书难得，一封抵得上万两黄金。

愁绪缠绕，白发越搔越短，简直要插不住簪子了。

你知道吗？

唐天宝年间爆发了安史之乱，长安城沦陷。当时杜甫还在四川成都，他安顿好家人后，一个人去灵武投效唐肃宗，在路上不幸被叛军俘虏，并被押解到沦陷后的长安城。因为之前并没有担任过重要的官职，所以他很快恢复了自由。战乱时期，长安城在诗人眼里已不再是市容整洁、井然有序，而是杂草丛生、破败不堪。诗人在目睹了长安城萧条零落的景象后，百感交集，写下了这首诗，表达自己内心的痛苦和对和平生活的美好向往。

诗词大侦探

古代也有快递员吗？

每年的5~6月，海南的荔枝开始成熟。如果你想吃荔枝，只需在手机上下单，几天后，快递员就把新鲜的果子送上门了。古代也有为人们传递包裹、信件的驿站等设施，不过速度没这么快，因为我们现在都是用飞机、汽车运输货物，古代只有步行、骑马和船运这些方式，速度要慢得多。

在我国古代，为传达文书设置的专门机构一般称为"邮"或"驿"。需要注意的是，"邮"和"驿"是两种不同的机构，"邮"可以供旅客住宿，

其工作人员需要长期在当地办公，负责宣发政令，有时候还要协助当地官员擒拿盗贼；"驿"的作用则主要是保存马匹和干粮，只有驿使才能在这里住宿。为了追求速度，"快递员"往往是马休人不休，他们到达驿站后吃口饭、喝口水、换一匹马就立即启程，有时候甚至连脸都来不及洗，更别提美美地睡上一觉了。

　　隋朝时开凿了贯通南北的大运河，水路快递开启，快递的业务范围扩大，"快递员"更忙了。当时人们要是想念远方的亲人，可以写封信或者打包个小礼物交给"快递员"带过去。

　　除此之外，人们开始流行用快递运送水产、水果。住在长安城的杨贵妃喜欢吃荔枝，快递机构就快马加鞭一刻不停地把荔枝运送过来，"一骑红尘妃子笑，无人知是荔枝来"说的正是这件事。

秋浦歌十七首·其十五

【唐】李白

白发三千丈，缘愁① 似个长。

不知明镜里，何处得秋霜。

译文

白发长达三千丈，是因为愁才长得这样长。不知在明镜之中，是何处的秋霜落在了我的头上？

你知道吗?

秋浦,诗人李白曾 3 次游历于此,并留下了 70 多首作品。这个唐代池州郡的小县城,在今天的安徽省,因有秋浦水而得名。李白所作的《秋浦歌十七首》则为这个小县城增添了风采。这一组作品感情深厚,从不同角度歌咏了秋浦的山川风物,也流露出李白忧国伤时和悲叹身世的情感。

诗词大侦探

古人脱发了怎么办?

小朋友们,你们上学时有没有注意过教室或过道的墙壁上挂着的名人画像呢?那些画像中的名人大多是老子、孔子等圣贤。端详这些画像,你会发现这些古代的圣贤几乎都有一个共同特征,就是头发稀少。实际上,饱受脱发困扰的古人可不少呢,如杜甫说"白头搔更短,浑欲不胜簪",苏轼说"新沐头轻感发稀",白居易说"沐稀发苦落,一沐仍半秃",等等。

脱发严重影响形象,跟现代人一样,古人绞尽脑汁,想了很多办法来解决脱发问题。

苏轼因为脱发去看了大夫,大夫告诉他:多梳头,散发睡觉,保证睡眠充足,减少熬夜,就能防止脱发。至于这位大文豪有没有做到,我们就不知道了,倒是看到他写了不少类似《记承天寺夜游》《赤壁赋》这样记叙熬夜外出游玩的文章。

魏文帝曾经下令让太医制造防脱发的药物，太医用马脖子上的毛以及其他中药材熬制成膏状生发剂——马鬃膏，曹丕将其涂在头皮上按摩后再洗掉，据说效果非常好。

也有一些人，因为贫穷请不起大夫，或者是治疗达不到效果，就只有想办法把头皮盖住，比如戴帽子、包头巾。

明代和清代的妇女们常用一种叫"抹额"的束发带，抹额压在头上，即使发际线后退也看不出来。抹额的样子就像网球运动员戴在头上的运动头带，在清朝嫔妃们的画像中能看到它。

除了以上办法，还有一个大招：用假发遮盖。我国很早就有了用来装饰头发的假发。古时男女老少都留长发，假发藏在头发里很隐蔽，不会显得突兀。古人用马鬃和真发制作假发，用时直接插在头上即可。古人还会用纸和木头制作假发，他们先把纸或者木头削成发髻的形状，再染黑，用时把假发髻顶在头上，用头发缠绕并包裹住，这样能显得头发十分茂密。

对付脱发太麻烦了，所以我们还是早睡早起多运动，积极锻炼保健康吧！

村居

古人为什么要放风筝？

村居

【清】高鼎

草长莺飞二月天，拂堤杨柳醉春烟①。
儿童散学归来早，忙趁东风放纸鸢②。

注释

① 春烟：春天水泽、草木等蒸发形成的雾气。

② 纸鸢（yuān）：一种纸做的形状像老鹰的风筝。鸢，老鹰。

译文

农历二月，青草渐渐发芽生长，黄莺飞来飞去，轻拂堤岸的杨柳陶醉在春天的雾气中。

村里的孩子们早早就放学回家，趁着东风赶紧把风筝放上蓝天。

你知道吗？

清朝末年，外敌入侵，高鼎来到了一个尚未被战乱波及的小乡村，以教书为生。因为饱受战乱之苦，来到这个祥和、安宁的乡村后，高鼎非常愉快，在这里过上了向往已久的日子。当时正值春天，是万物复苏的季节，高鼎便将自己在村中的所见所闻写入诗中，表达自己对春天的赞美以及对和平生活的热爱。

诗词大侦探

古人为什么要放风筝？

你肯定知道"站得越高，看得越远"的道理，比如站在高楼上，你能看到小区的样子；站在山顶上，你能看到整个城市的样子；坐在飞机上，你能看到山川大地的样子。古人也很想看到更多的东西，可是他们没有飞机，倔强的古人怀着对天空的向往，用竹篾做骨架，用宣纸糊翅膀，做出了当时飞得最高的东西——风筝。

风筝飞翔的原理和纸飞机类似。把一张纸折叠几次，做成一个纸飞机，然后对它吹一口气，再将它使劲扔出去，纸飞机就歪歪斜斜地飞走啦。气流能托起物品使它飞翔，这一点古人很早就发现了。风筝在古代又称为"纸鸢"，就是利用这个原理做成的。

据说受纸鸢的启发，聪明能干的工匠鲁班发明了能在天上飞的木鸢。这只用木头做的鸟可以载人，士兵可以乘着它从空中侦察敌人的情况，以获取情报，可见它简直就是古代版的侦察机。也有古书记载说最早的风筝是张衡做的木鸟，张衡用羽毛装饰这只木鸟，还在它的肚子里面装了机械装置，能飞好几里。但这种神奇的机械，只存在于传说中。

风筝能借助风力飞行很远，人们有时会用它传递消息。南朝梁武帝被围困在宫中时，他想办法放出一个风筝，希望有人看到消息能来解救他。不幸的是他没有成功，风筝被敌人发现后用箭射下来了。

这些故事并不完全可信，不过在唐代以前，风筝一般被看作具有测量、通信等军事功能的工具，但作用很有限。唐代以后，风筝的军事功能逐渐消失，变成了一种娱乐器具。

春天来了，到野外放风筝、呼吸新鲜空气，不仅是一项快乐的活动，也可以起到锻炼身体的作用。还有些医书说放风筝对训练儿童的视力有好处，可以明目。

如今，放风筝成为一项全球性的群众体育运动。我国山东潍坊的"风筝节"每年都会吸引全世界的风筝爱好者来此一决高下，成为国际文化交流的盛会，这正应了孔子的那句话："有朋自远方来，不亦乐乎。"

将（qiāng）进酒

【唐】李白

君不见黄河之水天上来，奔流到海不复回。

君不见高堂① 明镜悲白发，朝如青丝暮成雪。

人生得意须尽欢，莫使金樽空对月。

天生我材必有用，千金散尽还复来。

烹羊宰牛且为乐，会须② 一饮三百杯。

岑夫子，丹丘生，将进酒，杯莫停。

与君歌一曲，请君为我倾耳听。

钟鼓馔玉③ 不足贵，但愿长醉不愿醒。

古来圣贤皆寂寞，惟有饮者留其名。

陈王昔时宴平乐，斗酒十千恣欢谑。

主人何为言少钱，径须沽取对君酌。

五花马④ 、千金裘⑤ ，呼儿将出换美酒，与尔同销万古愁。

① **高堂：**高大的厅堂。一说指父母，但不合诗意。

② **会须：**应当。

③ **馔（zhuàn）玉：**像玉一样珍美的食物。

④ **五花马：**一种名贵的马，毛色作五花（或说把马鬃修剪成5个花瓣）。

⑤ **千金裘：**珍贵的皮衣。

你难道没有看见，那黄河之水犹如从天上来，波涛翻滚直奔东海从来不会往回流。

你难道没有看见，在高堂上面对明镜，深沉悲叹那一头白发，早晨还是青丝到了傍晚却变得如雪一般。

人生得意之时就要尽情地享乐，不要让金杯无酒空对皎洁的明月。

上天造就了我的才干就必然是有用处的，千两黄金花完了也能够再次获得。

且把烹煮羔羊和宰牛当成快乐的事情，如果需要也应当痛快地喝三百杯。

岑勋，元丹丘，快点喝酒，不要停下来。

我给你们唱一首歌，请你们倾耳细听。

山珍海味的生活算不上珍贵，只希望能醉生梦死而不愿清醒。

自古以来圣贤都是孤独寂寞的，只有会喝酒的人才能够留下美名。

陈王曹植当年设宴平乐观，喝着名贵的酒纵情地欢乐。

你为何说我的钱不多？只管把这些钱用来买酒一起喝。

名贵的五花良马，珍贵的千金皮衣，快叫侍僮拿去统统换来美酒吧，让我们一起排遣这无尽的忧愁！

你知道吗？

一般认为这首诗是李白在天宝年间离京后，漫游梁、宋，与友人岑勋、元丹丘相会时所作。此时，诗人的政治生涯已经结束，他备受打击，常常借饮酒来发泄胸中的积郁。于是，他多次与友人岑勋到嵩山另一好友元丹丘的颍阳山居做客，三人登高宴饮，借酒放歌。此时，距唐玄宗将李白"赐金放还"已有多年。人生快事莫若置酒会友，李白又正值"抱用世之才而不遇合"之际，于是借酒兴诗情，抒发满腔不平之气。

古人的酒量到底好不好？

小时候，我常去奶奶家玩，奶奶家没有糖果，没有薯片，但她会用自己亲手酿造的米酒招待我。米酒冰凉甘甜，我想王母娘娘的玉液琼浆大概就是这个样子的。可是奶奶很"小气"，每次只给我喝一点点。有一次趁大人不注意，我偷偷揭开米酒缸的盖子，用手抓了一小块米团吃了起来，米团同样美味可口，我吃了一块，又吃了一块，……最后爸爸在米酒缸边找到了醉倒在地的我。

奶奶做的米酒就是古人喝的真正的"酒"，传说中夏朝的国君杜康发明了它，杜康因此成为酿酒业的保护神。酿酒只需要酒曲、一点清水和一些大米，非常简单。把大米蒸熟后加入发酵用的酒曲，装入坛子中，将坛子盖好，放置一两天后，就能得到酒。绍兴的花雕酒、湖北的黄酒等知名的酒，其酿造原理都是如此。

这种用简单工艺酿造的酒，酒精度很低，一般只有五六度。宋代科学家沈括曾说，汉代的酒不过"粗有酒气"而已。相比之下，我们今天喝的白酒，酒精度可达四五十度。这么算来，今天的一杯酒相当于古代的5~10杯。所以，武松连饮18碗酒，还没有醉倒过去，仍旧能打死老虎，很可能是因为酒的酒精度不够高。

古人的酒量之所以有很大水分，还因为古今的量度是不同的。东汉时的一升，差不多是今天的200毫升，相当于小可乐瓶的容量。唐朝时的1升是比较大的，是300~600毫升，跟大可乐瓶的容量差不多。照这

样算，杜甫的《饮中八仙歌》记载李白的酒量为一斗，按今天的计量单位来算还不到 10 瓶啤酒。

看到这里，你是不是以为穿越到了古代，哪怕是小朋友也可以放开肚皮喝酒了？这样的话，你就会像我一样醉倒，因为这些发酵酒还有一个特点：后劲足。由于入口甘甜，人们会麻痹大意，在不知不觉中大量饮用，等到酒劲上来就会浑身无力，沉醉不醒。

高酒精度的白酒在元代以后才出现，人们将发酵后的酒进行多次蒸馏，从而提取出高纯度的酒液，就这样，酒的酒精度得到了提高，很多酒的酒精度可以达到 40 度以上，最高的甚至达到了 60 度~70 度。所以元代之后，一个人动不动就喝好几百杯酒的情况就很少见到了。

宣州谢朓（tiǎo）楼饯别校书叔云

【唐】李白

弃我去者，昨日之日不可留；

乱我心者，今日之日多烦忧。

长风万里送秋雁，对此可以酣高楼。

蓬莱文章建安骨，中间小谢又清发。

俱怀逸兴壮思飞，欲上青天览明月。

抽刀断水水更流，举杯消愁愁更愁。

人生在世不称意，明朝散发① 弄扁舟② 。

24

注释

① **散发：**不束冠，意谓不做官。这里是形容狂放不羁。古人束发戴冠，散发表示闲适自在。

② **弄扁（piān）舟：**乘小舟归隐江湖。扁舟，小舟，小船。

译文

弃我而去的昨天，早已不可挽留。

乱我心绪的今天，使人无限烦忧。

万里长风，送走一行行秋雁，面对美景，正可在高楼酣饮。

先生的文章颇具建安风骨，又不时流露出小谢诗风的清秀。

我们都满怀豪情逸兴，飞跃的神思像要去往高高的青天，摘取那皎洁的明月。

拔刀断水水却更加汹涌，举杯消愁愁情却更加浓烈。

人生在世不能称心如意，不如披头散发，登上一叶扁舟。

你知道吗？

天宝十二年（公元753年）的秋天，李白来到宣州（今安徽），他的一位朋友李云正要离开此地谋生。为饯别这位为官刚正、不畏权贵的亲友，李白不仅请他登楼喝酒，更是写下此诗言志。在这首诗中，李白的浪漫气质显露无遗，诗中并不直言离别，而是将豪言壮语、怀才不遇之情都写了出来，表达了对黑暗社会的强烈不满和对光明世界的执着追求。

在游泳馆里，小朋友们和爸爸妈妈们玩得兴高采烈，有的从高台上跳下来，有的从滑梯上冲下来，有的被浪头推得东倒西歪。玩着玩着，你的好奇心来了：不管你怎么击打水、划开水、阻挡水，它都会自动合拢，这是为什么呢？

其实，这是一个非常复杂的物理现象，叫水分子的内聚力。

打个比方，水分子就像一个个小朋友，水是由无数个水分子构成的，就像一个班级是由几十个小朋友共同组成的。

水分子相互之间有一种吸引力，这种吸引力使它们被分开后又会合拢到一起去。就像你和同学、老师在操场上集合时被一阵大风吹散，大风过后，你会自然而然地去找自己的同学、老师，跟他们会合，你们聚在一起又组成了一个班集体。

可能马上有小朋友会想到，稀泥被划开后也能合拢，这也是一样的道理吗？是的，世界上所有物质的分子间都存在吸引力，这种吸引力被称为"内聚力"。那为什么石头被分开后不会自动合拢呢？因为不同的物质，分子间存在的内聚力不一样，分子间距离越小，内聚力越大。就像小朋友们在一起感情越好，越容易团结到一起。

如果你有机会到美国的西海岸，进入红杉林，你会发现自己被"巨人们"包围了。这里有全世界最高的树——北美红杉，它们中最高的那一棵有40层高楼那么高。我们住在高楼上，水是先被水泵抽上去再分流到我们的家中的，那水杉是怎么把水送到树顶的呢？这其实也是内聚力的作用。

高温把叶片中的水分蒸发掉，叶片失水后，便从下部吸水，所以水柱一端总是受到向上的拉力，与此同时，水柱本身的重量又使水柱下降，

诗词大侦探

为什么水被划开以后，立刻就能合拢？

因为有内聚力的作用，水柱紧紧抱在一起，不会被两股力量拉开，水就源源不断地输送到了树顶。

内聚力让我们看到的物质能保持一定的形状，不会散开。想象一下，如果物质没有内聚力会怎样呢？

那就没有水，没有油，没有液体，只有气体了。我们能在空气中游泳吗？显然不能，那夏天就不能玩水，只能吹冷气了。更麻烦的是没有水喝，难道去喝西北风吗？此外，世界上也会没有砖、没有房子、没有动物和植物，甚至没有人，一切固态的物质都没有。没有内聚力，这个世界就不存在了。

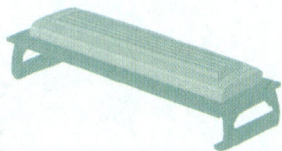

听筝

【唐】李端

鸣筝金粟① 柱，素手玉房② 前。
欲得周郎③ 顾，时时误拂弦。

① 金粟（sù）：古时也称桂为金粟，这里是指弦轴细而精美。

② 玉房：玉制的筝枕。房，筝上架弦的枕。

③ 周郎：三国时吴将周瑜。他 24 岁为大将，时人称其为"周郎"。他精通音乐，听人奏错曲时，即使喝得半醉，也会转过头看一下奏乐者。时人称："曲有误，周郎顾。"

金粟轴的古筝发出优美的声音，那素手拨筝的女子坐在玉房前。为博取周郎的青睐想尽了办法，你看她故意多次拨错琴弦。

你知道吗？

安史之乱期间，李端写了大量的写实作品，表达了对这场战争的不满。那时的李端还是少年郎，没有进入朝堂，一腔热血、朝气蓬勃，少有大历十才子的吟风咏月之态，也很少写那些矫揉造作的诗句。后来经过两次科考，李端成为朝中一员，他深感岁月蹉跎，但又不能将心中的愤懑直接抒写出来，只好借一些典故表达自己的心声。

为什么周郎能听出乐曲弹错了？

每到学期结束，学校和班级都会评选"三好学生"，所谓"三好"，是指品德好、学习好、身体好。这个荣誉称号是"好孩子""好学生"的同义词，它的评价标准跟古代评价好学生的标准差不多。从3000多年前的周朝开始，贵族子弟的教育中，诗、书、礼、乐就是主要的内容，并称"四术"。诗是诗词，书是古籍，礼是礼仪，乐是音乐。

古人为什么这么重视音乐教育呢？这得从孔子说起。孔子自己就是一位音乐爱好者，据说他被美妙的韶乐所打动，3个月都品不出肉味。他的教育理论第一次把音乐的审美标准提到了美、善统一的高度，认为音乐有教化人的心灵的作用，一位君子的综合素养就体现在他所谱出的音乐旋律上。

周瑜就是这样一位文武双全、精通音律的君子。即使他多喝了几杯酒，有些醉了，只要演奏稍有一点儿错误，也一定瞒不过他的耳朵。每当发现错误，他就要回过头看演奏者，用眼神提醒演奏者：弹错了。因此有两句歌谣唱道："曲有误，周郎顾。"

周瑜是吴国大将，他 24 岁当上吴国最高军事指挥官，33 岁时指挥赤壁之战，以少胜多，击败曹操大军，奠定了三国分立的基础，决定了历史的走向。同时他具有极高的音乐天赋，音乐鉴赏水平很高。别的官员有了成绩得到的奖赏都是财物，周瑜打了胜仗后，吴王孙策作为周瑜的"发小"、好朋友，赏赐他鼓吹乐队。这也是孙策借机向周瑜示好：我懂你喜欢什么。

再说回"周郎顾"，周瑜为什么用眼神示意演奏者弹错了，而不是当场指出他的错误呢？这正是谦谦君子高尚品德的表现：善意提醒，不让人难堪。小朋友们，当你们看到别人犯错时，是不是也要学会善意提醒呢？

登岳阳楼

【唐】杜甫

昔闻洞庭水，今上岳阳楼。

吴楚东南坼①，乾坤日夜浮。

亲朋无一字，老病有孤舟。

戎马关山北，凭轩② 涕泗流③ 。

注释

① 坼（chè）：分裂。

② 凭轩：靠着窗户。

③ 涕泗流：眼泪和鼻涕禁不住地流淌。

译文

以前就听说洞庭湖波澜壮阔，今日终于如愿登上岳阳楼。

浩瀚的湖水把吴楚两地分隔开来，整个天地仿佛在湖中日夜浮动。

亲朋好友们音信全无，只有一只船陪伴年老多病的自己。

关山以北的战争仍未止息，靠着窗户遥望，我不禁涕泪横流。

你知道吗？

　　杜甫写这首诗时已经到了晚年，当时他经济拮据，居无定所，到处漂泊，处境十分艰难。当来到岳阳，登上期待已久的岳阳楼，面对波澜壮阔的洞庭湖时，他发出了由衷的赞叹，进而又想到了自己多灾多难的国家，想到了自己漂泊不定的晚年，不免心生感慨，于是写下了这首《登岳阳楼》。

诗词大侦探

古代诗人用什么擦眼泪和鼻涕？

　　和有的小朋友一样，很多古代诗人还挺爱哭的，动不动就"涕泪横流"。比如，屈原看到百姓的生活太艰苦，便"长太息以掩涕"；饱经战乱的杜甫听说唐军收复了重要失地，就"涕泪满衣裳"。那么，你知道古代诗人用什么擦眼泪和鼻涕吗？

　　唐朝有个诗人写过"掩涕每盈巾"，这里的"巾"指的是佩巾。从西周起，贵族们洗完脸后，旁边就有人递手巾擦手。甲骨文中，"巾"的字形像一条两头下垂的织物，可佩戴在衣服上。巾既是擦汗或擦东西的实用品，也是一种装饰品。挂在腰间的刀叫佩刀，挂在腰间的玉叫佩玉，挂在腰间的手巾就叫佩巾。

佩巾的作用跟现在的手帕差不多，可以用来擦眼泪和鼻涕。那要是忘记带佩巾怎么办呢？古代诗人最常用的办法就是用袖子擦。

唐代诗人岑参在《逢入京使》中写道："故园东望路漫漫，双袖龙钟泪不干。"诗人思念家乡涕泪涟涟，两只袖子都用上了还擦不干，可见诗人流了多少眼泪和鼻涕啊。其实将衣袖当手巾、手帕，用以拭泪、擦汗、遮面等都是古人的常见行为。白居易的《长恨歌》中"君王掩面救不得"之"掩面"、《琵琶行》中"满座重闻皆掩泣"之"掩泣"，均是以衣袖擦涕泪的意思。

如果哭得太厉害，衣袖不够擦眼泪和鼻涕，还可以用上衣襟、衣裳。宋朝诗人张舜民的《紫骝马》中有"忽然涕泪满衣襟"，"衣襟"在古代指交叉的领子，后亦指上衣的前幅。白居易在诗中写过"座中泣下谁最多？江州司马青衫湿"，可见他用衣裳擦了眼泪和鼻涕。看来诗人们沉浸在悲伤气氛中时，不管三七二十一，随手揪起衣服就擦，卫生习惯并不怎么好。

如果不想弄脏衣服，战国诗人屈原提过一个就地取材的办法，"揽茹蕙以掩涕兮"，就是拔一把柔软的蕙草揩拭眼泪。

到了明清时期，纸张作为宫廷生活用品较为普遍地被宫廷中的人使用。还有一种细软的白棉纸被有钱人家用作手纸，上厕所、擦鼻涕，用完即丢，和我们现在用的手纸的功能差不多。

这下你明白了吧，很多古代诗人随意用衣服擦眼泪和鼻涕，是因为那个时候还没有便宜的纸巾。现在有了便宜、好用的纸巾，我们可要养成讲卫生的好习惯呀！

夜雨寄北

古人用什么照明？

夜雨寄北①

【唐】李商隐

君问归期未有期，巴山夜雨涨秋池。

何当② 共剪西窗烛③，却话巴山夜雨时。

注释

① 寄北：写诗寄给北方的人。诗人当时在巴蜀地区（今四川省），他的妻子在长安，所以说"寄北"。

② 何当：何时将要。

③ 剪西窗烛：形容深夜秉烛长谈。剪烛，剪去燃焦的烛芯，使烛光明亮。后人将"剪烛西窗"用作成语，使用对象也不限于夫妇，有时也用于表现朋友间的思念之情。

你问我回家的日期，归期难定，今晚巴山下着大雨，雨水已涨满秋池。

什么时候我们才能秉烛长谈，追述今宵巴山夜雨中的思念之情。

你知道吗？

李商隐坎坷的仕途使他醉心于创作歌颂真挚感情的诗篇，这反而成就了李商隐的爱情诗在中国古典诗歌中独特的地位。与其他浪漫主义诗歌不同的是，李商隐的诗所抒发的感情，往往都源自现实生活中真实的感情经历。一年秋天，李商隐滞留巴蜀，无所依靠，分外想念家乡，他只能通过对巴山夜雨秋景的描写，表达他流落异乡时对家乡和妻子的深切思念。

我们在夜晚常常要用电灯、路灯来照明，灯火通明的时候，深夜也亮如白昼。但是爱迪生发明电灯已经是19世纪的事情了，那么更早的时候，人们用什么来照明呢？

在原始社会，照明完全依赖火焰，人们用小木棍取得火种后，直接用火种点燃柴火，这就是我们所说的篝火。不过这种照明方式有很大的弊端：火焰是暴露在外面的，很容易受到风的影响，具有很大的安全隐患，而且气味难闻，很容易导致中毒。

到了商代，随着青铜器铸造技术水平的逐渐提高，用于照明的器皿产生了，这种器皿叫作"镫"（dēng）。人们可以把火苗放到器皿中，从此照明的安全性大大加强。

战国时期出现了油灯，主要是靠燃烧动物油脂来照明，比如牛油、羊油等。但动物油脂昂贵，普通老百姓根本买不起。

有人或许会问：为什么不点蜡烛呢？这是因为蜡烛比动物油脂还贵。相传蜡烛是在汉朝时期作为贡品传入我国的。蜡烛的蜡分为两种，一种是蜂蜡，也叫黄蜡，是工蜂腹部的分泌物；另一种是白蜡，是白蜡虫的分泌物。由于制作蜡烛的材料不容易获得，所以蜡烛只有贵族才能使用。相传在西晋时期，富豪石崇家里烧的不是柴火，而是蜡烛，他以此来炫耀自己的富贵。普通百姓用不起蜡烛，也用不起动物油脂，只能烧植物油，点油灯。更穷一些的人家，连油灯都用不起，所以才有"凿壁偷光"的故事。

当然，如果是古代的有钱人，他们什么样的灯都能用得起。为了美观，他们还让工匠制作了各种各样的灯台，有石制的、金属的、木制的，造型多样。拥有各式灯台的灯不仅仅是生活用具，更是精美的工艺品。最出名的当属西汉的长信宫灯，其被称为"中华第一灯"，精妙的环保设计理念在现代仍然领先。

诗词大侦探

古人用什么照明？

笛子和箫有什么不一样？

夜上受降城闻笛

【唐】李益

回乐烽① 前沙似雪，受降城② 外月如霜。
不知何处吹芦管，一夜征人尽望乡。

注释

① 回乐烽：烽火台名。在西受降城附近。一说，当作"回乐峰"，山峰名，在回乐县（今宁夏灵武西南）。

② 受降城：唐初名将张仁愿为了防御突厥，在黄河以北筑受降城，分东、中、西三城，都在今内蒙古自治区。另有一种说法是，贞观

二十年（公元646年），唐太宗亲临灵州接受突厥一部的投降，"受降城"之名即由此而来。

回乐烽前的沙地洁白似雪，受降城外的月色有如深秋白霜。不知何处吹起凄凉的芦笛，惹得出征的将士整整一夜都在思念家乡。

你知道吗？

李益曾经前后5次出塞，有过长达数十年的边塞生活，所以他对边塞非常了解。不少边塞将士都是年纪轻轻就离开了家乡，许多年都没能与家人团聚。他们忠于职守，是战争让他们变得坚强，看起来如同那厚实的城墙一样坚不可摧。但是，一首曲子却让他们乡愁顿起，泪如雨下，原来故乡和亲人依然是他们心中最深的牵挂。

从历史时期来说，笛子是迄今为止发现的最古老的汉族乐器。在新石器时代，人们把动物的骨头钻孔制成骨笛，这就是最早的笛子。黄帝时期产生了竹笛，战国时期南方的笛子在外形、音律上已经和我们现在使用的笛子十分相似了，可谓历史十分悠久。而箫的产生时期和笛子的产生时期大致相同，其雏形是一种骨哨。在虞舜时期产生了新的箫的种类，叫作排箫。排箫如同它的名字一样，是由好几个律管排在一起组成的，它也是音乐界的"老前辈"了。

虽然都是很古老的乐器，但笛子和箫的音色有很大区别，听音色很容易分辨二者。笛声清脆悦耳，高亢嘹亮；箫声则比较低沉浑厚。因为音色不同，从表达的情感上来说，箫声一般更加婉转悲凉。相传楚汉之争时期，张良在山上用箫吹奏楚调，箫声凄婉哀伤，楚国的士兵听到自己家乡的音乐，都按捺不住思乡之情，军心大乱，最终楚军因此兵败，项羽也在乌江自刎。苏轼在《赤壁赋》中这样描述箫声："如怨如慕，如泣如诉，余音袅袅，不绝如缕。"箫声低沉又凄婉，寄托了吹箫者的无限心绪。

笛子与箫在音色上的不同和二者内部的结构有关，尽管二者大多以竹子、玉为原料，但是它们内部的结构是有差别的，笛子需要笛膜才能够吹响，而吹响箫则不需要膜。此外，二者的孔数也不同，常见的笛子有 6 个孔，箫则有 6 个孔或 8 个孔，八孔箫是现代改良版本。

相传东晋文学家、书法家王羲之离京外出游历，在船中听说桓伊经过。他一向仰慕桓伊的笛艺，便派人请求桓伊吹奏一曲。桓伊也久闻王羲之的大名，于是欣然下车为王羲之吹奏了著名笛曲《梅花三弄》。一曲终了，桓伊便离去了。两人虽然没有见面，却已经将对方当成心意相通的挚友，可见笛声可以拉近人们心灵上的距离。

笛声清脆悠扬，穿透力强；箫声幽静典雅，令人回味无穷。笛子与箫都是吹管乐器中璀璨的明珠，吹奏者用它们吹奏出的不仅仅是乐曲，更是无穷的情思。

相见欢

【五代】李煜

林花谢了春红，太匆匆。无奈朝来寒雨晚来风。

胭脂泪①，相留醉，几时重②。自是人生长恨水长东。

注释

① 胭脂泪：原指女子的眼泪，女子脸上搽有胭脂，泪水流经脸颊时沾上胭脂的红色，故有此说法。在这里，胭脂是指林花着雨后的鲜艳颜色，指代美好的花。

② 几时重（chóng）：何时再度相会。

译文

姹紫嫣红的花儿转眼已经凋谢，春光未免太匆忙。也是无可奈何啊，花儿怎么能经得起那凄风寒雨昼夜摧残呢？

着雨的林花娇艳欲滴，好似那美人的胭脂泪，花儿和惜花人相互留恋，什么时候才能重逢呢？令人遗憾的事情太多，人生就像那东逝的江水，不休不止，永无尽头。

46

你知道吗？

李煜原是南唐皇帝，南唐被宋吞并后，李煜被押解到汴京（今河南开封），成了阶下囚。李煜在牢房里，想到了自己悲惨的命运，心里非常愁苦，终日以泪洗面。看到春天花红柳绿的景色，他的内心更加伤感：花草有春天，我的春天在哪里啊！他将自己内心的愁与恨写成了这首词，表达自己无可奈何的惆怅之情。

诗词大侦探

古代的化妆品是用什么做的？

现在的人们喜欢"纯天然"，不仅食物要纯天然，化妆品也要纯天然。其实在很早以前，我国爱美的女性就已经开始用纯天然的化妆品了。不过，这些纯天然的化妆品并不都是健康的，为什么呢？看完这份"古代贵妇化妆指南"你就明白了。

第一步，洗脸。古时候没有洗面奶，一些家庭条件还不错的人会用淘米水洗脸，据说它不仅可去污渍，还具有滋润、美白皮肤的作用。更有钱的人家里用得起肥皂——以皂角为原料制作而成的珍贵清洁用品，它能把脸洗得干干净净，还能去除油脂，在古代可不是人人都能用得起的。

第二步，搽粉。一开始，纯天然的粉还是非常健康的。人们先把米研碎，做成米粉，接着把米粉和水掺在一起，用一个圆形的粉钵把这种液体存放起来，使其沉淀。最后将沉淀物放在太阳下暴晒，晒干后之后再加入一些香料粉末，这就是香粉，它能起到一定的美白作用。但是，米粉做的香粉不够白，上妆效果不够好。更有钱的人可以选择购买西域生产的胡粉，这种粉是用铅白做的，比香粉的美白效果好得多，人在使用后，皮肤看起来会更白皙娇嫩。但铅有毒，常年使用必然会红颜尽丧。

第三步，涂胭脂。搽粉之后，必须涂一些胭脂，不然会显得气色不好。古代医书《肘后备急方》中介绍了一个方法：取一只刚刚生出来的鸡蛋，凿开一个小孔，把里面的蛋黄挖出，只留下蛋白，再灌入一定量的朱砂粉末，摇匀之后用蜡封好。等到同一批小鸡孵出来之后，这种胭脂也就算做好了。朱砂，又叫辰砂，是一种天然形成的矿物质。听起来这种配方是很健康的，可实际上朱砂里面含有大量的汞，这种物质有剧毒。可是古代的红色颜料非常宝贵，贵妇们也不知道这种物质有毒，就把它涂到了脸上。

后来，古人也渐渐注意到使用这些用有毒物质制作的化妆品最后只会让自己的皮肤变差，所以他们想出了改良的办法，就是用深色的花瓣做胭脂。用花瓣做成的胭脂是真正的草本精华，也就是我们说的"纯天然"。

寻南溪常山道人隐居

【唐】刘长卿

一路经行处，莓苔见履痕①。
白云依静渚②，春草闭闲门。
过雨看松色，随山到水源。
溪花与禅意，相对亦忘言。

注释

① 履痕：一作"屐痕"，木屐的印迹，此处指足迹。

② 渚（zhǔ）：水中的小洲。一作"者"。

译文

一路上经过的地方，青苔小道留下足迹。

白云依偎安静沙洲，春草环绕道院闲门。

新雨过后松色青翠，循着山路来到水源。

看到溪花心神澄静，凝神相对默默无言。

你知道吗？

　　刘长卿是盛唐向中唐过渡时期的一位杰出诗人，刘长卿的生平一直都是个谜，据说他是历经四朝的老臣，但他的仕途十分坎坷，一直不受重视。随着年纪和阅历的增长，他开始寄情山水，求仙问道。有一天，诗人到山中去拜访道士，敲门无人应答，诗人就在他的居所附近寻找，仍未如愿。但是诗人并没有失望，因为他此行本就是为了寻找内心的宁静。莓苔、白云、春草……山中的美景令他流连忘返，他从美景里悟出了禅意，便写下此诗，记录自己的所思所想。

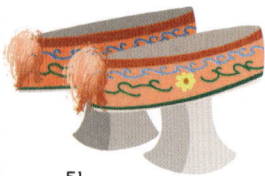

如果你生活在 5000 年前，你可能只有一种鞋子可穿——皮鞋，而且是百分之百的真皮皮鞋，你可以用细皮条将它们绑着裹在你的脚上。随着制作工艺的改进，皮鞋做得越来越能贴合脚部的弧线，人们就给这种皮鞋起了一个名字叫"靴"，意思是有长筒的鞋子。我国新疆楼兰遗迹出土的羊皮靴，制作于距今 4000 多年的时代，不仅是中国迄今为止发现的最古老的鞋子，也是世界上最古老的鞋子。

皮靴之后，出现了用麻、葛、草、丝做的鞋子，鞋子的样式、做工已十分考究，鞋子的颜色、材料、图案都有了严格的等级划分。比如你是富家子弟，就可以穿漂亮的丝织鞋子，鞋子上面还可以绣不同的图案；但如果你只是普通的平民百姓，就没有资格穿这样的鞋。官员也是这样，不同级别的官员，只能按规定穿指定款式。在最重视礼仪的周王朝，甚至设置了一个官职叫"屦人"，专门管理周天子和王后等人的鞋子穿着事宜。总之，在等级制度严格的古代社会，鞋子是不可以乱穿的，你再喜欢也不行。

古代的侠客、隐士似乎都喜欢穿草鞋，如"竹杖芒鞋轻胜马，谁怕？一蓑烟雨任平生"中的"芒鞋"就是草鞋，朴素的草鞋被认为是品质高洁的象征，但其实也是很多穷人无奈的选择。

想穿"内增高"的人如果想穿越到古代，我的建议是到魏晋南北朝去，因为那时流行穿木屐。木屐由木板和水屐带组成，木板底下有两条突起的"齿"。木屐有点类似现在的人字拖，目的是供人雨天在室外行走，垫高鞋底，使脚不会被弄湿。东晋宰相谢安得知前方战事得胜，过门槛时激动得忘记抬脚，把屐齿都折断了，说明木屐在那时已是居家常用物品了。木屐后来传入日本，在日本流行至今，在一些传统节日里，女孩子穿和服，着木屐，在樱花树下行走，是一道优美的风景。满族妇女的花盆鞋和木屐类似，但鞋子下面小上面大，人穿着时会颤颤巍巍，想穿花盆鞋的小朋友要先把基本功练好才行。

临安春雨初霁

古人喝的茶，
和现在的奶茶差不多？

临安春雨初霁^①

【宋】陆游

世味年来薄似纱，谁令骑马客京华^②。

小楼一夜听春雨，深巷明朝卖杏花。

矮纸斜行闲作草，晴窗细乳^③戏分茶^④。

素衣莫起风尘叹，犹及清明可到家。

注释

① 霁：雨后或雪后转晴。

② 京华：京城的美称。

③ 细乳：茶中的精品。一说指烹茶时浮起的乳白色泡沫。

④ 分茶：宋元时煎茶之法。注汤后用箸搅茶乳，使汤水波纹幻变出种种形状。

54

如今的世态人情淡淡的像一层薄纱，谁又让我骑马来到京城做客沾染繁华？

住在小楼里听了一夜的春雨声，明日一早，深幽的小巷便有人叫卖杏花。

铺开小纸从容地斜写着草书，小雨初晴后，在窗边细细地煮水、沏茶、撇沫，试品好茶。

不要叹息那京城的尘土会弄脏洁白的衣衫，清明时节还来得及回到镜湖边的山阴故居。

你知道吗？

　　62岁的陆游写的这首诗，没有表达壮怀激烈的爱国忧民之心，没有表达寄梦抒怀的悲愤、凄切之情，没有写优美、淳朴的乡村生活，也没有缅怀爱情、追思往日幸福的伤感。诗人少年时的意气风发与壮年时的豪情，都随着岁月的流逝一去不复返了。虽然他光复中原的壮志未衰，但已经有心无力。当时的南宋朝廷依然要求陆游出仕做官，并召他到临安（今浙江杭州）面见皇上，他住在西湖边等候皇帝召见时，游览了西湖春景，写下了此诗。

一开始，人们认为茶叶是一种草药。茶叶最初的饮用方法，也和草药的饮用方法差不多。小朋友们有可能见过需要用砂锅熬制的中药。这些中药需要被研磨成粉末，在砂锅里熬煮一段时间后趁热喝下去。茶叶也是如此，千百年来古人一直喝的是茶叶粉末做成的茶汤，到了唐朝，茶叶被碾得更加细碎，添加的佐料更多，有盐、葱、姜或橘皮等。煮好的茶叶被古人用一柄长长的勺子分盛到各人的杯子里，品茶者连茶渣带茶汤一起喝下去，古人称之为"吃茶"。直到后来，茶的发展走上了两条截然不同的道路。

一条路是"琴棋书画诗酒茶"的茶。以茶学家陆羽为代表的文化派，对煮茶时添加佐料的方式感到痛心疾首。陆羽认为，品茶应品茶的本味，煮茶时只需要用清水和茶叶，通过对水质的选择、水温的控制以及器皿的搭配，把茶叶最本质的味道激发出来；品茶之后，人们不仅会产生味觉上的愉悦，还会产生精神上的愉悦。在文人笔下，这种精神上的愉悦超越了真实存在的口感，成了一个人境界的象征。茶道就这样兴起了。再后来，煮茶演变为泡茶，泡茶的文化内涵越来越丰富，至今仍是东方文化形象的代表之一。

另一条路是"柴米油盐酱醋茶"的茶。生活在西北的少数民族，历来有喝青砖茶的习惯，不知在什么时候，一位主妇把唾手可得的牛奶加入茶汤，一份浓香四溢的奶茶就这样诞生了。奶茶里有盐，有酥油，还可以放炒米等，他们早上喝，中午喝，晚上还喝。这并不是夸张的说法，游牧民族以肉食为主，肉食难消化，而且缺少绿叶蔬菜，茶能起到补充营养的作用。

随着对外贸易的开展和中西文化的交流，英国王室率先迷上了这种来自东方的神秘饮料。在下午的休闲时段，英国王室成员用从中国进口的漂亮的白瓷壶，泡上一壶浓浓的正山小种红茶，再加入牛奶、糖，配上点心，这便是下午茶的来历。所以，现在我们喜爱的各种充满现代气息的茶饮品，其实都是古代的茶的翻版啊。

诗词大侦探

古人喝的茶，和现在的奶茶差不多？

游山西村

古人没有导航仪，
出门靠什么认路？

游山西村

【宋】陆游

莫笑农家腊酒浑，丰年留客足鸡豚^①。

山重水复疑无路，柳暗花明又一村。

箫鼓追随春社^②近，衣冠简朴古风存。

从今若许^③闲乘月，拄杖无时夜叩门。

注释

① 豚：小猪，这里指猪肉。

② 春社：古代把立春后第五个戊日作为春社日，在当天祭社神（土地神），祈求丰收。

③ 若许：如果这样。

译文

不要笑农家腊月里酿的酒浑浊，丰收的年景，农家待客的菜肴非常丰盛。

山峦重叠、水流曲折，正担心无路可走，柳绿花红间忽然又出现一个山村。

吹着箫、打起鼓，春社日已经临近，布衣素冠，淳朴的风俗依旧保留着。

今后如果还能趁着月明来闲游，我随时会挂着拐杖来敲你的家门。

你知道吗？

南宋朝廷只想守成不变，过没有战争的太平日子，可是陆游认为要主动出击抵御外敌，恢复中原。陆游不愿与官场同流合污，便辞官回家了。回家以后，他仍然心系前线战事，为不能效忠国家感到苦闷。这种苦闷的情绪，只有在家乡的山水中才能得到纾解。在家乡，他感受到了生活的宁静和美好，也感受到了久违的和平与安定，于是写下了这样一首富有哲理的诗。

诗词大侦探

古人没有导航仪，出门靠什么认路？

我们现代人，听说哪里有好吃的好玩的，哪里又新开了游乐园，用手机一搜就找到了。古人没有手机，没有导航仪，他们出门靠什么认路呢？

传说黄帝在和蚩尤大战的时候发明了指南车，虽然这只是传说，但是它也说明了古人辨别方向最主要的一种方式是依靠指南针。

战国时期，人们发现磁铁石有磁性，就模仿北斗七星的样子，用磁铁石打磨出了可以指引方向的司南，司南呈勺形，勺柄直指南方。司南

安装在车上，就有了司南车；安装在船上，就是航海罗盘。

但这些东西都只能指个大概方向，古人又发明了地图，图上有山川、河流、居民居住地、道路等基本信息，人们根据地图上的提示就不容易走错路了。

先秦的古书中就有关于地图的记载。我们能见到的最早的地图是湖南省长沙马王堆墓出土的 3 幅画在布上的极其珍贵的地图，它们距今有 2100 多年的历史了，比之前被认为是世界上最早的罗马帝国的地图还早 300 多年。

有了这些导航工具，古人越走越远。明朝产生了中国古代、也是当时世界上规模最大的海上探险活动——郑和下西洋，郑和的船队浩浩荡荡地远航西太平洋和印度洋，最远到达东非。郑和利用"过洋牵星术"导航，利用这种技术要综合运用星象、罗盘、潮汐等知识，经过复杂的计算后就能精准地得出船队所在的方位，正所谓"牵星为准，所实无差"。

认路还有一个办法是看天上的星星。星象都有固定的位置，其中最有名的是北斗七星，7 颗星星组成了一个像古代舀酒的斗的形状，它们在不同的季节出现于天空不同的方位，人们看到它就能辨明方向了。

不过，司南、地图对老百姓来讲太过昂贵，利用"过洋牵星术"和看星星又需要比较好的眼力和丰富的天文学知识，不是随随便便就可以办到的。古人出行还有一个简单有效的办法：沿着大路，一直往前走。自秦朝起，官方陆续建起了四通八达的全国交通干线，沿途配有休息处，供应粮草食物。很多武侠电影中，好人和坏人总是在驿站决斗，因为驿站是天南海北的陌生人的交集之地。驿站一般坐落在城镇、村落附近，问路也比较方便。因此，对外出的古人来说，认路并不是一件很困难的事情。

闻官军收河南河北

古人也喜欢唱歌吗?

闻官军收河南河北

【唐】杜甫

剑外①忽传收蓟北②，初闻涕泪满衣裳。

却看妻子愁何在，漫卷诗书喜欲狂。

白日放歌须纵酒，青春③作伴好还乡。

即从巴峡穿巫峡，便下襄阳向洛阳。

注释

① 剑外：剑门关以南，这里指诗人所在的蜀地。

② 蓟（jì）北：泛指唐朝蓟州北部地区（今河北北部地区），当时是叛军的根据地。

③ 青春：春天。

剑门关外忽然传来收复蓟北的消息，刚刚听到时涕泪沾满衣裳。回头看妻子和孩子哪还有一点忧伤的样子，胡乱地卷起诗书欣喜若狂。

白天我放声高歌、痛饮美酒，趁着春光明媚与妻儿一同返回家乡。就从巴峡穿过巫峡，经过襄阳后直奔洛阳。

你知道吗？

杜甫写这首诗的时候，安史之乱已接近尾声，唐军节节胜利，收复了大片失地，叛军被全部消灭，朝廷逐渐恢复了秩序。杜甫当时正流落在四川，饱受战乱之苦。当他听闻这个大快人心的消息后喜极而泣，多年来的忧苦之情一扫而空。家中充满了欢乐的气氛，妻子和孩子与杜甫一样激动。在那一刻，杜甫似乎已经看到国家安定、百姓幸福的场面，而他和妻子、孩子也终于可以回京城，不用在漂泊动荡中度日了。在这样的情景下，杜甫怎能不将这种喜悦表达出来呢？

诗词大侦探

古人也喜欢唱歌吗？

我们在心情愉快的时候，就会不知不觉地哼起歌来。电视节目中的歌手也会唱歌，有的时候还会边唱边跳。那么，古人也喜欢唱歌吗？

其实，早在几千年前，古人就在做同样的事情了。他们也会唱歌，只不过他们当时认为唱歌有更为重要的作用。在夏朝，古人一边唱歌，一边跳舞，通过这种方式来祭拜祖先，所以当时的歌又叫作"祭歌"。当时的人们不仅喜欢唱歌，还觉得自己非唱歌不可，因为这和来年的风调雨顺有关，万万耽误不得。

在周朝、春秋战国时期，人们仍旧喜欢唱歌，只不过他们唱歌的方式没有那么正式了。唱歌从人和神之间的沟通，变成了人和人之间的对话。人们运用唱歌的方式来表达情感，比如表现爱情、亲情、尊敬之情、百姓之苦楚等。相比平铺直叙的文字，歌更加易于传颂和表达感情。甚至一些古代的劳动号子，后来也演变成了歌。

不过，也不是所有的歌都那么讨人喜欢。比如，周朝后期有的君主听起了"郑风"，也就是郑地的民歌，不再听"雅乐"，这让孔子十分气愤。像"郑风"这种不符合礼法的音乐，在古代被称为"靡靡之音"，甚至会被看作亡国的征兆。

随着时代的发展，人们对音乐的态度更加宽容。在唐朝晚期，人们把有着诗歌韵律的长短句配合乐曲唱了出来，这就是后来大家在课本里见到的宋词的雏形。诗人们、官员们都可以听歌女演唱这些曲子，哪怕曲子的词写得非常艳丽，这些曲子也不会被认为是亡国之音。

在宋代，这种可以演唱的词已经非常普遍，即使是大家闺秀听一听，也无伤大雅。比如著名的才女李清照出身贵族家庭，她不仅自己写词，对其他作家的词也非常熟悉。

送杜少府之任蜀州

【唐】王勃

城阙① 辅三秦② ，风烟望五津。

与君离别意，同是宦游人。

海内存知己，天涯若比邻。

无为在歧路③ ，儿女共沾巾。

注释

① 城阙（què）：城楼，这里指长安。

② 三秦：长安城附近的关中地区，即今陕西省潼关以西一带。秦朝末年，项羽破秦，把关中分为三区，分别封给 3 个秦国的降将，所以称三秦。

③ 歧（qí）路：岔路口。古人送行时常在大路分岔处告别。

三秦护卫着巍巍长安，透过那风云烟雾遥望着蜀州。

和你离别心中怀着无限情意，因为我们同在宦海中浮沉。

四海之内有知心朋友，即使远在天边也近如比邻。

绝不要在岔路口上分手之时，像恋爱中的青年男女那样悲伤得泪湿手巾。

你知道吗？

王勃因为非常有才华，16 岁就入朝为官了。他在京城的名气非常大，结交了很多的朋友。有一年，王勃的一位姓杜的朋友因为工作调动要去遥远的四川，再见不知是什么时候，于是在朋友离京这天，他一直将朋友送到城外。王勃写下这首送别诗，一是告别朋友，二是劝朋友不要过于悲伤，只要他们是知心朋友，就算相隔千里，彼此的心也近若比邻。

古人用手绢吗？

手绢是我们很多人小时候随身携带的必备物品。感冒了用它揩鼻涕，跑出汗了用它擦去汗水，吃完饭擦擦嘴，摔跤了用它掸掸灰，玩"丢手绢"的游戏时，它更是必不可少的"主人公"。手绢的用处这么多，你知道它是什么时候出现在人们的生活中的吗？

每天早上我们都要洗脸，在两千多年前的先秦时期，人们也要每天洗脸，他们使用的毛巾当时称为"巾"。汉朝以后，巾不仅限于在洗脸时使用，还成为一种随身携带的物品，位于新疆的东汉古墓中就发现了

诗词大侦探

蓝白印花手巾。汉乐府诗《孔雀东南飞》中有"阿女默无声，手巾掩口啼"之句，说明当时的女孩子会随身带着手巾，哭的时候可以用手巾掩住嘴巴，也可以擦眼泪。

到了唐朝，手巾有了进一步的发展，被称作"手帕"。帕，本是古代束额的头巾，又称为"抹额"，像运动员的束发带。许多古壁画中都有系着红抹额的士兵，红抹额是当时武人习用的一种装束。这种裹头之物，俗称为"帕子"。

手帕是类似于帕子的物件，所不同的是它一般置于手掌之中。据记载，杨贵妃夏天爱出汗，于是把汗擦在汗巾上。手帕的质地大多为丝、罗、纱、绢，故而又有丝巾、罗帕、手绢之称。但是丝质品既不吸汗也不吸水，并且弄脏后很难清洗。明朝棉布出现后，手绢改为棉质，实用功能更强了。

过年为什么要放爆竹？

元日

【宋】王安石

爆竹声中一岁除，春风送暖入屠苏^①。
千门万户曈曈^②日，总把新桃^③换旧符。

注释

① 屠苏：屠苏酒。饮屠苏酒是古代过年时的一种习俗，大年初一全家合饮
这种用屠苏草浸泡的酒，以驱邪避瘟疫，求得长寿。

② 曈（tóng）曈：形容太阳出来后天色渐亮的样子。

③ 桃：桃符。古代农历正月初一时，人们在桃木板上写上神荼、郁垒两位
神灵的名字，悬挂在门旁，用来压邪。

在爆竹声中，旧的一年已经过去，迎着和暖的春风开怀畅饮屠苏酒。

初升的太阳照耀着千家万户，都把旧的桃符取下换上新的。

你知道吗？

王安石写这首诗的时候，国家内部面临经济危机，边境面临外族的不断侵扰，值此内忧外患之时，皇帝任命王安石为宰相，希望他能使国家摆脱危机。王安石没有辜负皇帝的期望，他提出了自己变法的政策，并且向皇帝保证，变法一定能够把国家变得富强。新年，王安石联想到变法开始的新气象，有感而发创作了此诗，表达了对变法成功的强烈信心。

诗词大侦探

过年为什么要放爆竹？

在我国，过年时人们喜欢放爆竹。在腊月三十到正月十五之间，我们总是能听到爆竹发出噼里啪啦的声音，这已经成了过年的象征。那么过年为什么要放爆竹呢？

相传在远古时期，我们的祖先曾遭受一种凶猛暴戾的怪兽的威胁，这种怪兽叫"年"。年平时生活在海里，到了冬天缺乏食物时，就会闯入村庄，猎食人和牲畜，百姓十分惶恐，只好扶老携幼躲到山里，生怕被年抓住。后来有一年，村子里来了一个老乞丐，他教会了大家用爆竹吓走年，从此之后，大家再也不需要躲到山里去了。一到过年，家家户户都放起爆竹，喜气洋洋地留在村里过年。

但这个传说是很晚才出现的。最初，"年"这个字的甲骨文字形像一株禾苗，本意指禾苗成熟一次的时间，并不是什么怪兽的名字。

过年放爆竹的历史，可比"年"久远多了。早在南北朝时期，就有一本记载楚地风俗的书写到人们会在过年的时候放爆竹，驱除恶鬼。至于恶鬼叫什么名字，书里没有说。后来，宋朝有人说，过年时人们驱逐的这种恶鬼就是山魈（xiāo）。

不仅放鞭炮的原因有发展变化，制作爆竹的材料也经历了一个发展变化的过程。有人认为过年放爆竹起源于古代的庭燎礼仪。庭燎是烧柴的意思，南方多竹，如果用竹子代替柴去烧，一定会爆响，这便是最早的爆竹。后来火药出现了，人们将硝石、硫黄和木炭等填充在竹筒内燃烧，产生了新一代"爆竹"。硝石、硫黄都是制作火药的材料。到了宋代，中国民间开始普遍用纸筒裹着火药用麻绳编成串做成"编炮"，这就与现在的爆竹十分相像了。

与爆竹类似的是烟花，烟花的产生其实是爆竹制作工艺精进的一种表现，它在爆竹原有的成分上，又添加了其他成分，使其变得五颜六色，能够直冲云霄。中国的烟花制造技术在世界上遥遥领先，早在宋代就已经十分流行在重大节日放烟花，明清时期更是如此。

到了现代，我们已经不相信过年的时候人们会遭到怪兽或恶鬼的袭击，放爆竹只不过是图个热闹。现在为了环保，很多城市已经禁止在市区燃放爆竹了。也许对于现在的人来说，最重要的还是保护生态环境、保障人身安全。

芙蓉楼送辛渐

【唐】王昌龄

寒雨连江① 夜入吴，平明② 送客楚山孤。

洛阳亲友如相问，一片冰心③ 在玉壶④ 。

注释

① 连江：雨水与江面连成一片，形容雨很大。

② 平明：天刚亮。

③ 冰心：像冰一样晶莹、纯洁的心。

④ 玉壶：自然、无为、虚无之心。

冷雨连夜洒遍吴地，清晨送走你后，我独自面对着楚山离愁无限。

到了洛阳，如果洛阳亲友问起我来，就请转告他们，我的心依然像玉壶里的冰那样晶莹、纯洁。

你知道吗？

王昌龄被贬到南京后，与辛渐结识，并且与他建立了深厚的友谊。有一天，王昌龄在得知辛渐将要到洛阳赴任时，预感今后很难与对方相见了，于是竟也收拾了自己的行李，想多送朋友一程。他们两人从南京一路走到了润江（今江苏省镇江市），王昌龄写下此诗送给好友，二人才在当地著名景点芙蓉楼依依不舍地分别了。

诗词大侦探

古人为什么爱戴玉佩？

玉石是一种珍贵的矿物质，从古至今常作为首饰和装饰物出现在人们的生活中。玉石颜色纯正，质地硬脆，赏心悦目，与钻石相比显得低调、不张扬，所以常常被用来形容人的品德或外表，比如，形容君子彬彬有礼，我们会说"温润如玉"，而形容淑女的美丽，我们会说"亭亭玉立"。

古人相信玉石有神奇的保健功效，如汉武帝就曾向道教高人询问长生之法，高人告诉他可以食用金丹和玉屑，这玉屑就是玉石磨成的粉末。虽然李时珍的《本草纲目》中也记载了这种奇特的药物，说服用它可以让身体变得轻盈，还可以延年益寿，但科学研究发现玉石这类矿物质并不能被人体吸收，所以其保健功效也就无从谈起了。

除了食用玉屑，古人还喜欢将玉石做成项链、手镯或者玉佩戴在身上。除了好看，这样做还有另一个原因，就是古人相信玉石能保佑平安，消灾解厄。《山海经》里说"君子服之，以御不祥"，意思是君子在衣服上佩戴玉石，可以预防不祥之事。《本草纲目》里也提到一种除"鬼气"的玉石药方。但其实我们知道，科学研究发现世界上并没有鬼；既然没有鬼，玉石也就不存在除"鬼气"这种功效了。

还有一种说法认为，玉佩如果突然碎了，就说明玉佩替主人抵挡了一次灾祸。这也是迷信的说法。玉石是一种硬度很高的石头，我们知道一般硬度高的材料，脆性也很强，或者说韧度会相对比较低，也就是说更加易碎。玉石就是一种很易碎的物质，轻易不会变形，但遇到较严重的磕碰就会碎，所以玉佩碎掉是很正常的现象。

其实玉石的功效寄托的都是人们的美好愿望，人们希望赋予珍贵的物品更多的价值。好比人参这种药材，在传说中能治百病，但科学研究让我们明白，病与病之间有很大的不同，包治百病的药物是不存在的。玉石也是这样，既然它已经能带给人们美的体验，又何必强求它有"辟邪"之类的功效呢。

墨梅

古代的墨
是怎么制成的?

墨梅

【元】王冕（miǎn）

我家洗砚池^① 头树，朵朵花开淡墨痕。
不要人夸好颜色，只留清气满乾坤。

注释

① 洗砚（yàn）池：写字、画画后洗笔、洗砚的池子。王羲之有"临池学书，池水尽黑"的传说，这里化用了这个典故。

译文

我家洗砚池边有一棵梅树，朵朵开放的梅花都像是用淡淡的墨汁点染而成。
它不需要别人夸奖它的颜色好看，只是要将清香之气留在天地之间。

你知道吗？

　　王冕生性爱自由，一生未做官，只爱游山玩水。他在结束一次长途漫游后回到家乡，给自己盖了一处住所。他酷爱梅花，就给住处起名为"梅花屋"，自称"梅花屋主"。王冕虽然从来没有做过官，但是却目睹了朝廷的黑暗和官场的腐败，这些经历使他的心情久久不能平静。他写下此诗，以梅花自喻，表达了自己不向世俗妥协的高尚品格。

诗词大侦探

古代的墨是怎么制成的？

　　考古学家发现，原始人挺爱"臭美"，他们用尖刺在自己的皮肤上刻上了各种美丽的花纹；为了让花纹更醒目，他们还学会了用墨给花纹上色，就像现在的小朋友们玩填色游戏一样。后来，人们不再以用墨在皮肤上涂涂画画为美，因为墨被用在了刑罚之中。古代罪犯遭受的"墨刑"，就是在罪犯脸上刺字，然后涂上墨，让他们一辈子都洗不掉。墨刑是一种残酷的刑罚，一直到清朝才废除。当然，墨也有十分美好的一面，遇到大作家、大画家的作品，人们恭恭敬敬地称之为"墨宝"，这是极高的赞誉。

　　那么，古代的墨是怎么制成的呢？

　　最初的墨，是煤炭和松木熏成的烟灰。除此之外，也有别的材料可以用来制墨，如石煤加水磨成汁，叫石墨；松煤熏的烟灰，用小刀刮下来，或用羽毛扫下来，叫烟墨。这类墨时间长了容易掉色，聪明的古人就往里面加一点漆，使墨不仅颜色鲜艳，而且着色更加持久。

汉代之后，烧火制墨的工艺越来越成熟。人们开始使用松树烧制木炭，制作墨块。这种墨块不仅颜色漆黑，而且带有一种松枝的香气，十分受人欢迎。为了把烧出的墨粉凝结在一起形成墨块，人们最初用手捏合，后来改用模具，这样做出来的墨块墨质更坚实。当时陕西终南山附近的松树多、质量好，用那种松木烧制的烟墨极为有名。

后来制墨技术越来越先进，墨的质量也越来越好。明朝时制墨工艺基本成熟，此时制墨大概分为 3 个步骤。先是配料，通常配置鸡蛋白、鱼皮胶、牛皮胶和各种香料、药材。然后是捣练，将烟料和配料放入铁臼中，用棍子捣呀，捣呀，捣呀，……直到这些珍贵的原料凝结成一团黑乎乎的墨团。最后，把又湿又软的墨团分成小块，放入铜制模具或木制模具中，压成墨锭。这些墨锭可是很讲究的，有各种不同的形状——长方形、圆形、椭圆形、半月形、圆柱形、鸟兽形，上面还印着各种有吉祥寓意的花纹，有十二生肖、松、凤、鹤、鱼、鸟、花等。《红楼梦》里面，元春就曾经给过贾母这样的墨锭。

笔、墨、纸、砚被称为中国古代的文房四宝，它们共同书写和见证了灿烂的中华文明的发展，其自身也富有独特的东方气质，令人十分着迷。

渭城曲

古人外出旅行要带什么东西？

渭城[1] 曲

【明】靳（jìn）学颜

春风送客渭城西，折柳亭[2] 前落日低。
骢（cōng）马渐随尘影没，黄鹂飞上戍楼[3] 啼。

注释

① **渭城：** 位于今陕西省咸阳市。

② **折柳亭：** 借指送别之地。

③ **戍楼：** 边防驻军的瞭望楼。

译文

在春风里，我将朋友送到了渭城以西，走到折柳亭的时候已是黄昏。

友人骑着骏马渐行渐远，隐没在飞扬的尘土里，黄鹂鸟飞上瞭望楼，啼鸣不止。

你知道吗？

这一年春天，靳学颜要送别友人，因为这一别不知何日再见，他就一直将朋友送到渭城外。临别之际，两人找了一个小亭子，一边喝酒一边聊天。靳学颜回想起两人一起生活的日子，又想到即将分别，心里惆怅不已。眼看着天就要黑了，而朋友还有很远的路要赶，靳学颜就目送友人离去，他内心感慨万千，于是写下此诗，表达自己的不舍之情。

古人外出旅行要带什么东西？

"你挑着担，我牵着马……"《西游记》记述了唐僧师徒的"旅游"故事。唐僧、孙悟空、猪八戒、沙僧4个人的行李要用马驮、肩挑，他们都有些什么家当呢？从故事里我们看到有换洗衣服、吃喝用的饭钵、经书、通关文牒，还有针头线脑等。幸好有神通广大的孙悟空在，唐僧才不用带生火做饭的工具，饿了就让孙悟空翻个跟斗出去化缘。

普通的古人外出旅行可就没这么方便了。

有一幅古画《春游晚归图》，图中一位官员骑着马，随行的仆人中，有人背着遮阳的大帽子，手捧着书包；有人扛着茶几；有人扛着靠椅；有人提着放杂物的竹笼；还有人挑着扁担，扁担一头是行李，一头是燃着的炭火，上面还温着热水或茶。

我们今天读到的大诗人李白的许多雄伟瑰丽的诗篇，都是他在游历途中的所感所思。不过李白的浪漫性格使他不擅长做准备工作，他常常在半路上就把钱花光了，然后就从行李中摸出一件貂皮大衣换酒喝。"五花马，千金裘，呼儿将出换美酒"，这种潇洒的生活，普通人即使羡慕也是学不来的。

宋代的大作家沈括就要谨慎得多，他在《梦溪忘怀录》里正儿八经地把古人旅行之前需要准备的东西列成了以下清单。

第一个人挑吃穿用品。左边筐子是衣箧，里面放衣服、被子、枕头、盥（guàn）漱用具、洗脸和洗脚的毛巾、药、热水、梳子。右边筐子是食物盒，里面要装盘子、果子碟、酒瓶、水瓢、酒杯、小盒子等，还要带一些烧饼之类的干粮，以备在山上不能生火的时候吃。

第二个人挑的筐子，左边的装纸、笔、墨、砚、剪刀、书籍、碗碟、筷子、刀子、水果，右边的装琴、围棋盘、围棋子、茶叶和茶杯。

此外，还有一些杂物：小斧子、砍刀、挖药的锄头、蜡烛、柱杖、雨靴、雨衣、斗笠、伞、砂锅、煮茶壶、油筒。

总之，出门旅行不是三两天能结束得了的，衣、食、住、行方面的用具全得带上。古人的教育提倡"读万卷书，行万里路"，读书人不能宅在家里死读书，还要出门游历增长见识。所以旅行是件正经事，值得古人花大工夫去准备。

作为古代的职业旅行家们，他们的准备工作更为充分，光是药品就有"熟艾、大黄、芒硝、甘草、干姜、蜀椒"等"居家旅行必备良药"。笔、墨、纸、砚更是必不可少的物品，徐霞客诗兴大发，或是看到什么新奇好玩的景致时，都会利用文房四宝将所思所想、所见所闻记下来。小朋友们如果感兴趣的话，也可以自己找相关的游记看一看！

『啸』是一种什么声音？

竹里馆

【唐】王维

独坐幽篁① 里，弹琴复长啸。
深林人不知，明月来相照② 。

注释

① 幽篁（huáng）：幽深的竹林。

② 相照：与"独坐"相应，意思是左右无人相伴，唯有明月似解人意，偏
来相照。

译文

独自闲坐在幽深的竹林中，一边弹琴一边高歌长啸。

我在幽深的竹林中无人知晓，只有一轮明月静静地与我相伴。

你知道吗？

　　王维曾在朝为官，但因看不惯官场的腐败，就辞官而去，与山间的清风、明月为伴。终南山下的隐居生活对晚年的王维来讲是十分快乐的，他曾说："晚年惟好静，万事不关心。"他常常独自坐在幽深的竹林之中，弹着古琴涤荡胸怀。在写这首诗时，王维似乎有些寂寞，但他真的寂寞吗？并不是。对于他来说，在竹林之中，有明月这样的知音相伴，也算是一种慰藉了。

诗词大侦探

"啸"是一种什么声音？

　　古文中有一种神秘的声音叫"啸声"，武侠小说里面也有侠客会发出"长啸"。这种声音往往被认为是潇洒的表现，仿佛只有很洒脱的人才可以啸。那么，啸究竟是一种什么样的声音呢？有人把它想象为一种口哨声，或者是一种喊声，到底对不对呢？

　　"啸"这个字原来是指自然界发出的尖细的声音，比如刮风的声音。有人考证说，"风萧萧兮易水寒"的"萧"就是啸声。后来人们把动物的长吼也称为啸，如"虎啸猿啼"。总之，音量很大又有摄人魂魄的力量的声音，就统称为啸。

　　后来，人类也想发出这种了不起的声音。汉朝的"新华字典"——《说文解字》里面说：啸就是吹出的声音，也就是哨。但这种啸还不仅仅是噘着嘴发出的声音，还能表达一定的感情。比如《诗经》里面说"之子归，不我过。不我过，其啸也歌"，大概意思是，你去了别的地方，再也不来找我了，我就会发出啸声。所以啸声最初包含着悲伤的情感。

啸的特点是没有固定音律，也没有乐谱，完全由人随心发声。在魏晋时期，啸突然受到了名人雅士们的热捧，成为一种类似流行音乐的艺术形式。这些名人雅士在大自然中放松身心，自由自在地创作，把啸声推上了艺术舞台。

晋代名士成公绥写过《啸赋》，他把啸分成 3 种。

第一种只用嘴，叫蹙（cù）口啸。啸者只能用唇齿发出声音，旋律优美。有时候，啸者还得配合着有歌词的吟唱，达到一种自唱自和的效果。

第二种得用手指或者手掌帮忙，叫指啸。啸者将手掌放在嘴边，形成一个扩音喇叭的形状，同时，还得把手指放在嘴边，啸的时候吹出的气流摩擦手指，发出有旋律的声音。登高远望的时候，指啸最适合抒发情感。

第三种就是两个人或者几个人群啸，即相合啸。实际上这就是啸中的大合唱，需要啸者默契配合，声音要有层次。高超的相合啸，得像一个交响乐队发出的声音一样。

从此，啸声就作为一种艺术被名人雅士们传承发扬，并成为衡量个人修养的一个标准。史载诸葛亮在隐居期间就常和朋友们进行啸声比赛。大文豪苏轼说"何妨吟啸且徐行"，这种潇洒的风姿，令人神往。

所以别小看啸声，它可是寄托了古人的很多感情！

咏镜

古代的镜子
能照清楚人吗？

咏镜

【唐】骆宾王

写① 月无芳桂② ，照日有花菱。

不持光谢③ 水，翻将影学冰。

注释

① 写：仿效，描写。

② 芳桂：古人把月亮上的阴影联想为嫦娥、玉兔、桂树。

③ 谢：逊让，不如。

译文

镜子很像月亮，但没有桂树的阴影；与太阳相比，镜子又多了外缘的八瓣菱花。

水波摇晃不定，反射光线不如镜子那样恒定，镜中的影像是如此清晰，就像晶莹的冰块。

94

你知道吗？

　　骆宾王很小的时候就因为一首《咏鹅》而闻名天下，但他没有像方仲永那样"泯然众人矣"，而是努力读诗书，后来果然成为一位非常有才华的诗人。就在骆宾王读书成才，准备为国家效力的时候，他迎来了女皇武则天的登基。骆宾王无法接受这个皇帝，因为她得到皇位的手段不是那么光明正大。这首《咏镜》就是骆宾王表达自己冰清玉洁，不与依附权贵者同流合污的心境的作品。

诗词大侦探

古代的镜子能照清楚人吗？

　　我们每天早上起床后洗脸、刷牙、梳头，都要照镜子；爸爸妈妈开车送小朋友去幼儿园，车子必须有后视镜；科学家观察细菌，要用显微镜；……现代社会一刻也离不开镜子。古人也要照镜子，不过，那时候镜子主要用来照衣冠，也就是看看帽子戴端正没有，衣服穿得整不整齐，没有现在这么多用途。

　　最早的镜子其实就是一个大盆，装了水可以照见人。为了跟普通的盆区别开来，人们给这个盆专门取了个名字——"鉴"。这样的镜子肯定照不清楚人，又反光，又总是晃动，非常不好用。后来古人发现有些平滑、光亮的石头可以照出人影来，石头经过抛光打磨后，清晰度稍微高一点，但也没法跟咱们现在的镜子比。

到秦朝的时候，人们才开始大量铸造铜镜。工匠们对纯铜和锡严格配比，进行冶炼熔化，再灌入一个模子中，冷却后取出毛坯，最后在表面涂锡、汞，这样就制成了可以当作镜子用的日用品。用这种方法造出来的镜子，又耐用，又好看，还方便携带，清晰度也比石头镜子高。

这时候的铜镜，正面光亮可以照面；背面铸有各种漂亮的花纹；镜钮，即镜背中央有孔，可用手持或系在镜台上。中国人早在2000多年以前就制出了精美的"透光镜"，它能映出铜镜背后的美丽花纹，这一物件引起世人的极大兴趣。为了解开"透光镜"之谜，国内外学者花了几百年时间进行研究探索，直到近代，才发现由于厚薄不同，镜面在阳光的照射下会显示出不同的花纹。

汉朝铜镜镜面以水银覆盖，打磨抛光后，透光效果与玻璃镜一样，镜中的人影看起来很清晰，基本没有色差。但水银会挥发，一段时间后镜面就模糊了，需要再次打磨。过去有个工种叫磨镜匠，他们走街串巷打磨镜面，长期跟水银打交道，十分危险。

铜镜大量生产后，就进入了寻常百姓家。花木兰打完胜仗回到家恢复女孩子的装扮，开始"对镜帖花黄"。镜子可以照出我们的真实样子，不隐恶，不美化，被人们用来警示自己。唐太宗李世民说："以铜为镜，可以正衣冠；以史为镜，可以知兴替；以人为镜，可以明得失。"这句话至今还常常被引用。

近代西方人发明的玻璃镜在明朝传入中国，在清朝乾隆年间以后逐渐普及，这种玻璃镜跟咱们现在用的镜子已经差不了多少了。

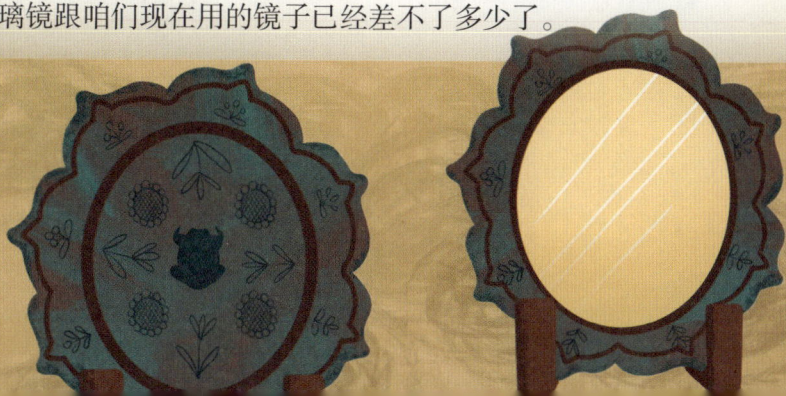

古代女子用什么画眉毛？

菩萨蛮

【唐】温庭筠

小山① 重叠金明灭，鬓云② 欲度③ 香腮雪。

懒起画蛾眉④，弄妆梳洗迟。

照花前后镜，花面交相映。

新帖绣罗襦⑤，双双金鹧鸪。

注释

① **小山**：眉妆的名目，指小山眉，弯弯的眉毛。另外一种理解为屏风上的图案，由于屏风是折叠的，所以说"小山重叠"。

注
释

② **鬓云**：云朵似的鬓发。形容发髻蓬松如云。

③ **度**：覆盖。形容鬓角延伸向脸颊，逐渐变淡，像云影轻度。

④ **蛾眉**：女子的眉毛细长弯曲，像蚕蛾的触须，故称蛾眉。一说指元和以后较浓阔的时新眉式"蛾翅眉"。

⑤ **罗襦**（rú）：丝绸短袄。

译
文

眉妆漫染，额上的额黄半明半暗地闪耀着，鬓边的发丝散漫地将掩未掩那雪白的面颊。懒懒地无心去描弯弯的眉，迟了好久才起身化晨妆。

照一照新插的花朵，对了前镜，又对后镜，红花与容颜交相辉映。刚刚穿上的崭新的丝绸短袄，上边绣着一双双金鹧鸪。

你知道吗？

　　唐代当时的宰相知道皇帝喜欢曲词《菩萨蛮》，就想写一篇讨好皇帝，但因为能力有限，写不出来。思来想去，他想到温庭筠是个大才子，而且跟自己的关系不错，这件事找他帮忙再好不过。宰相就把温庭筠请到家中，设好酒款待，席间，宰相把自己的打算告诉了温庭筠。温庭筠也是个爽快之人，借着酒兴，挥笔写下了这首《菩萨蛮》。

我们平日里常常看到妈妈在梳妆台前用眉笔画眉毛，手握着眉笔在眉毛上细细勾勒出一个好看的形状，让妈妈显得更漂亮了。可是古代是没有这种眉笔的。那么，古代女子是用什么来画眉毛的呢？

画眉之风兴起于战国时期，但是那个时候还没有特定的工具与材料，所以女子们就将柳枝烧焦后涂在眉毛上。这样上妆的效果，自然不会太好。随着时代的发展，古代女子开始用一种叫作"黛"的东西画眉毛。"画眉如黛"这个词就和它有关。那么，黛到底是什么呢？

黛是一种矿石，可以称为青石，也可以称作石黛。大家可能会问，石头又硬又大，怎么能用来画眉毛呢？其实，练过毛笔字的小朋友们可能都见过墨锭，知道怎么用墨锭磨出墨水。墨锭要在砚台上研磨才能成为可以写字用的墨水，黛也是一样的。黛的成分和我们写毛笔字用的墨水很像，使用方法也差不多，只不过墨水是用来在纸上写字，而黛是用来在眉毛上涂涂画画的。

古人将黛放到专门的黛砚上打磨后再碾成粉末，然后加水调和，之后就可以涂抹到眉毛上了。考古学家在汉代的墓中发现了许多黛砚，这说明黛早在汉代就已经被当作画眉工具使用了。随着时代的发展，有了加工好的黛块，它可以直接加水使用，无须研磨，这种黛块被称为"画眉墨"。到了宋代，画眉墨的应用越来越广泛，传统的黛就很少使用了。

黛砚

过零丁洋

古人酷爱烤竹子？

过零丁洋①

【宋】文天祥

辛苦遭逢起一经，干戈寥落四周星②。

山河破碎风飘絮，身世浮沉雨打萍。

惶恐滩③头说惶恐，零丁洋里叹零丁。

人生自古谁无死？留取丹心照汗青。

注释

① 零丁洋：伶仃洋，今广东珠江口外。公元1278年底，文天祥率军在广东五坡岭与元军激战，兵败被俘，囚禁于船上时曾经过零丁洋。

② 四周星：4周年。文天祥从公元1275年起兵抗元，到公元1278年被俘，一共4年。

③ 惶恐滩：在今江西省万安县，是赣江中的险滩。公元1277年，文天祥在江西兵败，所率军队死伤惨重，妻子儿女也被元军俘虏。他经惶恐滩退往广东。

回想我早年由科举入仕，历尽千辛万苦，如今战火消歇，已经过了4年的艰苦岁月。

国家危在旦夕，似那狂风中的柳絮，自己一生坎坷，如雨中浮萍，漂泊无根，时起时沉。

惶恐滩的惨败让我至今依然惶恐，可叹我在零丁洋里身为元虏，孤苦无依。

自古以来，人终不免一死！倘若能为国尽忠，死后仍可光照千秋，青史留名。

你知道吗？

这首诗是文天祥路过零丁洋时所作。当时，风雨飘摇的宋朝命悬一线，最后一片国土——临时都城临安已经被元军攻占，宋恭帝也成了元军的俘虏。为了给即将灭亡的南宋朝廷续命，文天祥拥立了宋恭帝的弟弟赵昰。为了让这个小朝廷能继续下去，他们逃到了今天的广东省附近的海上，但那里并不安全，元军仍然在后面紧紧追赶。在叛徒张弘范的猛烈进攻下，文天祥兵败被俘。尽管对方反复劝说，文天祥宁愿选择死亡也不肯投降。这首诗就是他的明志之作。

我们见过烤鸡翅、烤羊肉串、烤茄子，却没有见过在古代非常常见的烤竹子。什么？古人酷爱烤竹子？难道古人和熊猫一样爱吃竹子？其实呀，此"烤竹子"非彼"烤竹子"。这里的烤竹子可不能吃噢！

其实这里的烤竹子指的是"汗青"，它实际上是古人制作书籍的一道工序。古时候，人们用竹简写书，但是竹简容易遭受虫子的啃食，很容易腐烂。古人为了延长竹简的保质期，就在书写之前将竹子放在火上烘干，将竹子中的水分蒸发出来，这就是此前提到的"烤竹子"。而在烤竹子的过程中，蒸发出来的水分会在竹简上形成小水滴，像出汗一样，烘干之后的竹子也由以前的青色变得泛黄，所以古人又称竹简为"汗青"。

人们在出土的文物中发现，长的竹简常常用于书写儒家经典，短的竹简则用于记载重要人物的事迹以及史传。汗青指的是短的竹简，引申为竹简上所记载的文字。

用竹简写书，当然是非常不便的，因为竹简比我们现在用的纸要沉得多。有多沉呢？我们可以看看秦始皇的例子。尽管历史上人们对秦始皇褒贬不一，但可以肯定的是，秦始皇是个十分勤奋的君主，每天要批阅很多奏折。根据司马迁在《史记》中的说法，秦始皇批阅的奏折是以"石"来计算的。石是古代的重量单位，一石相当于现在的 100 多斤，这么重的奏折，搬动起来肯定十分费力。

和"汗青"比较像的是"杀青"，它指的是加工茶叶或者制作书简的一道工序。我们喝的茶原本是树上的绿叶，对摘下的绿叶进行高温处理，使茶叶保持原有的绿色，同时减少叶中水分，使叶片变软，便于下一步的加工。古人写书的时候，初稿写在青竹皮上，容易涂改，定稿后就削去青皮，在竹子去皮后白色的部分上写定稿，这也叫"杀青"。

很多小朋友可能知道，我国古代哲学家庄子有个好朋友叫惠子，他常常和庄子"吵架"，争论一些深奥的哲学问题。但庄子对他是非常欣赏的，曾经夸奖他读了很多书。那么惠子读过多少书呢？根据庄子的说

法，惠子读过的书有 5 车那么多。这后来成了一个成语，叫"学富五车"，用来称赞别人读书多、有知识。古代制作图书的方法不成熟，能看 5 车书简就已经很不错了。实际上，这些书简上的内容如果全部印在纸上，这些纸可能连一车都装不满。

　　小朋友们，现在我们读书的条件这么好，你们可要认真读书，争取早日超过惠子呀！

青玉案·元夕①

【宋】辛弃疾

东风夜放花千树，更吹落，星如雨。宝马雕车香满路。

凤箫声动，玉壶光转，一夜鱼龙舞②。

蛾儿雪柳黄金缕③，笑语盈盈暗香去。

众里寻他千百度，蓦（mò）然回首，那人却在，灯火阑珊④处。

注释

① 元夕：农历正月十五为上元节，即元宵节，此夜称元夕或元夜。

② 鱼龙舞：舞动鱼形、龙形的彩灯，如鱼龙闹海一样。

③ 蛾儿雪柳黄金缕：皆为古代妇女在元宵节时头上佩戴的各种装饰品。这里指盛装的美人。

④ **阑珊**：零落、稀疏的样子。

东风吹开了元宵夜的火树银花，花灯灿烂，就像千树花开，从天而降的烟花，犹如星雨。豪华的马车满路飘香。悠扬的凤箫声四处回荡，玉壶般的明月渐渐转向西边，鱼灯、龙灯整夜舞动不停歇，笑语喧哗。

美人头上都戴着华丽的饰物，笑语盈盈地随人群走过，只有衣香犹在暗中飘散。我在人群中寻找她千百回，猛然回头，不经意间却在灯火零落之处发现了她。

你知道吗？

辛弃疾不仅是一位文学家，更是一位英勇无比的将士。但他抗击外族入侵的策略不被人理解，他也没有受到朝廷的重视，还因此被当作孤立和排挤的对象。在其他求和朝臣的打击下，辛弃疾对南宋政治的腐败彻底失望了，便离开朝廷，退休闲居在江西。他虽然退休了，但每每想起自己曾经受过的排挤，内心就充满了苦闷。辛弃疾写下这首词，借以讽刺当权者不思进取的腐败生活，也表达了自己淡泊名利的孤高性格。

我们现代人，尤其是家里有宝宝的人，出门往往要坐车。因为宝宝走不快、坐不稳，不能像大人那样骑自行车或者电动车。其实古人也一样。古代男性穿上短衣可以骑马，可一些贵族妇女、文人墨客、老人小孩往往因为服饰或者身体的原因不能骑马，他们出门就需要坐车。

传说古人坐的那种车，是一个叫奚仲的人发明的。在奚仲之前，其实也有类似车辖辘的东西，但是奚仲改良了造车的技术，让车更稳定，他也因此在历史上留下了"车神"的美名。

古人坐的车，既有2个轮子的，也有4个轮子的。这种车的车底下有一根长长的木头和马的笼头绑在一起，有了马、古代的车才能跑起来。实在买不起马，用牛、用驴都可以拉车。人拉的车叫黄包车，著名现代小说家老舍在小说《骆驼祥子》里面就提到过它，这种车是近代城市中常用的交通工具。

其实木制轮子即使包上铁皮，跑起来还是不太稳。毕竟古代没有橡胶轮胎，硬邦邦的木制轮子也没有减震作用。所以，古代的车还需要一个重要部件，那就是"轼"。轼就是车前的横木，坐车的人用手扶住这根横木，可防止车晃动得太厉害。我们常常说，人要成为栋梁，但古人比较谦虚，宋代文学家苏洵就认为，自己的儿子成为"轼"这样能减少车辆震动的人才也不错，于是给他起名为苏轼，也就是大名鼎鼎的苏东坡。

诗词大侦探

古人坐什么车出门？

清平乐·村居

古代的小朋友都在玩什么游戏？

清平乐（yuè）·村居

【宋】辛弃疾

茅檐低小，溪上青青草。

醉里吴音相媚好^①，白发谁家翁媪^②？

大儿锄豆溪东，中儿正织鸡笼。

最喜小儿亡赖^③，溪头卧剥莲蓬。

注释

① 相媚好：相互逗趣、取乐。

② 翁媪（ǎo）：老翁、老妇。

③ 亡（wú）赖：这里指顽皮、淘气。亡，通"无"。

草屋的茅檐又低又小，溪边长满了翠绿的小草。带有醉意的吴地方音，听起来温柔又美好，那满头白发的是谁家的公婆？

大儿子在小溪东边的豆田里锄草，二儿子正在家里编织鸡笼。最喜欢的顽皮的小儿子，他正横卧在溪头草丛中，剥着刚摘下的莲蓬。

你知道吗？

这首词是辛弃疾闲居带湖（今属江西）时所作，当时辛弃疾已经远离朝堂，过上了恬淡的田园生活。离开朝廷纷争的辛弃疾，心情自然好了许多。更令他欣慰的是，大儿子已经长大成人，可以承担起家庭的责任，而小儿子最是顽皮，总是给家里人带来欢声笑语。辛弃疾认为这种生活十分美好，所以就将其以词的形式记录了下来。

诗词大侦探

古代的小朋友都在玩什么游戏？

你会不会好奇，古代的小朋友们都在玩什么游戏呢？

古代的小朋友能玩的游戏还真不少，"过家家"就是最古老、最受小朋友欢迎的游戏之一。比如《韩非子》里面说："夫婴儿相与戏也，以尘为饭，以涂为羹，以木为胾（zì）。"意思是孩子玩的时候，把泥巴当作饭，把泥水当作汤粥，把木块当作肉块。泥土、木块都是当时的穷人家的孩子也能随手拿到的玩具。泥土相当于现代小朋友玩的橡皮泥，木块相当于现代小朋友玩的积木，可以说，古代的小朋友即使没有专门的玩具，创造条件也要玩。

李白在诗里写的"郎骑竹马来，绕床弄青梅"也是古代小朋友玩游戏的方式。一般认为"床"是井台，"竹马"就是竹竿或者用竹竿做成的玩具。孩子们骑着竹马，相互追逐打闹，也许在他们的想象中，自己就是在战场上驰骋纵横的将领吧。

　　古代有钱人家的孩子，就可以用真正的布娃娃来玩游戏。明朝夏葵画的《婴戏图卷》，就描绘了古代小朋友玩布娃娃的场景。至于皇家子弟，可玩的东西就更多了，故宫博物院里珍藏着一幅图，叫《升平乐事》，里面有这样一个情景：一个胖乎乎的孩子，手里拖着一辆玩具车灯，整个车身由一只玩具大象和各种带有吉祥意味的图案组成，孩子的脸上露出满足的笑容。这个玩具即使放到现代，也算精美工巧，想来也只有古代的皇家子弟才能拥有。

　　无论是古代的小朋友还是现代的小朋友，爱玩的心情都是一样的。如果我们能放下手里的电子产品，走出去看看大自然，和邻居家的小朋友做做游戏，应该能获得比待在家里不停地玩电子产品更多的快乐吧！

石灰吟

为什么生石灰遇水
会发烫？

石灰吟

【明】于谦

千锤万凿出深山，烈火焚烧若等闲①。
粉骨碎身浑②不怕，要留清白在人间。

注释

① 若等闲：好像是很平常的事情。

② 浑：全，全然。

译文

石灰石经过千锤万凿从深山里开采出来，它把熊熊烈火的焚烧当作一件很平常的事。

即使粉身碎骨也毫不惧怕，只为把高尚的节操留在人世间。

你知道吗？

相传，于谦小时候曾在一座石灰窑前观看师傅们烧制生石灰。人们为了得到生石灰，首先要从山中采挖石灰石，然后将石灰石敲碎，放入窑中用高温烧制。只见一堆堆青黑色的山石，经过烈火焚烧之后，都变成了白色的生石灰。小小的于谦从生石灰烧制的过程中，看到的不仅是石头的变化，还是仁人志士无所畏惧的崇高精神，他们即使粉身碎骨，也要坚守节操。

诗词大侦探

为什么生石灰遇水会发烫？

生石灰是一种危险的东西。它看起来颜色白白的，摸起来滑滑的，但它可一点都不好玩。假设人站在一堆生石灰上面，天上又突然下起雨来，就有可能被烫伤。

这是因为，生石灰的化学成分是氧化钙，一遇到水，生石灰中的钙

就立刻激动无比，变成了游离状的钙离子，跑着要去跟水中的氧和氢结合。在这个过程中，会放出大量的热，所以生石灰遇水会发烫。

古人不懂化学知识，所以也不知道这个现象背后的原理。但是他们凭着积累的经验，早就发现生石灰这种物质可以为他们所用。生石灰最大的用途之一就是盖房子、造船。根据《天工开物》中的说法，生石灰"成质之后，入水永劫不坏"。"劫"的意思就是宇宙毁灭一次的时间，生石灰遇水之后生成的物质是熟石灰，熟石灰"永劫不坏"是不可能的，但的确可以很长时间都不变形。如果古人的屋子漏了，或者船上有个缝隙，把生石灰填进去，再加点水，就可以修复。

生石灰这么好用，为什么不能用生石灰建整间房子呢？这是因为，生石灰在古代是一种宝贵的建筑材料。它的来源有两种，一种是用贝壳烧制，一种是用石灰石烧制。由于古代运输条件的限制，这种造生石灰的工厂只能位于海边或者有大量石灰石的大山里。同时，这个地方还得有大量的煤炭，光有木柴不行，因为木柴燃烧达不到烧制生石灰所需的温度。满足了这些条件，人们才能烧制出一点宝贵的生石灰。

工人从山里采来石灰石，一般会把它敲碎。敲碎之后，工人就把这些石块和煤炭一层层地码放起来。中间可以添一些木柴，就像夹心饼干的夹心一样，但木柴的含量不能超过 1/10，否则火焰的温度就会不够高，石块就没法烧碎了。把石块和煤炭码放好之后，再烧起一把大火。大火熄灭之后，这些石块看起来还和原来一样，但等到冷却了之后，人们用手指一戳，就会发现它们的质地发生了改变。

这些坚固的石灰石，在经历了烈火的焚烧之后，已经变成了脆脆的、容易粉碎的物质，一戳就会掉渣。如果不急着用，只要放上一段时间，它们就会自动变成白色的粉末。这也就是于谦在《石灰吟》里面说的"粉骨碎身浑不怕，要留清白在人间"了。

满江红·写怀

古人喜欢戴什么帽子？

满江红·写怀

【宋】岳飞

怒发冲冠①，凭栏处、潇潇雨歇。抬望眼，仰天长啸，壮怀激烈。三十功名尘与土，八千里路云和月。莫等闲，白了少年头，空悲切！

靖康耻②，犹未雪。臣子恨，何时灭！驾长车，踏破贺兰山③缺（阙）。壮志（壮士）饥餐胡虏肉，笑谈渴饮匈奴血。待从头、收拾旧山河，朝天阙④。

注释

① 怒发冲冠：气得头发竖起，以至于将帽子顶起，形容愤怒至极。冠，帽子。

② 靖康耻：宋钦宗靖康二年（公元1127年），金兵攻陷汴京，虏走宋徽宗、宋钦宗二帝。

③ **贺兰山：**贺兰山脉，位于宁夏回族自治区与内蒙古自治区交界处。

④ **朝天阙：**朝见皇帝。天阙，本指宫殿前的楼观，这里指皇帝生活的地方。

我愤怒得头发都竖了起来，帽子被顶飞了。独自登高凭栏远眺，骤雨疾风刚刚停歇。抬头远望天空，禁不住仰天长啸，报国之心充满心怀。30多年来虽已建立一些功名，但仍如同尘土微不足道，南北转战八千里，经过多少风云。不要随意将青春消磨，等年老时徒自悲切。

靖康之变的耻辱，至今仍然没有被雪洗。作为臣子的愤恨，何时才能泯灭！我要驾着战车，将贺兰山踏为平地。我满怀壮志，打仗饿了就吃敌人的肉，谈笑渴了就喝敌人的鲜血。待我重新收复旧日山河，再带着捷报向皇帝报告胜利的消息！

你知道吗？

　　彼时，岳飞正带领军队在外征战，收复了大片失地，但皇帝听信岳飞可能会谋反的谗言后，便下令让他班师回朝。这样一来，岳飞辛辛苦苦收复的失地瞬间又拱手送给了敌人。皇帝在岳飞回朝后就夺了他的兵权，并且要与敌人言和。这对爱国将领岳飞来说是奇耻大辱，他的不满和愤怒已达到极点。他又联想到忠心耿耿的自己居然会被诬陷，不禁心生感慨，一面将满腔悲愤写入词中，一面表达了自己忠君报国的思想感情。

你知道吗？古代的小朋友是没有资格戴帽子的，他们只能梳两个发髻，称为"总角"，只有等到20岁成年的时候，才可以戴帽子。帽子在古代是身份和地位的象征。一般的平民只能戴"巾帻"，也就是我们常常在电视剧里见到的那种裹在头上的头巾。只有当官的人才能戴官帽，就连帽子上镶嵌的宝石，也有等级之分。

在林林总总的帽子中，古人最喜欢戴什么帽子？这就不得不提到曾经"大红大紫"的乌纱帽了。现在，我们所有人都知道，乌纱帽就是当官的代称，如果丢了官，那就是"丢了乌纱帽"。殊不知，古人最喜欢的这种乌纱帽，一开始只是因为舒服、好用才流行起来的。

乌纱帽原来是民间常见的一种便帽。官员头戴乌纱帽起源于东晋，但作为正式官服的组成部分始于南朝。戴乌纱帽是很舒服的，因为这种帽子又轻便又透气，还非常好清洗，所以一经发明，无论高低贵贱，所有的人都喜欢上了这种帽子。到了唐朝，这种帽子仍旧非常流行，上到皇帝百官，下到平民百姓，都可以戴这种帽子。这个时候乌纱帽还不是身份和地位的象征。到了宋朝，宋太祖赵匡胤发现自己手下的官员上朝的时候总喜欢交头接耳，私下里议论纷纷。他很反感这种现象，就想了一个主意：在乌纱帽的两边装上翅膀一样的纱翼，这样百官为了不让纱翼碰到一起，自然就不会站得太近；而戴着如此显眼的帽子，一旦有人转头，他马上就能发现。至此，这种带有"翅膀"的乌纱帽，才成了官员的象征。

乌纱帽

谢黄师是惠碧瓷枕

【宋】张耒（lěi）

巩人作枕① 坚且青，故人赠我消炎蒸② 。

持之入室凉风生，脑寒发冷泥丸惊。

梦入瑶都碧玉城，仙翁支颐饭未成。

鹤鸣月高夜三更，报秋不劳桐叶声。

我老耽书睡苦轻③ ，绕床惟有书纵横。

不如华堂伴玉屏，宝钿（diàn）敧（qī）斜云鬓倾。

注释

① 巩人作枕：巩县人制作的瓷枕。

② 消炎蒸：消暑。

③ 我老耽书睡苦轻：我年纪大了，又特别喜欢看书，因而时常失眠。

巩县人制作的瓷枕又硬又青，朋友把它送给我消暑。

把它拿到屋里的时候就觉得凉风阵阵，枕在上面的时候觉得头部发冷。

枕着这个枕头，我在梦中进入了仙界，看着神仙托着腮，一顿黄粱饭还没煮熟。

深夜枕着它还能听见仙鹤的鸣叫，不用听梧桐叶掉落的声音，枕着它就能感受到秋天来临了。

我年纪大了，又特别喜欢看书，因而时常失眠；床边堆满了书籍，没有其他东西。

这个枕头不如在华丽的堂上陪着玉屏，也不如被美人枕着，和钗钿乌发在一起啊。

你知道吗？

张耒的这个瓷枕，是黄寔（shí）送来的。黄寔和苏家的关系很好，苏轼的哥哥苏辙亲切地把他称作"异姓弟兄"。

古人为什么要睡硬枕头？

走进百货商店，我们能看到里面陈设着各种不同的枕头。有的枕头又大又软，有的枕头能"记住"人的脑袋睡过的形状，还有的枕头里面塞了各种不同的填充物，比如茶叶、荞麦、决明子等，这样的枕头据说有保健作用。

但古代的枕头可没有这么多的花样。古代最常见的，就是硬邦邦的瓷枕。那么，为什么古人要睡硬枕头呢？

关于这个问题，有很多种不同的解释。其中一种最实际的解释就是为了第二天起床方便梳头。古代没有理发店，无论男女都蓄着长发。他们的发型梳理起来非常麻烦，所以很多人晚上是不把发髻解开的。硬邦邦的瓷枕有利于他们保持发型的完整，免得晚上睡觉的时候头发乱"窜"，也省得第二天花太多时间梳理。

古人睡硬枕头，除了上面这个原因之外，还有其他一些原因。古代没有空调、电扇，唯一能真正解暑的冰块，也不是每户人家都能消费得起的。在夏天，瓷枕能给难消溽（rù）暑的古人带来一丝清凉，和我们现在喜欢睡竹席的道理差不多。宋代词人李清照在《醉花阴》一词中提到，瓷枕或者玉枕，能给入睡者带来清凉的感受："玉枕纱厨，半夜凉初透。"看来这种枕头不仅能消暑，而且能给人冷到彻骨的感觉。

另外，古人和瓷器打交道的时间长，瓷枕的制作工艺非常成熟，很多瓷枕上面都绘制了非常美丽的草木或者山水作为装饰，摆在床上也赏心悦目。

约客

【宋】赵师秀

黄梅时节① 家家雨② ，青草池塘处处蛙。
有约不来过夜半，闲敲棋子落灯花③ 。

注释

① 黄梅时节：5~6 月，江南的梅子熟了，因为这一时节大都阴雨绵绵，所以称江南雨季为"黄梅时节"。意思就是夏初江南梅子黄熟的时节。

② 家家雨：家家户户都赶上下雨。形容处处都在下雨。

③ 落灯花：旧时以油灯照明，灯芯烧残，落下来时好像一朵小花。落，使……掉落。灯花，灯芯燃烧后结成的花状物。

梅雨时节，家家户户都被烟雨笼罩着，长满青草的池塘边上传来阵阵蛙声。

已经过了午夜，约好的客人还没有来，我无聊地轻轻敲着棋子，看着灯花一朵朵落下。

你知道吗？

有一天，诗人自己在家里闲来无事，就想找个人聊聊天，正巧在此时，他的朋友托人带信说晚上要来做客。诗人很开心，因为家里好久都没有来人了，他就开始收拾屋子，买菜做饭，并且把自己珍藏多年的好酒拿了出来，准备和朋友痛饮一番。饭做好后，诗人便开始等待朋友到访，但是等到半夜朋友也没来。诗人并没有埋怨朋友爽约，而是想着大概是因为天降小雨，路不好走，所以朋友才不来了。

诗词大侦探

古人下棋怎么耍赖？

不少小朋友会下棋，有的会下跳棋，有的会下象棋，有的会下围棋，还有的会下五子棋。在古代，古人常下的几种棋是围棋、象棋，还有双陆棋，现在双陆棋已经没什么人玩了。现代人如果围棋下得好，就可以去参加围棋比赛，如果获了大奖，还有可能进入国家队，为国家争光。但在古代，下棋可不是什么"正经事"，只是休闲的小事而已。

虽然是小事，古人也非常重视在下棋过程中体现出来的人品。他们下棋很少耍赖。如果下棋的过程中有人耍赖，要么其中一方的地位非常高，比如君主；要么就是两个下棋的人关系非常亲近，比如夫妻。清朝有个叫沈复的书生，写过他和妻子之间对弈的趣事：妻子和他下棋，眼看快输了，就放下手里的小狗，让小狗扑翻了棋盘，因为夫妻两人关系特别好，所以也没有人计较输赢，反而都开心地大笑起来。

如果说夫妻下棋耍赖是想让自己赢，那么君臣下棋就是臣子耍赖想让自己输。古人讲究三纲五常，认为君为臣纲。臣子如果下棋赢了皇帝，显得比皇帝还高明，这在古人看来就不太符合秩序了，所以一般臣子和皇帝对弈时，会偷偷"放水"，让皇帝赢得棋局。

如果下棋的人还不是皇帝呢？那这局棋就可能有非常凶险的情况发生。比如汉景帝还在做太子的时候，曾经和吴王的儿子下棋。吴王当时是富甲一方的风云人物，因为他管辖的区域内有铜山，可以炼铜。古代的铜，地位可不一般，比如兵器和钱币，都是铜做的。掌握了铜山，就在一定程度上掌握了兵权和财权。仗着自己有这样一个爸爸，吴王的儿子年轻气盛，他在和汉景帝下棋的时候，就没有把自己当作臣子。而汉景帝当时是太子，未来的皇位继承人，自然也不把一个小小藩王的儿子放在眼里。

这两个人在下棋的时候，吴王的儿子走错了一步棋。他马上发现了这个问题，于是就想悔棋。汉景帝容不得他破坏规则，两个人便吵了起来。结果吵着吵着，就动起了手，汉景帝正在气头上，拿起棋盘就往吴王的儿子头上砸去。

这局棋可能是中国历史上损失最惨重的一局棋。吴王的儿子因此丢掉了性命，吴王听到这个消息之后悲痛欲绝，后来带头发动了"七王之乱"，也就是起兵谋反了，无数生灵因此惨遭灭顶之灾。

不过，现代没有古代那么森严的等级制度，下棋已经成为放松娱乐、锻炼智力的好方法，我们可以更加心无杂念地下棋，这不能不说是一件好事啊！